dtv
premium

Ulrich Woelk

Joana Mandelbrot und ich

Roman

Deutscher Taschenbuch Verlag

Von Ulrich Woelk
sind im Deutschen Taschenbuch Verlag erschienen:
Liebespaare (13092)
Die letzte Vorstellung (13253)
Rückspiel (13559)
Amerikanische Reise (13648)
Einstein on the lake (24427)
Schrödingers Schlafzimmer (24561)

Der Autor dankt der Stiftung Preußische Seehandlung
für die Förderung der Arbeit am vorliegenden Text.

Der Inhalt dieses Buches wurde auf einem nach den
Richtlinien des Forest Stewardship Council zertifizierten
Papier der Papierfabrik Munkedal gedruckt.

Originalausgabe
September 2008
© 2008 Deutscher Taschenbuch Verlag GmbH & Co. KG,
München
www.dtv.de
Umschlagkonzept: Balk und Brumshagen
Umschlagfoto: Bettina Keller
Gesetzt aus der Janson 10,75/14,5
Satz: Greiner & Reichel, Köln
Druck und Bindung: Kösel, Krugzell
Gedruckt auf säurefreiem, chlorfrei gebleichtem Papier
Printed in Germany · ISBN 978-3-423-24664-4

Und ich sah ein Tier aus dem Meer steigen, das hatte zehn
Hörner und sieben Häupter und auf seinen Hörnern zehn
Kronen und auf seinen Häuptern lästerliche Namen ...
und seine Zahl ist sechshundertsechsundsechzig.

OFFENBARUNG DES JOHANNES

In vielen Fällen geht der Zufall über das gewünschte Ziel
hinaus. Mit anderen Worten, die Kraft des Zufalls wird gemeinhin unterschätzt.

BENOÎT MANDELBROT
Die fraktale Geometrie der Natur

1

Alles, was mit uns geschieht, ist eine Mischung aus Zufall und Notwendigkeit; aber nur auf den Zufall ist Verlaß.

Es war ja Cora gewesen, die behauptet hatte, unsere Verlage würden sich um ein verständliches Buch über Mathematik reißen. Darauf hatte ich mich verlassen – aber was waren fünftausend Euro? Und so schwieg ich eine Weile an meinem Ende der Telefonleitung, als wäre es möglich, ein Argument hervorzuzaubern, das ihr bewies, daß sie sich irrte. Aber das war unwahrscheinlich beziehungsweise ausgeschlossen, denn Cora war meine Agentin. Bis vor kurzem hatte ich von der Buchbranche – von Verlagen, Agenten, Tantiemen und Provisionen – noch kaum etwas gewußt. Die Verhältnisse dort kamen mir kompliziert vor. Die Aufgabenteilung zwischen Cora und mir war allerdings simpel: Ich schrieb ein Buch, und sie verkaufte es. Es war ein einfaches und, wie mir zunächst schien, nützliches Arrangement. Um so mehr war ich enttäuscht. »Fünftausend sind praktisch nichts«, sagte ich.

Ich versenkte meinen Blick in die trübe Wolkendecke über unserer Stadt. Während Cora auf mich einredete, versuchte ich, meine innere Haltung zu unserem Gespräch ins Gleichgewicht zu bringen. Ich sprach ungern

7

über Geld. Geld machte aus Zahlen etwas Dehnbares, es raubte ihnen ihre reine, mathematische Natur. In finanziellen Angelegenheiten verhielt ich mich zumeist so, als seien mir die Dinge nicht besonders wichtig, und gab mir durch eine bestimmte, zur Schau gestellte Gleichgültigkeit der Anschein von Souveränität. Das gelang mir meistens, weil man von mir als Mathematiker beim Umgang mit Zahlen Nüchternheit erwartete. Aber Cora konnte ich nicht täuschen. Es wäre sinnlos gewesen, ihr etwas vormachen zu wollen, und ich sagte: »Du weißt, daß mir Liv im Nacken sitzt. Sie quält mich mit ihren Unterhaltsforderungen.«

Liv war meine Frau – noch. Wir hatten schlimme Zeiten hinter uns und lebten seit mehr als einem Jahr getrennt. Ihr Anwalt und mein eigener, den ich aber für eine Niete hielt, verhandelten über Unterhaltszahlungen, die mir viel zu hoch vorkamen. Aber ich kannte die Gesetze ja nicht. Und außerdem fühlte ich mich gegenüber Polly, meiner Tochter, schuldig. Ich wollte nicht, daß sie unter der mangelnden Ehetauglichkeit ihrer Eltern leiden mußte. Das waren keine guten Voraussetzungen für eine unnachgiebige Haltung meinerseits. Mein Anwalt behauptete zudem, Livs Forderungen seien rechtens. Meinen Einwand, es gebe doch zu jedem Gesetz ein Gegengesetz, ließ er nicht gelten. Ich stand auf verlorenem Posten – und das wußte Cora.

Als ich aus unserer gemeinsamen Wohnung auszog, stand Polly kurz vor der Einschulung – eine teure Angelegenheit, weil Liv es kategorisch ablehnte, sie auf eine gewöhnliche Schule zu schicken. Sie traute unseren staatlichen Schulen nichts zu. Seitdem trafen wir uns gelegent-

lich in einem Café, um notwendige Dinge zu besprechen.
Schon bald behauptete Liv mit der ihr eigenen Entschie-
denheit, Polly habe eine Rechenschwäche – eine Dyskal-
kulie. Mir war bewußt, daß sie das in erster Linie sagte,
um mich zu treffen. Sie wollte mir auf diese Weise zu verstehen geben, daß sie bei Pollys Empfängnis meine Gene
aus dem Feld geschlagen hatte. Und offenbar machte es
ihr nichts aus, daß der mathematische Wert ihrer eigenen
Gene dabei in Mißkredit geriet.

Die Liebe ist wie der Zufall: Wir können uns darauf
verlassen, daß sie uns geschenkt wird, ebenso wie wir uns
darauf verlassen können, daß sie uns wieder genommen
werden wird. Jedesmal wenn Liv mir gegenübersaß, fiel
mir auf, wie schön sie immer noch war, und es schmerz-
te mich, daß wir uns nicht mehr liebten. Ich erinnerte
mich daran, wie entflammt ich einst für ihr stolzes Gesicht gewesen war und für den selbstsicheren Blick aus
ihren schmalen himmelblauen Augen. Sie war mir in den
praktischen Belangen des Lebens von Anfang an überlegen, doch daran hatte ich mich nie gestört – im Gegenteil. So war ich: Etwas in mir ließ mich mein Schicksal in
die Hände von Frauen legen. Etwas in mir folgte ihnen
bedingungslos – und auch das wußte Cora.

In den Hörer hinein sagte ich zu ihr: »Fünftausend! –
Das heißt, man rechnet mit einer Auflage von zweitausend
Stück. Das ist verflucht wenig.«

»Was erwartest du?« sagte sie. »Es geht um Mathematik.«

Ich widersprach ihr, auch wenn ich nicht erwarten
konnte, daß sie mehr sah als die Oberfläche. »Cora, ich
schreibe über die Macht des Zufalls und die Geometrie

9

der *wirklichen* Dinge: der Wolken, der Staubflocken, der Schmetterlingsflügel. Ich werde auch über Kunstwerke schreiben. Nur für die, die es nicht verstehen, ist es Mathematik. Für mich ist es Kunst!«

Ich hörte sie am anderen Ende der Leitung seufzen. Sie hielt uns Wissenschaftler für die letzten Romantiker dieser Welt.

»Aber es sind Gleichungen!« sagte sie. »Und das ist nicht gerade das, worauf die Leute sich stürzen. Wenn du mich fragst, akzeptierst du die fünftausend. Warum kommst du nicht her und unterschreibst? Der Vertrag liegt bei mir auf dem Tisch.«

Sie bearbeitete mich so lange, bis ich schließlich einlenkte. Ich verließ mein Büro an der Straße des 17. Juni und machte mich auf den Weg. Eigentlich hatte ich eine Verabredung mit Fruidhoffs, meinem Doktoranden, aber er hatte mich morgens angerufen und unsere Besprechung erkältet abgesagt. Er erforschte ein Phänomen, das Cantor-Staub hieß. Nach Georg Cantor, einem der größten Mathematiker aller Zeiten, liegt zwischen zwei Punkten immer eine unvermeidliche Lücke. Fruidhoffs erkältungsbedingtes Ausbleiben war sozusagen eine Art Cantor-Staub-Ereignis – ein Zerstäuben seiner Zeit. Wie lückenhaft war überhaupt alles, wie sehr Staub! Das zu wissen war ein Ergebnis meiner Arbeit. Wie konnte Cora behaupten, *das* sei abstrakt?

Ich überquerte die Kantstraße und rief mir noch einmal den Moment in Erinnerung, als sie mir zum ersten Mal gegenüber getreten war. Wir kannten uns seit etwas mehr als einem Jahr. Der fünfzigste Todestag Albert Einsteins und das hundertjährige Jubiläum seiner Relativitätstheorie hatten im vergangenen Jahr ein kurzzeitiges öffentliches Interesse an den Naturwissenschaften geweckt, das zwar bald wieder einschlief, unserer Stadt aber ein paar zusätzliche Veranstaltungen bescherte. Zum Beispiel wurde ich eingeladen, einen Vortrag im Rahmen einer sogenannten langen Einstein-Nacht zu halten. Dort wurden unter anderem Einsteins Liebesbriefe von zwei berühmten Schauspielern vorgelesen, und diese Veranstaltung war sehr gut besucht. Zu meinem Vortrag dagegen kam kaum jemand.

Cora war an diesem Abend sehr elegant gekleidet. Mit Einsteins Liebesbriefen ließ sich kein Geschäft mehr machen, aber vielleicht – so sagte sie sich – war ja mit einer Theorie des Zufalls (oder der *wirklichen* Dinge, wie ich sagte) Geld zu verdienen. Sie zog aus ihrer schwarzen Seidentasche ein silbernes Zigarettenetui hervor. Es schmeichelte mir, daß sie mich nach meinem Vortrag angesprochen hatte. Ich selbst wäre niemals auf die Idee gekommen, ein populärwissenschaftliches Buch zu schreiben. Ich warnte sie sogar und sagte, daß Mathematik – dies belege jede Zeitungslektüre – den meisten Menschen fremder sei als sexuelle Gewalt oder Kannibalismus.

Cora blies ein wenig Rauch in die laue Einstein-Nacht. Genaugenommen stimmte sie mich nicht mit Argumenten um, sondern mit der Aussicht auf Geld. Sie behauptete, das Buch würde mir aus den Händen gerissen, und versprach mir eine hohe Garantiesumme. Ich dachte über meine Lage nach: Meine Wohnung war viel zu teuer, Livs Unterhaltsforderung absolut unbezahlbar, und ich ging einmal pro Woche zu Joana. – Vielleicht wäre ich ein Jahr zuvor weniger verführbar gewesen, aber als Cora mir ge-

genüberstand und mit ihrer glitzernden Stöckelsandale, die so spitz war wie ein Tortenstück, die Zigarettenglut ausquetschte, drehte sich mein Leben in der Hauptsache um diesen einen Punkt: Ich brauchte Geld.

Und nun waren von der Summe, die sie mir an diesem Abend in Aussicht gestellt hatte, also nur fünftausend übriggeblieben. Nach einer halben Stunde erreichte ich Grotgen & Partner, ihre Medienagentur. Beim Ton des Summers stieß ich die Tür auf und betrat das gediegene, großzügige Treppenhaus. Verglichen mit meinem Universitätsbüro hielt Cora in palastartigen Räumen hof. Die mythologischen und allegorischen Stuckmotive an der Decke ihres Empfangszimmers waren von kunstvollem feinem Rankenwerk umgeben. Die dunklen Glasschreibtische standen wie große Festtafeln auf dem Eichenparkett. Mein Büro hatte etwa die Größe ihrer Garderobe. Coras Hospitantin nahm mir meine Jacke ab, und ich betrachtete ihr junges Gesicht, das so makellos war wie der Stuck hier in diesen perfekt renovierten Räumen. Ihre Augenbrauen waren zu einem weichen Bogen gezupft, ohne jede Büschelung oder Verdickung. Sie bot mir eine Tasse Kaffee an. Mit ihr war es wie mit allem in diesem Reich: Man würde niemals wagen, etwas anzufassen.

Während ich Kaffee trank, hörte ich Cora in ihrem Zimmer telefonieren. Die bernsteinfarbenen Strukturglaseinsätze in der Tür ließen ihre Gestalt dahinter flirren wie eine Fata Morgana. Das kam der Natur unserer Beziehung sehr nah. Sie ließ mich nicht länger warten als nötig. Natürlich konnte sie bei einem Vertrag über fünftausend Euro nicht gleich alles stehen- und liegenlassen. Ich bildete mir dennoch ein, daß mein Buch ihr etwas bedeutete. Aber es wäre von ihrer Seite aus unprofessionell gewesen, mich das spüren zu lassen. Immer wenn ich sie sah, kam mir mein Leben weltfremd und unwichtig vor. Schließlich rauschte sie ins Zimmer.

»Paul!« rief sie strahlend aus und legte den Vertrag, den zu unterschreiben ich gekommen war, auf den Tisch. Der Verlag, der sich für mein Buch interessierte, wollte seine Sachbuchsparte um einen naturwissenschaftlichen Zweig erweitern. Hintergrund waren die OECD-Studien, die seit ein paar Jahren veröffentlicht wurden und unserem Land beschämende Bildungsdefizite bescheinigten. Die Verlage hofften, den offenbar über Jahre des Nichtstuns angehäuften Bildungsbedarf publizistisch befriedigen zu können.

Aber was war Bildung? Zur Illustration des Cantor-Staubs hatte ich im vergangenen Sommersemester gegenüber meinen Studenten auf den Mythos von Sisyphos hingewiesen: Auch der Cantor-Staub sei niemals fertig. Der Teilungs- und Lückenbildungsprozeß sei ein unendlicher und die angestrebte vollständige Pulverisierung des Zahlenraums ein fernes und letztlich unerreichbares Ziel. Genaugenommen stehe man nach jedem Schritt wieder dort, wo man begonnen habe. Und dieses ewige Ineinanderschachteln des Gleichen heiße in unserer Wissenschaft Selbstähnlichkeit. Doch die meisten Studenten erwähnten in ihren Vorlesungsprotokollen die mythologische Referenz überhaupt nicht. Und andere, die darauf eingingen, taten das in etwa folgender Weise: »Wie schon Sisyphos, der eine schwere Kugel tragen mußte, ist auch der Cantor-Staub eher mythologisch.« Und in einem Protokoll hieß es: »Zur Demonstration des Cantor-Staubs wurde auf Sissi Voß verwiesen.«

War unsere Jugend ungebildet? Oder dumm? Ich glaubte das nicht. Es war, wie es immer gewesen war: Ich hatte sehr gute Studenten, wenn auch wenige. Aber die Verlage konnten gut damit leben, daß wir annahmen, wir seien zu einem Volk von Ungebildeten geworden. Aus jedem Problem ließ sich ein Buch machen. Cora hatte den Trend schon früh erkannt, und eine Herde von Sachbuchautoren um sich geschart, von der ich ein Teil war, wenn auch kein sehr gewinnbringender, wie sich jetzt also herausgestellt hatte. Selbst die Fünftausend, um die es ging, würde ich nicht sofort ausbezahlt bekommen. Nach Vertragsunterzeichnung stand mir nur eine Hälfte zu – die andere würde ich bei Erscheinen des Buches erhalten. Das kam mir vor wie die Aufteilung einer Beute, die gar kein Verbrechen lohnte.

Als ich unterschrieben hatte, ging es mir dennoch etwas besser. Ich würde zwar nicht reich werden, aber der Vertrag war immerhin eine Anerkennung meiner Arbeit. Cora entließ mich in aufgeräumter Stimmung, aus der die anfängliche Emphase allerdings gewichen war. Und so empfand ich, als wir uns die Hand gaben, bereits die Leere der vor mir liegenden Stunden. Es war Freitag, und wie jeden Freitag würde ich abends zu Joana gehen. Normalerweise blieb ich bis sieben oder acht im Institut und zog dann los. Aber heute, nachdem ich den Vertrag unterschrieben hatte, würde es mir schwerfallen, meine Aufmerksamkeit auf meine Arbeit zu lenken. Es war, als hätte der Arbeitstag mit der Vertragsunterzeichnung seinen Abschluß gefunden, und alles was mir heute noch blieb, war, darauf zu warten, daß es Abend werden und ich in Joanas Arme sinken würde.

Aber es sollte anders kommen. Denn als ich auf die Straße trat und die Haustür hinter mir ins Schloß fiel, erkannte ich auf dem Bürgersteig schon nach wenigen Schritten Nico E. Arp, einen der führenden Feuilletonisten unserer Stadt, der mir mit freudig-überrascht angehobenen Augenbrauen entgegenkam.

Daß wir einander kannten, verdankten wir – salopp gesagt – dem Zipfschen Gesetz. Man kann Sprache mit statistischen Mitteln untersuchen, und darüber hatte ich vor ein paar Jahren in einem mathematischen Fachorgan publiziert. Auf diese Arbeit wurde durch Zufall ein Neurologe aufmerksam, der das Sprachzentrum des Gehirns computertomographisch erforschte. Er rief mich an, und wir gingen essen. Seine vielfarbigen Schädelbilder, die sehr beeindruckend waren, tauchten irgendwann im *Spiegel* auf, in einem Artikel unter der Überschrift ›Chaos im Kopf‹, in dem auch ich erwähnt und als linguistischer Mathematiker bezeichnet wurde. Es gibt keine linguistischen Mathematiker, aber die Veranstalter eines linguistischen Kongresses luden mich daraufhin ein, über das Zipfsche Gesetz zu sprechen. Zu den Kongreßteilnehmern wiederum gehörte auch Nico E. Arp, dessen Autorität als Literaturkritiker ihn stets im Mittelpunkt lebhafter Diskussionsgrüppchen stehen ließ.

Er bemühte sich aufrichtig, meine Ansichten interessant zu finden, aber er nahm sie natürlich nicht ernst. Er trug seine hellblonden Haare pomadig zurückgekämmt und produzierte beim Reden viele kleine Gesten. Das »Ideologieprogramm der Mathematik« schüttelte er gleichsam aus den Fingerspitzen. Ich war ihm nicht gewachsen. Ich hatte die Sprache statistisch analysiert, konnte mich ihrer aber nicht mit Raffinesse bedienen. Nico E. Arp betrachtete mich mehr oder weniger als Exoten, und als solchen schien er mich sogar zu mögen. Er war einer der vortrefflichsten Autoren seiner Zeitung, und ich beneidete ihn um seine stilistische Mühelosigkeit. Mit seinen sprachlichen Fähigkeiten wäre mir die Arbeit an meinem Buch über die Macht des Zufalls und die Geometrie der wirklichen Dinge nicht so schwergefallen.

»So ein Zufall!!« rief er aus, als er noch ein paar Schritte von mir entfernt war, und streckte mir die Hand entgegen. »Schön, Sie zu sehen. Was führt denn Sie – einen Mann der Zahlen – zu einer literarischen Agentur? Reizt es Sie etwa, ihre linguistischen Analysen einmal zur praktischen Anwendung zu bringen?«

Ich zögerte einen Moment mit meiner Antwort, doch da ich nicht sah, warum ich ihm meine Buchpläne hätte verschweigen sollen, sagte ich: »Ich arbeite an einem populärwissenschaftlichen Buch über Mathematik. Über den Einfluß des Zufalls bei der Bildung von Strukturen und Formen. Vielleicht haben Sie schon einmal etwas von Benoît Mandelbrot gehört. Er ist einer der großen Forscher unserer Zeit, ein Wissenschaftler vom Rang Einsteins oder Schrödingers. Er hat eine ganz neue Form der Geometrie geschaffen. Eine Geometrie der wirklichen Dinge, der Pflanzen, Flüsse und Landschaften. Und sogar eine Geometrie der Kunst. Ich werde in meinem Buch eine Reihe von großen Gemälden analysieren, Werke von Leonardo da Vinci oder Jackson Pollock. Erinnern Sie sich noch an das Zipfsche Gesetz? Selbst die Literatur kann

sich der Herrschaft der Mathematik nicht ganz und gar
entziehen. Im Maschinenraum eines jeden Romans rattern
sozusagen immer auch ein paar Gleichungen.«
    Seine Augen verengten sich konspirativ, und er begann
spitzfindig zu lächeln. »Sie sind aber nicht zufällig Leon
Zern?«
    Ich war verdutzt, und mir fehlten die Worte. Ich kann
nicht besonders gut lügen, aber ich fürchte, ich kann auch
nicht besonders gut die Wahrheit sagen. Leon Zern, der
geheimnisvolle Bestsellerautor! Ich wußte einfach nicht,
was ich darauf erwidern sollte. Es gab von Leon Zern weder ein Foto noch biographische Informationen. Niemand
wußte, wer Leon Zern war, aber viele hätten es gerne
gewußt, weil er in unserer Stadt seit ein paar Monaten mit
einem Serienmord-Krimi für Furore sorgte. Das Buch
hieß ›Abgezählt‹, und irgendwann sprachen alle darüber.
Und weil alle darüber sprachen, mußte es schließlich jeder lesen. Ich hatte es auch gelesen. Und natürlich trug
die Tatsache, daß niemand wußte, wer Leon Zern war,
zum Erfolg des Buches erheblich bei.
    Allen Mordopfern in ›Abgezählt‹ – sie waren aus-
schließlich weiblich – wurde die Zahl 666 mit ihrem eigenen Blut auf den Körper geschrieben, und das in wider-
lichster Weise, indem Brüste und Bauchnabel von den
Bäuchen der Sechsen eingekreist wurden. Als Leser von
›Abgezählt‹ erfuhren wir, daß Zahlenmystikern die 666
aufgrund eines mysteriösen Verses in der biblischen Apokalypse als Zahl des Teufels gilt. Außerdem gab es ein bestimmtes Berechnungsverfahren, die sogenannte Gematrie, mit dem sich die satanische Natur von 666 angeblich
belegen ließ. Es war ein lächerliches Verfahren, aber man

konnte damit doch verblüffende Resultate erzielen – das mußte ich einräumen. Ausgangspunkt aller Gematrie war es, die Buchstaben des Alphabets durchzunumerieren. Begann man beispielsweise mit 100 für A, 101 für B, 102 für C und so weiter, dann war die Buchstabensumme des Namens Hitler 666.

Die Tatsache, daß niemand wußte, wer Leon Zern war, bot verständlicherweise Anlaß für jede Menge Spekulationen, so daß in unserer Stadt die Gerüchteküche kurzzeitig mächtig brodelte. Die meisten vermuteten, daß es sich bei Leon Zern um eine Person im Rampenlicht der Öffentlichkeit handelte, die aber nicht als Schöpfer eines krankhaften Serienmörders in Erscheinung treten wollte, ein Minister vielleicht, wurde gemunkelt, oder der Präsident einer bedeutsamen Institution. Das war auf jeden Fall logisch, aber es gab auch andere, die der Meinung waren, die Sache sei nur ein Trick, um den literarischen Ruhm des Autors und die Verkaufszahlen seines Werks in die Höhe zu treiben. Offenbar gab es ein paar vergleichbare Fälle sowohl in der Literaturgeschichte als auch in der Gegenwart. Doch auch dem wurde widersprochen, denn, so hieß es, bei ›Abgezählt‹ handele es sich keineswegs um Literatur, sondern vielmehr um Schund, um einen niveaulosen Schmöker für die Massen.

Und natürlich gab es auch die, die genau das taten, was ›Abgezählt‹ geradezu herauszufordern schien: Sie suchten nach geheimen Botschaften zwischen den Zeilen des Romans, nach kabbalistischen Fingerzeigen und verschlüsselten Prophezeiungen. Beispielsweise wurde entdeckt, daß der Vorname des Verfassers (beziehungsweise der erste Teil seines Pseudonyms), Leon also, in einem beginnend mit 156 durchnumerierten Alphabet sich ebenfalls zu 666 summierte. 156 wiederum war durch das Hinzufügen einfachster mathematischer Symbole schnell in folgende Rechnung zu überführen: $(1+5) \times 6 = 36$ – ein weiterer Hinweis auf den Satan, denn die Summe aller Zahlen von 1 bis 36 ergab 666. Und da sich für Zern ganz ähnliche Beziehungen mit ebensolchen Resultaten finden ließen, schien festzustehen, daß ›Abgezählt‹ weitaus mehr war, als nur ein Stück Kriminalliteratur, das mit den Motiven eines bestimmten Genres spielte. ›Abgezählt‹ wurde für manche (und vermutlich für mehr, als bereit waren, es zuzugeben) zu einem Menetekel für unsere Stadt, zu einem Zeichen, das jede Menge Auguren auf den Plan rief.

Und nun stand also Nico E. Arp vor mir und lächelte, als seien wir die Mitglieder eines Geheimbundes. Ich – Leon Zern! Was soll ich sagen: Ich fühlte mich geschmeichelt. Und das, obwohl ich Legionen von Beispielen dafür aus dem Ärmel hätte schütteln können, daß alle Zahlenspielereien in und um ›Abgezählt‹ vollkommen beliebig waren. Mit etwas numerischer Phantasie ließ sich die Zahl 666 nämlich überall finden. Beispielsweise summierte sich in einer Zählung des Alphabets, die mit 102 statt mit 100 begann, ›Berlin‹ zu 666, so daß man Hitler und Berlin gewissermaßen als gematrisch nah benachbart betrachten durfte. Doch damit nicht genug. Fruidhoffs, mein Doktorand, schrieb ein Programm zur gematrischen Analyse beliebiger Wörter. Und damit fand er schnell heraus, daß sich im Berliner 102er-Alphabet auch ›M. Kampf‹ zu 666 addierte.

Zahlen. So sind sie. Sie dienen uns, ganz gleich, ob es

um die Erschaffung von Sinn oder von Unsinn geht. Was sollte ich also sagen? Wie sollte ich mich geben? Empört? Belustigt? Und wie so oft, wenn es darum ging, einfach nur die Wahrheit zu sagen, machte ich alles falsch. Denn ich hob abwehrend die Hände und sagte: »Wie kommen Sie denn darauf?«

Da hätte ich auch gleich ja sagen können. Meine inhaltsleere Gegenfrage konnte Nico E. Arp jedenfalls nur vermuten lassen, daß er richtig geraten hatte. Er lächelte vielsagend und entgegnete: »Nun, Sie sind Mathematiker.«

Jetzt reagierte ich unwirsch (und verfing mich damit wohl noch tiefer im Netz seiner Mutmaßungen): »Alles, was in ›Abgezählt‹ präsentiert wird, sind mystische Zahlenspielereien, und die haben mit Mathematik nichts zu tun! Sie können die gesamte Wirklichkeit aus dem Stoff der Zahlen formen: Bäume, Wolken, Stadtpläne, Scheidungsraten – suchen Sie sich aus, was immer Sie wollen, und ich verrate Ihnen die Formel dahinter. Sobald mein Buch fertig ist, lasse ich Ihnen ein Exemplar zukommen. Sie werden sehen, worum es mir geht, ist schon fast keine Mathematik mehr, sondern eine Kunstform. Wenn Sie Geometrie hören, denken Sie vermutlich an Dreiecke, Kreise oder Ellipsen. Aber die Objekte, mit denen ich mich befasse, heißen Staub oder Schwamm, Teppich oder Drachen, Baldachin oder Landschaft! Alles ist Mathematik, aber die Mathematik ist ein Kunstwerk voller Schönheit. Eine geheimnisvolle große tiefgründige Wirklichkeit.«

Schließlich verabschiedeten wir uns voneinander, und ich kehrte ins Institut zurück. Wie jeden Tag aß ich in der

Kantine des Mathematikgebäudes an der Straße des 17. Juni zu Mittag. Sie befand sich im siebten Stock, und man hatte beim Essen einen weiten Blick über Berlin. Gleich rechts konnte man den Ernst-Reuter-Platz liegen sehen, einen immensen fünfspurigen Kreisverkehr. Welche Größe, welche Leere! Von oben erkannte man überdeutlich die Idee urbaner Mobilität, von der die Menschen vor Jahrzehnten einmal so sehr fasziniert gewesen waren. Man hatte einen Zirkel in die Oberfläche unserer Stadt gestochen, um Großes zu bewirken und einer kühnen Vision von der Zukunft zum Durchbruch zu verhelfen! Uns Heutigen dagegen erschien der riesige Platz nur noch als mechanischer, herzloser Autostrudel und Paradebeispiel für die Grenzen der traditionellen Geometrie.

Warum wird die Geometrie oft als ›nüchtern‹ und ›trocken‹ empfunden?, fragt Benoît Mandelbrot in seinem berühmten Buch ›Die fraktale Geometrie der Natur‹ und fährt fort: *Nun, einer der Gründe besteht in ihrer Unfähigkeit, solche Formen zu beschreiben wie etwa eine Wolke, einen Berg, eine Küstenlinie oder einen Baum. Wolken sind keine Kugeln, Berge keine Kegel, Küstenlinien keine Kreise. Die Rinde ist nicht glatt – und auch der Blitz bahnt sich seinen Weg nicht gerade.*

Abends ging ich zu Joana. Sie arbeitete mit ihren Kolleginnen in einem schönen alten Haus, das die architektonischen Moden des vergangenen Jahrhunderts glücklich überdauert hatte. Stuckrahmen faßten die Fenster ein, und kleine Erker, Gesimse und Balkone verzierten die Fassade. In einem ebensolchen Haus hatte Cora ihre Agentur. Doch durch die Läden, hinter denen Joana ihre Verehrer empfing, drang kein Lichtstrahl auf die Straße, und weder das Klingelschild noch sonst ein Zeichen an der Fassade ließen auf ihr Gewerbe schließen. In der ersten Zeit hatte ich mich dem Haus stets mit schweren, unangenehmen Gefühlen genähert; mich quälte das schlechte Gewissen des Freiers. Doch inzwischen war es für mich ganz selbstverständlich, dort einzutreten und zu bleiben. Was Mandelbrot über die Geometrie sagte, schien mir im besonderen für die Liebe zu gelten. Sie hielt sich nicht an die Idealisierungen des Geistes und der Theorie, sondern war ein Teil *der unregelmäßigen und zersplitterten Formen um uns herum.*

2

P aul«, sagte Joana zu mir, »ich sehe dir an, daß du nicht glücklich bist. Laß uns etwas dagegen unternehmen.«
»Wie sollte ich auch glücklich sein?« entgegnete ich. »Meine Ehe existiert nur noch auf dem Papier, und meine Tochter hat eine Rechenschwäche.«

Wir saßen in der kleinen schummrigen Bar, in der hier die Gäste empfangen wurden. Joanas Kolleginnen kannte ich nur vom Sehen, das aber ziemlich gründlich – so war es Sitte hier. Wir alle trugen nicht viel am Leib; ich ein Frotteehandtuch und Joana ein kurzes, transparentes Stück Stoff, wie Frauen es sich am Strand um die Taille schlingen. Wir schmiegten uns auf einer roten Plüschcouch aneinander und lauschten der Musik, die sanftrhythmisch dahinstrich. Ich trank einen leichten Weißwein und Joana Wasser. Der Rand ihres Glases war mit einer aufgesteckten Limettenscheibe verziert. Über die Phase, in der ich mir ihre Gesellschaft mit einer Flasche Champagner verdienen mußte, waren wir hinweg. Seit wir uns kannten, hatte ich fünfzig oder sechzig Mal mit ihr geschlafen, so häufig wie mit keiner anderen Frau außer Liv.

Beim ersten Mal, vor etwas mehr als einem Jahr, hatte ich – bar jeder Erfahrung auf dem Feld der käuflichen Liebe – nicht gewußt, was mich erwartete. Joana führte mich damals recht bald in eins der Séparées, und dort sollte ich mich aufs Bett legen und entspannen. Dann tat sie, wovon sie annahm, daß ich es wollte. Ich konnte dabei aber kaum etwas von ihr sehen, vor allem ihr Gesicht nicht, sondern nur eine Art Zelt aus Haaren. Sie hatte allerdings sehr schöne Haare, lang und lockig und schwarz. Sie stammte aus Ecuador (jedenfalls behauptete sie das). Es war aber durchaus möglich, daß sie südamerikanische Wurzeln hatte. Sie erzählte mir sogar die Geschichte, wie sie angeblich nach Europa und schließlich nach Berlin gekommen war, einem von Amors Pfeilen folgend. Es war eine erotische Geschichte, die mich erregen sollte, aber sie machte mich eher eifersüchtig. Die meisten ihrer Kolleginnen stammten aus den ehemaligen Ostblockstaaten – aus Polen, Rußland oder der Ukraine. In ihrer Mitte wirkte Joana mit ihrer dunkel schimmernden Haut tatsächlich ein wenig exotisch. Augen, Nase und Mund füllten ihr Gesichtsrund großzügig und harmonisch aus. Ihre Stirn verschwand fast vollständig unter den Haaren, und wenn die Arbeitstemperatur in den Séparées, die nahe bei dreißig Grad lag, sie zu sehr erhitzte, klebte die eine oder andere gelockte Strähne an ihren weichen Wangen.

Wir hatten eine halbe Stunde bei jenem ersten Mal, und es drängte mich nicht, schnell ans Ziel zu kommen. Wir lagen nebeneinander und unterhielten uns. Sie erkundigte sich nach meinem Beruf, aber es war unmöglich, ihr mit wenigen Worten zu erklären, womit ich mich beschäftigte. Ich sagte, vieles in meiner Wissenschaft sei wie ihre Haare, und das stimmte. Ihre Locken erinnerten mich an ein Bild von Leonardo da Vinci, das ›Die Sintflut‹ hieß und einen verwirbelten Wasserstrom darstellte. Solche Muster untersuchte ich. Allerdings wußte Joana nicht genau, ob sie sich durch den Vergleich mit der Zeichnung da Vincis geschmeichelt fühlen sollte oder nicht. Die Sintflut, sagte sie, sei immerhin eine Strafe Gottes gewesen. Das klang für mich so, als wäre sie katholisch – und aus irgendeinem Grund glaubte ich, daß das für ihren Beruf von Vorteil war. Ich bat sie, ihren Namen mit dem Zeigefinger auf meinen Rücken zu schreiben. Ich hatte dabei den Eindruck, daß sie begann, mißtrauisch zu werden, denn uns blieben nur noch zehn Minuten. Es war in ihrem Gewerbe wohl immer Vorsicht angebracht bei der Bitte um etwas anderes als sexuelle Befriedigung. Sie erklärte sich aber bereit, mir meinen Wunsch zu erfüllen. Ich drehte mich auf den Bauch und sie schrieb mit dem Zeigefinger ihren Namen auf meine Haut. Ich genoß das sanfte Kitzeln am Rückgrat und erklärte ihr, daß ihr Namenszug mit seinen o- und a-Wirbeln und seinen n-Wellen ebenfalls eine Art Flut sei – wie ihre Haare und wie Leonardos Zeichnung. Auf allen Ebenen und Größenordnungen der Dinge stoße man auf die gleichen Formen. Ich sagte all das mit einer etwas unangemessenen Ehrfurcht angesichts der Tatsache, wo ich war.

Doch Joana erfaßte meine Stimmung, und mein Ernst erschien auf ihrem Gesicht wie auf einem Spiegel. Es war ein Teil ihres Berufes, jedem meiner Worte Verständnis und Wertschätzung entgegenzubringen. Und ich lebte gerne in der Illusion, daß es so war. Ich genoß es, in Gegenwart einer Frau über mich reden zu können, ohne schon nach wenigen Sätzen unterbrochen und daran erinnert zu werden, daß ich nicht der einzige Mensch auf der Welt sei. Daß ich von Wirbeln und Fluten sprach, nutzte sie, um wieder auf den Zweck meines Besuches zurückzukommen. Unsere Zeit lief ab. In diesem Moment wurde mir bewußt, daß ich mich vor dem Erreichen der sexuellen Befriedigung fürchtete. Ich hatte den Umschlag von Ekstase in Ernüchterung in den zurückliegenden Jahren ausschließlich mit Liv erlebt. So sehr wir einander auch haßten, dafür hatte es oft noch gereicht. Doch jetzt wäre es nicht Liv, die mich dabei sehen würde, und das beunruhigte mich. Zugleich fühlte ich mich Joana gegenüber aber verpflichtet, meiner Rolle als Freier gerecht zu werden. Ich hatte so lange geredet, und nun einfach zu gehen, wäre mir wie eine Taktlosigkeit vorgekommen, eine Mißachtung ihres Lebens und ihrer Person. Zwar wußte ich nicht, ob ich an ihrer Seite überhaupt zum Mann werden konnte, doch stellte sich schnell heraus, wie unbegründet diese Sorge war. Ihre Erfahrung als Hure war meinem verkorksten Seelenleben haushoch überlegen. Und so überließ ich mich ihr mit einem unerwarteten Ergebnis: Als wir uns voneinander verabschiedeten, war ich auch schon in sie verliebt.

Das war nun mehr als ein Jahr her. Mittlerweile wußte sie viel von mir, ich aber fast nichts über sie, abgesehen vielleicht von ihrem Musikgeschmack und den Duftnoten, die sie bevorzugte. Ich wußte beispielsweise nicht, wie viele Stammkunden sie hatte – und ich wollte es auch nicht wissen. Bei dem Gedanken, wie viele Männer es in unserer Stadt vermutlich gab, die in derselben Lage waren wie ich, wurde mir schwindlig. Und ich fragte mich, wie Joana in ihrem Kopf Ordnung hielt, wie sie die vielen Lebensbeichten, die sie wohl Nacht für Nacht zu hören bekam, in ihrem Gedächtnis trennte und abspeicherte. Zweifellos waren diese Beichten einander sehr ähnlich. Doch seit ich Joana kannte, hatte sie meine Geschichte noch nie mit der eines anderen Kunden verwechselt und Liv versehentlich Helga, Irmgard oder Susanne genannt. Sie prägte sich jedes Detail sicher ein, und so sagte sie auch jetzt: »Meintest du nicht, das mit der Rechenschwäche deiner Tochter wäre eine Erfindung deiner Frau? Liv will dich damit verletzen.«

Ich hatte ihr recht bald von Liv erzählt – und warum auch nicht? Ich nahm an, daß Joana ein gewisses Gespür für die weibliche Seite meines Problems hatte. Jedenfalls dachte sie nicht lange über meine Lage nach, sondern erklärte mir recht bald das Folgende: Vermutlich war Liv von ihrer Mutter nicht genügend geliebt worden und hatte sich vorgenommen, bei ihrer Tochter nicht den gleichen Fehler zu begehen. Daher investiere sie ihre gesamte emotionale Energie in ihre Mutterrolle, so daß für mich, ihren Mann, nichts mehr übrigblieb.

Ich fand, das klang sehr vernünftig. Außerdem hatte diese Theorie zwei sehr nützliche Aspekte: Erstens konnte ich nämlich gegen die Tatsache, daß Liv mich nicht mehr liebte, nur wenig, beziehungsweise überhaupt nichts ausrichten, denn an ihrem Verhältnis zu ihrer Mutter und an der Vergangenheit war ich nicht schuld. Und diese Dinge waren auch nicht mehr zu ändern. Und zweitens gab mir Joanas Theorie das Recht, das Defizit an Liebe, unter dem ich unverschuldet zu leiden hatte, irgendwo auszugleichen, denn niemand konnte auf Dauer ohne Zärtlichkeit und menschliche Nähe existieren.

Joanas Kurzanalyse meiner Ehe war für mich und meine Probleme vielleicht etwas zu maßgeschneidert, um wirklich wahr sein zu können – aber das störte mich wenig.

Psychologische Theorien, so sah ich es, hatten verschiedene Dinge zu leisten. Natürlich sollten sie etwas erklären, doch sie durften uns dabei nicht noch mehr deprimieren. Einmal war ich bei einem renommierten Therapeuten, den mir ein Freund empfohlen hatte. Aber Joana war besser, wie ich schnell herausfand. Und billiger. Die Praxis dieses Therapeuten war grandios und einschüchternd. Er war ebenfalls der Ansicht, daß ein Mutterproblem vorlag – aber nicht bei Liv, sondern bei mir. Liv hielt er für vollkommen normal, und das erschien mir so absurd, daß ich ihn nach ein paar Sitzungen nicht mehr besuchte.

Seiner Meinung nach war ich als Einzelkind emotional zu verwöhnt, um in einer stabilen Beziehung leben zu können. Er wollte mich zurechtstutzen. Je kleiner er mich machte, um so größer wurde er, beziehungsweise das Abhängigkeitsverhältnis zwischen uns. Ich vermute, das war es, was in Wahrheit hinter seiner Analyse steckte. Er mußte sicherstellen, daß ich ohne ihn verloren war, denn schließlich gehörte ich zu denen, die seine teuren Anzüge und die Praxismiete bezahlten. Das war *sein* Problem: Im Unterschied zu Huren verdienten Therapeuten ihr Geld ausschließlich mit ihren Analysen – darüber hinaus hatten sie ihren Patienten nichts zu bieten. Joana war auf ihre Weise unbestechlich. Sie wußte ganz genau, daß ich auf jeden Fall wiederkommen würde, ganz unabhängig von ihrem psychologischen Gespür. Sie konnte es riskieren, mir die Wahrheit zu sagen, weil sie wußte, daß ich nicht als Patient, sondern als Mann von ihr abhängig war.

»Wieso bist du so niedergeschlagen?« sagte sie jetzt.

Um mich abzulenken, streichelte ich ihre Brust. »Ich bin nur etwas erschöpft«, sagte ich.

Ich hätte ihr gerne erzählt, was vorgefallen war, und dachte an den Vormittag in der Agentur und die ernüchternde Tatsache, daß ich nur magere fünftausend Euro für mein Buch bekommen würde. Doch war Geld das einzige Phänomen von Bedeutung, das zwischen uns wirklich tabu war. Wenn ich reich gewesen wäre, hätten wir über Geld vielleicht sprechen können wie über Sport oder Musik. Aber da ich es nicht war, sparte ich das Thema aus. Ich bezahlte sie auch nie persönlich, sondern legte den bereits abgezählten Betrag wie nebenbei auf den Tresen, bevor wir uns in eins der Séparées zurückzogen – ein Vorgang, der inzwischen soweit zur Routine geworden war, daß ich ihn nicht mehr spürte.

»Was auch immer es ist«, sagte Joana, »du solltest dir nicht allzu viele Gedanken darüber machen. Ich hatte auch eine Rechenschwäche.«

»Ach, ja?« sagte ich.

»Allerdings. Mit Zahlen habe ich mich wirklich schwergetan. Und wie du siehst, ist trotzdem etwas aus mir geworden.«

Wie hätte ich dem widersprechen können. Ich dachte über Pollys Zukunft nach. Warum machte ich mir überhaupt Sorgen? Aus ihr, der Tochter eines Mathematik-Professors und einer Orchestermusikerin, würde in jedem Falle etwas werden, egal ob mit oder ohne Rechenschwäche. Aber natürlich sehnte ich mich danach, daß sie mir ein wenig ähnlich war, gerade weil Liv das so energisch bestritt.

Ich wollte nicht weiter über diese Dinge nachdenken und zog mich mit Joana in eins der Séparées zurück. Niemals, so sagte ich mir, würde sie kleinkarierte Zänkereien vom Zaun brechen, niemals würde sie pedantisch auf dem

Sinn einzelner Worte herumreiten, niemals würde sie schachern und feilschen. Und dafür liebte ich sie, aber natürlich: nicht nur dafür. Ich legte mich neben sie und ließ sie das tun, was sie von Anfang an vorgeschlagen hatte und was sie immer tat: Etwas dagegen unternehmen, daß ich unglücklich war.

Dann ging ich ziellos durch die Nacht. In diesem Teil unserer Stadt, dem alten Westen, war seit der Wiedervereinigung immer weniger los. Vermutlich identifizierte ich mich deswegen mit den Straßenzügen rund um den mehr oder weniger ausrangierten Bahnhof Zoo. Niemand, der etwas auf sich hielt, ließ sich dort noch blicken. Der Verkehr war löchrig und der Abstand zwischen den Autos groß genug für den Widerschein der Scheinwerferkegel auf dem Asphalt. Der Himmel lastete so grau und dunkel auf dem alten Bahnhofsdach wie die eisernen Gleisbrükken auf ihren Pfeilern. Das war meine abgelebte schwindende Heimat. Hier wohnte ich, hier arbeitete ich. Und hier würde ich vermutlich irgendwann sterben.

In diesem Moment rief Liv an. Das Telefonklingeln riß mich aus meinen Gedanken. Es gab zwischen uns nichts Großartiges zu bereden, außer den dürren organisatorischen Details, die sich aus unserer gemeinsamen Verantwortung für Pollys Kinderleben ergaben. Also mußte es einen ungewöhnlichen Grund dafür geben, daß sie so spät noch anrief. Ich befürchtete im ersten Moment, Polly könnte etwas zugestoßen sein. Aber Gott sei Dank stellte mir Liv nur eine sehr knappe, wenn auch rätselhafte Frage, die mit Polly überhaupt nichts zu tun hatte.

»Paul, ist das wahr?!!« schrie sie in den Hörer.

Ich zögerte. »Was soll wahr sein?«

»Du weißt *genau*, wovon ich rede.«

»Nicht im geringsten.«

»Ich kenne dich zu gut: Du lügst. *Wo* bist Du gewesen?«

Bis zu diesem Moment hatte ich angenommen, daß Liv von Joana nichts wußte. Während der Ehe war ich ihr treu gewesen, aber mit unserer Trennung – so war es nun einmal – hatten wir uns unsere Freiheit zurückgegeben. Und ebenso wie sie konnte ich mit meiner Freiheit anfangen, was ich wollte – damit mußte sie sich abfinden. Sie hatte nicht das Recht, mir Joana zum Vorwurf zu machen, und ich war nicht bereit, mich von ihr moralisch unter Druck setzen zu lassen. Ich sagte: »Das geht dich nichts an.« Doch wie immer, wenn ich versuchte, mich aus etwas herauszureden, machte ich alles nur noch schlimmer.

»Es stimmt also«, sagte sie wütend. »Ich wußte es ja.«

Ich kannte sie. Es war sinnlos, zu leugnen. »Na und. Es ist mein Leben. Ich wüßte nicht, welche Vorschriften du mir in diesem Punkt zu machen hast.«

»Das ist typisch!« warf sie mir vor. »Du denkst wieder einmal nur an dich. Aber diesmal bist du einen Schritt zu weit gegangen. Du hast nicht eine Sekunde darüber nachgedacht, was dein Verhalten für mich und vor allem für Polly bedeutet.«

Mit dem zweiten traf sie einen wunden Punkt. Sie hatte ja recht: Ich war nicht unschuldig, aber kann man das jemals sein? Livs Gefühle hielten mich nicht davon ab, zu Joana zu gehen, aber ich schämte mich gegenüber Polly. Als Kind wußte sie noch nichts von der komplizierten Welt der körperlichen Begierden. Nach außen hin hatte sie sich mit der Trennung ihrer Eltern abgefunden, aber ich täuschte mich nicht darüber hinweg, daß dabei etwas in ihr zerbrochen war. Um so mehr wollte ich ihr ein guter Vater sein. Einer, auf den sie stolz sein konnte. Es waren ganz einfache Bedürfnisse, die mich beseelten, wenn ich sie sah. Ich wollte wieder Kind sein und ihr Freund. Aber Kinder gehen nicht zu Huren. Darin lag ein Widerspruch, den ich nicht auflösen konnte. Und deswegen schämte ich mich. Aber Liv war ich keine Rechenschaft schuldig, und ich sagte »Zieh Polly da nicht mit hinein. Sie braucht es nie zu erfahren.«

»Herrgott, Paul!« rief Liv daraufhin voller Hysterie in den Hörer. »In was für einer Welt lebst du denn? Die Schüler werden es über den Schulhof posaunen! Sie werden keine Gelegenheit auslassen, Polly damit zu demütigen, daß ihr Vater ein Perverser ist. Du hast ja keine Ahnung, wie grausam Kinder sind.«

Jetzt übertrieb sie ganz eindeutig. »Es reicht, Liv. Das ganze ist eine Sache zwischen uns, und mehr nicht.«

»Ach, ja? Und wieso erfahre ich es dann *aus der Zeitung?*«

»Wie bitte? Wie meinst du das: aus der Zeitung?«

»Tu nicht so. Es ist wie immer grotesk, wenn du den Unschuldigen spielst. Vor zwanzig Minuten hat mich meine Schwester angerufen und gefragt, ob ich es schon lange gewußt hätte. Und ich, total ahnungslos, sage: ›*Was* soll ich gewußt haben?‹ Und sie sagt: ›Na, das mit Paul. Daß er Leon Zern ist. Ich hab's gerade gelesen. Es steht im Feuilleton. Ein Redakteur hat ihn heute bei seiner Literaturagentin erwischt. Pech für deinen Ex.‹ – Ich bin vor Scham im Boden versunken. Der Vater meiner Tochter entpuppt sich als Erfinder eines perversen, sabbernden Zahlengenies, das Frauen nach einem mathematischen

System die Geschlechtsorgane zerhackt. Ich fühle mich so unendlich gedemütigt.«

Nun wußte ich, was geschehen war. Und ich kann sagen: Dafür, daß mich soeben die ersten Ausläufer von etwas erreicht hatten, das sich im weiteren zu einer Ereignislawine von existentieller Bedeutung auswachsen sollte, blieb ich ruhig. Und wieso auch nicht? Hätte ich Liv meinerseits denn irgend etwas vorzuwerfen gehabt? Ich erkannte sofort, daß aus ihrer Perspektive die Angelegenheit alles in allem einigermaßen logisch aussah. Erstens nahm sie natürlich an, ich hätte ›Abgezählt‹ unter dem Namen Leon Zern veröffentlicht, um meinen Ruf als Wissenschaftler nicht zu gefährden. Das war unmittelbar einleuchtend und bedurfte keiner Erklärung. Zweitens war da aber noch die Sache mit den Alimenten. Denn eines war ja klar: Durch den kommerziellen Erfolg von ›Abgezählt‹ wurden für mich eine Menge zusätzlicher Unterhaltszahlungen fällig. Und daß Liv aufgrund unseres höchst unerfreulichen Rosenkriegs davon überzeugt war, daß ich meine vermeintlich üppigen Tantiemen für mich behalten wollte, war nur zu verständlich. Ich gebe zu, daß ich im umgekehrten Fall genauso gedacht hätte. Das Pseudonym Leon Zern schützte offensichtlich nicht nur meinen professoralen Ruf, sondern vor allem meinen Geldbeutel. Und ohne Nico E. Arps Enthüllung, so mußte Liv sich im weiteren sagen, hätten sie und Polly (was sie ganz besonders empörte) von dem verborgenen Schatz nie etwas erfahren. Damit war ihr Urteil über mich endgültig gefällt: Ich war pervers und – was vielleicht noch schlimmer war – ich war geizig. Was hätte ich dieser Logik entgegensetzen sollen. Die Wahrheit? Wie naiv und sinnlos das gewesen wäre.

Und so ließ ich ihre Beschimpfungen über mich ergehen, bis sie die Verbindung trennte. Danach überquerte ich die Hardenbergstraße und betrat den Zeitschriftenladen im Bahnhof. Donnerwetter! dachte ich, Nico E. Arp hatte verflucht schnell gearbeitet. Die Samstagsausgabe seiner Zeitung roch noch nach Druckerschwärze. Ich nahm das Feuilleton heraus und entdeckte gleich auf der ersten Seite seinen Artikel. Er war überschrieben mit: *Der Zorro der Zahlen. Das Geheimnis um Leon Zern ist gelüftet.* Alles in allem war die Überschrift sinnloser Quark, aber ich mußte zugeben, daß sie sehr wirkungsvoll war.

Nun ist es also heraus. Monatelang hat der Literaturbetrieb gerätselt, wer sich hinter dem Pseudonym Leon Zern verbirgt. Wem – so fragten sich Verleger, Rezensenten und Redakteure in seltener Einmütigkeit – war es gelungen, mit der billigen Story vom mathematischen Genie im Gewand des psychopathischen Meuchelmörders den Buchmarkt aufzumischen und das literarische Establishment auf dem falschen Fuß zu erwischen? Tausende betrieben Spurensuche im Zahlenmeer des Romans, suchten nach versteckten Zeichen und geheimen Codes. Andere schoben die Buchstaben des Namens Leon Zern hin und her wie in einem endlosen Scrabble. Und wieder andere betrieben minutiöse Stilanalysen, um aus Wortstellungen und syntaktischen Marotten den Schöpfer von ›Abgezählt‹ durch Vergleiche mit Werken aus dem Feld der Gegenwartsliteratur dingfest zu machen. Alles vergebens.

Doch auch Phantome müssen gelegentlich mit der realen Welt in Kontakt treten. Unsichtbare Autoren brauchen diskrete Mittelsmänner (oder -frauen), und die werden in der Literaturbranche üblicherweise Agenten genannt. Sie bieten ihre Dienste jedem an, der im Verlagsdschungel kompetente Führung braucht. Denn nicht alle, die Bücher schreiben, sind in der Branche auch heimisch – oder wollen in ihr heimisch werden. So offenbar auch der Mathematiker Paul Gremon, der am gestrigen Freitag der Agentur Grotgen & Partner einen Besuch abstattete und, angesprochen auf den Grund für dieses ungewöhnliche Erscheinen, vielsagend schwieg.

Gremon, der als Lehrstuhlinhaber an der nahegelegenen Technischen Universität zu den umtriebigsten und publikationsfreudigsten Vertretern seines Fachs gehört, ist ein faszinierendes Multitalent. Als wissenschaftlicher Tausendsassa hat er sich nicht nur als Mathematiker, sondern auch als Linguist (!) einen Namen gemacht und ist schon seit längerem auf sprachwissenschaftlichen Kongressen ein gerngesehener Gast. Da referiert er dann über Wortlisten und Wahrscheinlichkeiten und liest der Literatur die Leviten. Nicht wir – so die von ihm nimmermüde vorgetragene Botschaft – beherrschen die Sprache, sondern die Sprache beherrscht uns.

Und darin steckt eine gehörige Portion Ironie, wenn man sich ›Abgezählt‹ in Erinnerung ruft. Denn dort steht die andere Seite dieser Relation im Zentrum des Geschehens: Nicht wir beherrschen die Zahlen, sondern die Zahlen beherrschen uns. Olven Hochegk – Zerns psychopathischer Serienmörder – ist ein Opfer des Zahlenkults. Wer anders, so muss man sich fragen, könnte ihn erschaffen haben als Paul Gremon?

Und so kommt ihm denn auch kein Dementi über die Lippen, außer der pflichtschuldigen Beteuerung: »Mystische Zahlenspielereien haben nichts mit Mathematik zu tun.« Doch dann gerät er ins Schwärmen über die Magie der Zahlen und sagt: »Mathematik ist keine kalte Klempnerei aus Dreiecken, Ellipsen und Schnittpunkten.« Im Gegenteil: Die

Objekte, mit denen er sich befasst, heißen Staub, Schwamm oder Drachen – und ins Literarische übersetzt: Tod, Schmutz, Gewalt.

Man hätte es wissen können: ›Abgezählt‹ ist ein offenes Buch, wenn man versteht, es zu lesen. Nachdenklich steht Paul Gremon da und nickt: »*Im Maschinenraum eines jeden Romans rattern immer auch ein paar Gleichungen. Alles ist Mathematik, aber die Mathematik ist ein Kunstwerk voller Schönheit. Eine geheimnisvolle große tiefgründige Wirklichkeit.*«

Dem ist nichts hinzuzufügen. Wozu aber das Pseudonym? Hat Paul Gremon befürchtet, dass die Wahrheit über Leon Zern dem Erfolg von ›Abgezählt‹ schaden könnte? Jetzt, da die Auflage sich allmählich der Millionengrenze nähert, wird die Lüftung des Inkognitos den Rummel jedenfalls noch einmal gehörig anheizen. Alles kühle Berechnung also? Gut möglich. Doch wer wollte Paul Gremon das vorwerfen – ihm, dem Mathematiker.

Ich faltete die Zeitung zusammen und verließ den Bahnhof. Während ich auf der Hardenbergstraße langsam Richtung Ernst-Reuter-Platz ging, begann es zu nieseln. Der Regen füllte die Nacht unsichtbar aus. Nicht einmal im Licht der Straßenlaternen waren die Tröpfchen zu erkennen, aber ich spürte sie wie ein Gewebe auf meinem Gesicht. Und die Feuchtigkeit mischte Gerüche in die Luft. Auch von mir ging jetzt ein bestimmter Geruch aus und stieg mir sanft in die Nase. Alles, was ich von Joanas Leben in meines mitnehmen durfte, war ihr Duft.

Auf der Straße des 17. Juni sah ich, daß Fruidhoffs noch arbeitete. In seinem Büro brannte Licht. Das überraschte mich, denn schließlich war er morgens erkältet gewesen. Ich schloß den Nebeneingang auf und ging durch die dunklen Korridore. Die Stille im Gebäude verstärkte meine Anwesenheit, und ich wurde mir meiner Körperlichkeit in besonderer Weise bewußt, viel intensiver als im Moment der sexuellen Ekstase. Fruidhoffs saß vor seinem Monitor und bearbeitete Gaußsche Berge. Er trug einen Schal und eine dicke Jacke, obwohl es im Zimmer warm war.

»Du solltest nicht arbeiten«, sagte ich zu ihm.

»Ich hatte heute nachmittag so eine bestimmte Idee«, sagte er.

»Du hättest dich trotzdem auskurieren sollen.« Als sein Doktorvater hatte ich ein Recht, so zu reden. Ich legte die Zeitung auf den Tisch und nahm eine Flasche Mineralwasser und ein Glas aus dem Regal.

»Was Neues?« sagte Fruidhoffs mit Blick auf die Zeitung.

»Nichts Besonderes.« Ich trank einen Schluck Wasser und sah dabei zu, wie seine Berge auf dem Bildschirm langsam in einen kobaltblauen Himmel wuchsen. Gaußsche Berge ergaben sich aus der Anwendung einer bestimmten Wahrscheinlichkeitsverteilung auf die Höhenpunkte einer Landschaft. Sie sahen realistisch aus, wenn nicht sogar mehr als das. Sie stellten keine Abbildung dar, sondern die Verwirklichung eines Prinzips, eines Gedankens Gottes. Fruidhoffs war erkältet, aber beim Blick auf den Monitor verlor er jedes Gefühl für seinen Zustand. Das verstand ich sehr gut. Auch ich vergaß bei der Arbeit so manches – ein gnädiges Privileg. Unsere Wissenschaft öffnet uns eine zweite Welt, in der wir die erste nicht mehr spüren.

3

Am nächsten Morgen schlief ich lange. Samstags schlief ich immer lange. Es gab keinen Grund aufzustehen. Die Vorhänge waren zugezogen, und die Helligkeit im Zimmer war dünn und farblos, als das Telefon klingelte. Ich fragte mich, wer zum Teufel um diese Zeit anrief. Nach dem vierten Klingeln sprang der Anrufbeantworter an und spulte meine Bandansage ab. Undeutlich nahm ich zur Kenntnis, daß die Redakteurin einer unserer Tageszeitungen mich offenbar sprechen wollte. Sie bat um Rückruf wegen eines Interviews für die Sonntagsausgabe und hinterließ ihre Nummer. Ich drehte mich unter der Bettdecke auf den Bauch mit dem vagen Vorsatz weiterzuschlafen. Aber natürlich war ich jetzt wach. Ein Interview? Wie kam jemand auf die Idee, mich um ein Interview zu bitten? Widerwillig – ich hatte mit Fruidhoffs bis in die Morgenstunden gearbeitet – stand ich auf und ging in die Küche. Aber bevor ich dort ankam, klingelte das Telefon erneut; diesmal war es eine Männerstimme – der Redakteur einer anderen Tageszeitung. Auch er wollte ein Interview.

Dafür, daß ich noch nie in meinem Leben einer Tageszeitung ein Interview gegeben hatte, war das eine ziemlich ungewöhnliche Häufung. Statistisch gesprochen konnte man sagen, sie war signifikant. Es war etwas geschehen, und inzwischen war mir auch klar, was: Nico E. Arps Artikel hatte sich in Feuilletonkreisen herumgesprochen. Man wollte also nicht mich interviewen, sondern Leon Zern. Während ich Kaffee trank, dachte ich über meine Lage nach. Ich war nicht wirklich beunruhigt. Wenn ich zwanzig Jahre jünger gewesen wäre, hätte mich die Geschichte vielleicht sogar amüsiert. Zeitungen!, dachte ich. Aber mir war doch klar, daß ich die Sache nicht auf die leichte Schulter nehmen durfte. Es war immer leicht, über die Medien zu schimpfen. Inzwischen wußte ich, daß die Medien keine abstrakte Macht waren; vielmehr waren sie nichts anderes als wir selbst. Sie dachten wie wir, sie redeten wie wir. Sie waren eine Vergrößerung unserer Vorurteile und Irrtümer. Die Behauptung, ich sei der Autor von ›Abgezählt‹, war absurd. Aber es war so vieles absurd. Auch unsere Überzeugung, zwischen richtig und falsch unterscheiden zu können, war ja absurd. Und deswegen mußte ich vorsichtig sein. Ich durfte nicht in gerechter Empörung zum Telefon greifen und meine Unschuld beteuern. Es wäre lächerlich gewesen. Jeder Politiker, der etwas zu verbergen hat, weist zunächst einmal alle Vorwürfe von sich. Und wie konnte ich einem Journalisten vorwerfen, in jedem Dementi gleich ein Schuldeingeständnis zu sehen? Ich tat dies ja auch.

Inzwischen klingelte das Telefon nahezu minütlich. Voller widersprüchlicher Gedanken und Impulse trank ich meinen Kaffee. Schließlich läutete es an der Wohnungstür. Ich sah jetzt, daß es besser gewesen wäre, wenn ich im Institut übernachtet hätte. Fruidhoffs übernachtete häufig im Institut. Wir hatten dort eine Couch, auf die man sich legen konnte. Und wenn das nicht reichte, schoben wir zwei Sessel zusammen. Insgesamt kamen wir damit gut zurecht.

Mit mir ging eine seltsame Veränderung vor sich: Auf einmal sah ich alles in einem konspirativen Zusammenhang. Ich dachte, so muß es sein, wenn man sich verfolgt fühlt. Man glaubt, alles, was geschieht, geschieht, um einen einzukesseln. Ich hörte beinahe auf zu atmen. Ich ging durch meine eigene Wohnung wie ein Dieb. Es war sonderbar, es war lächerlich – aber so war es.

Im Schlafzimmer blickte ich durch einen Spalt im Vorhang hinunter auf die Straße. Auf dem Kopfsteinpflaster lagen viele gelbe Blätter, die über Nacht von den Bäumen gefallen waren. Eine Frau auf der anderen Straßenseite suchte mit ihrem Blick die Hausfassade ab. Dann stieg sie in ihren Wagen und fuhr davon. Das paßte zu meinen paranoiden Überlegungen.

Zeit zu duschen. Ich bildete mir ein, noch einen Hauch von Joanas Duft an mir wahrzunehmen. Ich duschte nie, nachdem ich abends bei ihr gewesen war. Ich fühlte mich nicht schmutzig, nur weil sie dort arbeitete, wo sie arbeitete. Im Gegenteil. Ihr Geruch auf meiner Haut sollte so langsam vergehen wie der Sommer im September. Aber jetzt mußte ich aus dieser süßen Liebesillusion hinaustreten. Die Fragen, die sich mir stellten, konnte ich nicht klären, solange ich nach Joana roch. Oder wenn ich auch nur das Gefühl hatte, nach Joana zu riechen. Vielleicht mußte ich die Wohnung verlassen. Vielleicht mußte ich ein Interview geben. Bei Gott! – ich wußte es nicht.

Als ich mich auszog, sprach Fruidhoffs auf Band, und ich nahm das Gespräch an. Er war noch im Institut und – wie ich – vom pausenlosen Schellen des Telefons geweckt worden. »Ich komme praktisch nicht mehr zum Arbeiten«, sagte er verärgert. »Was wollen all diese Journalisten von dir?«

Ich erklärte ihm, was geschehen war, und er sagte: »Du solltest eine Gegendarstellung schreiben. Die vielen mathematischen Fehler in ›Abgezählt‹ belegen, daß das Buch nie und nimmer von einem Mathematiker geschrieben worden sein kann.«

Ich dachte einen Moment darüber nach und entgegnete: »Wahrscheinlich würde man mir unterstellen, mich herausreden zu wollen. Warum sollte man mir glauben, daß es sich tatsächlich um Fehler handelt?«

»Aber das ist beweisbar!« sagte er.

Solche Sätze zeigten mir, wie unerfahren er war. Seine Idee war naiv. Sollte Nico E. Arp mir widersprechen und behaupten, in ›Abgezählt‹ habe alles seine mathematische Richtigkeit, stünde in den Augen der Öffentlichkeit nur Aussage gegen Aussage.

Für uns aufrichtige Wissenschaftler war das Leben manchmal so undurchschaubar wie für einen Demokraten die Verhältnisse in einer Bananenrepublik. Aber es lag mir fern, mich darüber zu beschweren. Was uns in der Welt an Berechenbarkeit fehlte, bot uns unsere Wissenschaft im Überfluß. Zu leben fiel uns schwer, aber zu denken fiel uns leicht. In unseren Köpfen fügte sich alles aufs Wunderbarste zusammen. Tatsächlich: Wir waren wie Kinder, wir waren wahrhaft unschuldig.

Deswegen empörte es mich auch besonders, daß man im Institut anrief. Das schien mir ein unzulässiger Akt der Grenzüberschreitung zu sein. Wie konnte man es wagen, die Mathematik in die Niederungen des öffentlichen Interesses zu ziehen? Zahlen waren unveränderliche ewige Elemente des Geistigen, Objekte der Meditation. Mathematische Institute sollten den gleichen gesellschaftlichen Schutz genießen wie Kirchen. Man zerrt das Allerheiligste nicht ans Licht der Öffentlichkeit. Ja, es war schamlos.

Ich duschte. Das Wasser schirmte mich von allem ab, und seine Klarheit übertrug sich auf meine Gedanken. Auf einmal sah ich: Wenn es jemanden gab, der mir würde helfen können, dann Cora. Als Literaturagentin sprach sie die Sprache des Kulturbetriebs. Ich hatte sie gelegentlich beim Gedankenaustausch mit Feuilletongrößen wie Nico E. Arp beobachtet. Sie beherrschte die Kunst, Sätze zu sagen, bei denen es nicht darauf ankam, ob sie zutrafen oder nicht; eloquente Darlegungen, bei denen die Frage, ob wahr oder unwahr, irgendwie pingelig wirkte. Wie dürr war da meine Fixierung auf Fakten. Die Dinge lagen aber noch etwas anders. Die Redaktionen mußten erfahren, daß unsere Geschäftsverbindung einzig und allein einem Sachbuch galt, das sehr speziell (und zudem noch nicht einmal fertig) war. Und weil es sein konnte, daß Nico E. Arp dies als Niederlage empfinden würde, mußte Cora einen Weg finden, der es ihm ermöglichte, am Ende dennoch als Gewinner dazustehen.

Unglücklicherweise war Cora am Wochenende nicht zu sprechen. Das war bei ihr prinzipiell so. Ihre Privatnummer war geheim. Ich überlegte, wen ich sonst noch anrufen konnte. Von Liv hatte ich kein Mitleid zu erwarten. Sie würde der Meinung sein, daß ich es nicht besser verdient hatte. Es kränkte mich, daß sie annahm, es ginge mir alles in allem nur darum, mich vor meinen Unterhaltsverpflichtungen zu drücken. Und ich erschrak bei dem Gedanken, daß man statt meiner möglicherweise sie um ein Interview bitten könnte. Gott sei Dank hatten wir in der Ehe unsere Nachnamen aber beibehalten – jetzt sah ich, welch unschätzbarer Vorteil darin lag. Zwischen Paene und Gremon gab es nicht einmal den Hauch einer Ähnlichkeit, und es würde nicht so leicht sein, sie ausfindig zu machen. Es erstaunte mich, daß es einen offenbar schicksalhafter aneinander band, den Namen miteinander zu teilen als das Bett.

Ich machte das Beste aus meiner Lage: Ich arbeitete. Ich nahm mir das Kapitel über den französischen Mathematiker und Physiker Henri Poincaré vor, mit dem ich vor kurzem begonnen hatte. Aber ich kam nur schleppend damit voran. Womit sich Mathematiker beschäftigen – wie will man darüber schreiben? Cora behauptete, der Leser erwarte Katastrophen und menschliche Dramen. Punkt. Und so beschrieb ich ein schlimmes Bergbauunglück im Jahr 1879, das Poincaré in seiner Eigenschaft als staatlicher Mineninspekteur zu untersuchen gehabt hatte. So konnte ich ihn dem Leser als Mann der Praxis vor Augen führen. Die Geschichte schien mir zudem ein guter Einstieg in die Theorie des Zufalls und der Unvorhersagbarkeit zu sein, zu der Poincaré einen wichtigen Beitrag geleistet hatte. So weit, so gut. Aber sollte ich auch erwähnen, daß Poincaré die Entdeckung der Relativitätstheorie verpaßt hatte, weil er als Wissenschaftler halsstarrig an alten Dogmen hing? Es widerstrebte mir, einen der unseren in ein schlechtes Licht zu rücken. Aber es widerstrebte mir ebenso, bestimmte Tatsachen zu verschweigen. Wie ging man als Autor in so einem Fall vor? Ich ging in der

Wohnung auf und ab und dachte darüber nach, bis es dunkel wurde.

Dann sah ich eine Weile aus dem Fenster, ohne auf der Straße jemanden zu entdecken, der sich gewissermaßen verdächtig verhielt. Ich wurde melancholisch. An einem Samstagabend spürte man die Nervosität unserer Stadt sogar in meinem alten vergessenen Viertel noch. Sie drang in meine Wohnung und erfüllte mich mit Wehmut. Seit Liv mich verlassen hatte, waren die Samstagabende oft quälend. Alles, was ich vermißte, vermißte ich in diesen Stunden.

Irgendwann klingelte das Telefon. Es war Cora. Sie sprach auf Band, und ich griff schnell zum Hörer und sagte: »Cora, mir fällt ein Stein vom Herzen!«

»Ich dachte mir schon, daß du nervös sein würdest«, entgegnete sie mir geschäftig. »Aber ich sage dir, es gibt keinen Grund zur Aufregung. Hast du schon Interviews gegeben?«

»Wo denkst du hin!«

»Sehr gut.«

»Ich bin außer mir«, sagte ich. »›Abgezählt‹ steckt voller mathematischer Fehler. Zu behaupten, ich wäre der Autor, ist zutiefst beleidigend.«

»Paul, sei nicht kindisch. Wen interessiert das denn?«

»Mich!« rief ich. »Und alle meine Kollegen.«

»Steigere dich da nicht rein«, empfahl sie mir. »Wir werden das alles in den Griff kriegen. Wir müssen uns treffen. Was hältst du davon, wenn wir am Montag zusammen frühstücken?«

Wir verabredeten uns in irgendeiner kleinen, abgelegenen Bäckerei. Sie riet mir, darauf zu achten, daß mir niemand dorthin folgte. Das klang nicht so, als gebe es keinen Grund zur Aufregung. Aber wir ertragen die schlimmsten Dinge, wenn wir nur das Gefühl haben, daß irgend jemand die Lage beherrscht. Und dieses Gefühl wußte Cora mir zu vermitteln. Sie sagte: »Du weißt ja, wie die Presse so ist,« – im Grunde wußte ich es nicht – »man muß sie ein bißchen füttern. Laß uns am Montag über alles reden.«

Sie legte auf, und ich dachte über das Gespräch nach. ›Abgezählt‹ war ein echter Primzahlen-Flop! – das war es, was wir der Presse begreiflich machen mußten. Beispielsweise geschahen die ersten Morde an einem 3., 13., 5. und 2. Und da 2, 3, 5, und 13 Primzahlen sind, sagte ein Mathematiker weitere Verbrechen an Tagen mit den Nummern 7, 11, 17, 19, 23, 29 und 31 voraus. Wir im Fachbereich konnten darüber nur lachen! 2, 3, 5 und 13 waren nämlich nicht nur Primzahlen, sondern auch Fibonacci-Zahlen wie 1, 8, oder 21. Kein Mathematiker hätte das je übersehen. Aber es hätte die Gelegenheiten für weitere Morde (und damit die Länge des Romans) wohl zu sehr begrenzt.

Wie grausam war Zerns Phantasie – und wie unmathematisch! Zwischen zehn- und zwanzigtausend gibt es 1034 Primzahlen, unter denen sich auch ein paar der fünfstelligen Berliner Postleitzahlen finden, zum Beispiel 10243 für Friedrichshain oder 10559 für Moabit. Die bestialischen Morde in ›Abgezählt‹ fanden allesamt in solchen Primzahlenbezirken statt, wobei die Anzahl der tödlichen Messerstiche der wiederholten Quersumme des jeweiligen Bezirks entsprach. Fruidhoffs entdeckte in diesem System aber einen gravierenden Fehler. Offenbar wollte

45

Leon Zern seinen Mörder nicht nur in Kaulsdorf oder Waidmannslust zuschlagen lassen, sondern wenigstens einmal auch im Herzen Berlins. Und so stach er in einem Fall neunmal zu, entsprechend der wiederholten Quersumme der Postleitzahl 10179 von Berlin-Mitte. Fruidhoffs sah sofort, daß 10179 keine Primzahl sein konnte. Eine Zahl mit der wiederholten Quersumme neun ist immer auch durch neun teilbar. Ich muß zugeben, daß ich das überlesen hatte.

Ich sah wieder aus dem Fenster. Seit ich hier wohnte, ging ich mehrmals in der Woche zu Salvatore, dessen Restaurant, das *Fontana*, gegenüber lag. Salvatore stammte aus Sizilien und war mit seinen Eltern in den sechziger Jahren nach Deutschland gekommen. Wir waren etwa im gleichen Alter, und er nannte mich meistens Paolo, mal aber auch Dottore oder Professore, vornehmlich dann, wenn er mir zu verstehen geben wollte, daß ich das Leben zu sehr von der theoretischen Seite betrachtete.

Ich hatte ihm recht bald von Liv erzählt. Er hörte sich die ganze Geschichte mit ernstem Gesicht an, aber auch so, als läge ihm ständig etwas auf der Zunge. Irgendwann erklärte er mir, daß der Kern meines Problems nicht Liv und der andauernde Kleinkrieg um Pollys Erziehung war, sondern die Tatsache, daß ich kein Auto hatte.

»Du mußt dir dringend ein Auto anschaffen«, sagte er, »dann wird alles anders. Dann lösen sich die Spannungen auf. Immer nur mit Bussen und U-Bahnen zu fahren macht uns Männer reizbar und unzufrieden. Und die Frauen nehmen einen auch nicht ernst.« Er hob die Hand, weil ich widersprechen wollte. »Paolo«, sagte er, »Männer sind Jäger.«

Und da er so dachte, traf es sich gut, daß er Ivo kannte, einen Serben, der einen schwunghaften Handel mit Gebrauchtwagen trieb. Salvatore kannte immer Ivos beste Stücke, die, die wirklich etwas taugten, und versprach bei jedem Tip, den er mir gab, einen sagenhaften Preis für mich herauszuholen. Wie er auf mich zukam und von diesen Autos sprach, war es immer ein wenig so, als böte er mir Hehlerware an. Er liebte es, von diesen Autos zu sprechen, deren Besitzer er selbst gerne geworden wäre, wenn er nicht schon einen Wagen gehabt hätte.

Als ich das Fontana betrat, sah er mich gleich. Als Gast war ich unkompliziert, ich aß immer Pasta, mal mit Tomatensoße, mal mit Knoblauch und Öl, und trank Weißwein dazu. Salvatore eilte von Tisch zu Tisch und rief Bestellungen durch den Raum. Am Samstagabend hatte er Hochbetrieb. Ich setzte mich, und kurz nach mir betraten zwei Verkäufer mit den Sonntagsausgaben der Tageszeitungen das Lokal. Ich kaufte beide. In den Feuilletonseiten wurde die vermeintliche Enttarnung Leon Zerns unter den Überschriften ›Angezählt‹ beziehungsweise ›Abgetaucht‹ groß herausgebracht. Da ich mich vor der Öffentlichkeit verbarg, sah man es als erwiesen an, daß ich Leon Zern war. Dieser Schluß lag wirklich nahe, wie ich jetzt erkannte. Wenn ich nicht Leon Zern gewesen wäre, hätte ich Nico. E. Arps Artikel ja ganz einfach dementieren können. Offenbar hatte ich durch mein Schweigen alles nur noch schlimmer gemacht.

›Abgezählt‹ galt als literarisch lächerlicher, aber mathematisch brillanter Roman. Zu dieser These paßte es jetzt natürlich, daß der Autor sich als Mathematiker entpuppte. Diese Sicht der Dinge wurde noch einmal breitgetreten.

Als sich Salvatore an meinen Tisch setzte, faltete ich die Zeitungen zusammen und legte sie zur Seite. »Paolo, wie geht's?« sagte er. »Du siehst nachdenklich aus.«

Ich sagte: »Ich ärgere mich über diese Zeitungen. Es stimmt kein Wort von dem, was da steht.«

»Ah«, sagte er gedehnt und machte eine wegwerfende Handbewegung. »Natürlich stimmt es nicht! Wenn es stimmen würde, könntest du kein Geld damit verdienen. Die müssen ihre Zeitungen schließlich verkaufen.«

»Ja, aber da steht etwas über mich.«

»Aber das ist doch gut. Ich gratuliere dir. Was ist es?«

»Unsinn.«

»Ah«, winkte er wieder ab. »Das macht nichts.«

»Aber es ist die pure Unwahrheit. Ich hasse diese ganzen Medien. Sie sind das Übel unserer Tage.«

»Natürlich, Paolo. Du hast schon recht. Aber ganz so schlimm sind sie nicht.«

»Alles Lug und Trug!« schimpfte ich. »Wie will eine Zeitung etwas über *mich* wissen!«

Er streckte den Zeigefinger nach oben und machte eine kreisende Bewegung mit der Hand. »Nun, die Zeitungen, die haben schon ihre Quellen.«

In dieser Nacht hatte ich einen eigenartigen Traum. Ich ging mit Polly ins Kino. Es regnete, und die Wolken lagen so niedrig auf unserer Stadt, daß die Kronen der Straßenbäume unsichtbar waren und die Rücklichter der Autos zu schweben schienen. Polly fürchtete sich und nahm meine Hand. Aber ich wies sie zurück, denn ich dachte, daß sie eines Tages allein würde zurechtkommen müssen, und es erschien mir falsch, ihr Illusionen zu machen. Wir gingen schweigend nebeneinander her. Doch als wir im Kino waren, stand dort, wo die Leinwand hätte sein sollen, ein Rednerpult. Überhaupt waren wir nicht in einem Kino, sondern in einem Hörsaal. Es war der Hörsaal, in dem ich üblicherweise meine Vorlesungen hielt. Und tatsächlich: Kaum war das Licht verloschen, betrat ich den Saal und begann zu sprechen. Im Publikum sitzend hörte ich mir zu; es ging um die Bedeutung strenger Regeln in der Kindererziehung. Ich erklärte mir, daß jedes Gesetz am Ende seine Wirkung verliert. In dem Moment erkannte ich, was für ein Fehler es gewesen war, Pollys Hand zurückzuweisen. Ich drehte mich zu ihr, um mich bei ihr zu entschuldigen und sie fester in den Arm zu nehmen als jemals zuvor. Aber da sah ich, daß ich nicht mit Polly im Kino war, sondern mit Liv. Schön wie immer, doch mit unerbittlich verschlossenem Gesicht saß sie neben mir und blickte reglos nach vorne. Voller Schuldgefühle rutschte ich vom Sitz, wühlte meinen Kopf in ihren Schoß und begann fürchterlich zu weinen. Ich weinte vollkommen hemmungslos und brauchte lange, um mich zu beruhigen. Aber irgendwann kam ich wieder zu mir, und da bemerkte ich, daß niemand mehr im Kino war – auch Liv nicht. Ich weinte nur noch ins Sitzpolster. Alle waren nach Hause gegangen.

4

Was auch immer man unter Zeit versteht, sie ist die einzige Währung, in der Erinnerungen zu bekommen sind. Der Preis für das Glück des erfüllten Augenblicks sind all die Fehler, die wir davor und danach begehen. Auch Mandelbrot schreibt: *Die Anzahl von Fehlern zwischen zwei Zeitpunkten mißt die Zeit.* Es ist wohl so. Das, was wir für unsere Lebensgeschichte halten, ist in Wahrheit ein Vorwärtsrucken auf der Skala unseres Versagens.

Als ich am Montagmorgen zur U-Bahn ging, sah ich mich ein paarmal verstohlen um. Nachdem Cora mir den Floh ins Ohr gesetzt hatte, jemand könnte mich beschatten, war ich gegen diesen irgendwie paranoiden Impuls machtlos. Ich blieb vor einer Gemüseauslage stehen, roch an einer Melone und warf einen Seitenblick in die Richtung, aus der ich gekommen war. Niemand auf dem Gehweg fiel mir in besonderer Weise auf; statt dessen erfüllte mich der starke Fruchtgeruch mit schmerzlichem Fernweh. In der U-Bahn beobachtete ich verstohlen die Fahrgäste, aber ihre leeren Blicke gingen allesamt an mir vorbei. Und so versuchte ich schließlich, mein Mißtrauen abzuschütteln, denn eigentlich gefiel mir dieses unterirdische Schaukeln, dieses schweigende Gondeln im Nirgendwo zwischen den Stationen.

Cora sah frisch und tatendurstig aus. Ich hatte mir genau überlegt, was ich sagen würde, aber meine Pläne erledigten sich sehr schnell. Anstatt nämlich mit mir über eine Strategie nachzudenken, wie wir Nico E. Arps Gerücht aus der Welt schaffen konnten, sagte Cora: »Ich halte es für das Beste, wenn du die Rolle von Leon Zern übernimmst.«

»Wie bitte?«

»Die Entwicklung verschafft uns eine Menge interessanter Möglichkeiten, die wir nutzen sollten.«

»Das ist nicht dein Ernst!«

Aber zum Scherzen war ihre Zeit viel zu wertvoll. »Du mußt wissen«, sagte sie und sprach ein wenig leiser, obwohl wir die einzigen Gäste in dem altmodischen Café waren und die Bedienung sich hinter dem Bäckereitresen um Laufkundschaft kümmern mußte, »daß der Autor von ›Abgezählt‹ einer meiner Klienten ist. Pseudonyme sind bei Schriftstellern sehr beliebt, wenn ihnen das eigene Niveau im Weg steht. Ich vertrete Historiker, die sich lustvoll als Autoren abstruser Mittelalterschmöker betätigen, oder gestandene Juristen, die ihrer Phantasie auf dem Feld des esoterischen Horrorromans freien Lauf lassen. Alles Kollegen von dir. Arrivierte Akademiker und ausgewiesene Koryphäen in ihren Fächern. Glaub mir, es gibt jede Menge schreibende Professoren, Journalisten, Kulturattachés oder Mediziner – du wärst in guter Gesellschaft.«

»Und was ist Leon Zern? Metzger?«

Sie ignorierte meinen Zynismus, senkte noch einmal ihre Stimme und sagte: »Bei Leon Zern liegen die Dinge etwas anders. Er ist einer der anerkanntesten Literaten der mittleren Generation. Das sind die Autoren zwischen vierzig und sechzig. Sie leben in der Hauptsache von Preisen und Stipendien. Das literarische Renommee ist ihr wichtigstes Kapital.«

Ich sagte: »Darauf kann er doch jetzt pfeifen. Er dürfte mit ›Abgezählt‹ genug Geld verdient haben, um ein paar Jährchen bequem über die Runden zu kommen.«

Aber so einfach war es natürlich nicht. Ich verstand nichts vom Literaturbetrieb. »Die Zeiten sind schwer, Paul«, sagte sie. »Schriftsteller leben von ihrer Glaubwürdigkeit. Du kannst nicht schreiben, was du willst, wenn du ernstgenommen werden willst. Aber bei dir ist das anders. Denk doch mal unvoreingenommen darüber nach. Dir würde es nicht schaden, Autor von ›Abgezählt‹ zu sein – im Gegenteil. Was hindert dich daran, als Leon Zern in Erscheinung zu treten und öffentlich zu erklären, daß du die abstrakten Thesen deiner Wissenschaft einmal in greifbare Realität verwandeln wolltest!«

Ich blieb zynisch: »Du meinst, in Fleisch und Blut.«

»Paul, du bist ein wenig phantasielos. Und vor allem solltest du den Mund nicht so voll nehmen. Wer um Himmels willen, glaubst du, wird sich denn in einem halben Jahr für *dein* Buch interessieren? Mit etwas Glück spielst du an der Ladenkasse deinen Vorschuß wieder ein. Das ist alles. Fünftausend Euro.« Sie zündete sich eine Zigarette an, um diese deprimierende Zahl noch einmal ihre ganze Wirkung entfalten zu lassen, und fuhr dann fort: »Als Leon Zern würdest du in ganz andere Dimensionen vorstoßen. Wir würden über ernstzunehmende Summen sprechen. Ich habe den Vertrag, den du am Freitag unterschrieben hast, noch nicht abgeschickt. Nenn es Zufall, nenn es Instinkt – hier ist er.« Sie griff in ihre Tasche, und

52

schon lagen die Seiten vor mir auf dem Tisch. »Bitte sehr: Wir haben noch alle Möglichkeiten. Du mußt Arps Artikel als Geschenk betrachten. Wenn ich deinen Verleger anrufe und ihm sage, daß Arp recht hat, dann spielen wir in einer ganz anderen Liga. Es dauert keine fünf Minuten, und ich hole für dich statt läppischer fünf-, hundert- oder zweihunderttausend heraus. Paul, du könntest dieses Café als reicher Mann verlassen!«

So hatte ich Cora noch nie erlebt. Kühl und professionell in ihrer Zielstrebigkeit, war sie doch erregt. Wenn wir über Geld sprechen, sprechen wir in Wahrheit über uns. Geld verdirbt den Charakter, heißt es; ich glaube aber, daß es ihn offenbart. Es war Cora jedenfalls gelungen, mich nervös zu machen. Ich, der ich wie kaum ein anderer mit Zahlen umzugehen wußte, ließ mich vom Fieber der Sechsstelligkeit anstecken. Die von ihr genannte Summe drang nicht als abstrakte Größe in mein Bewußtsein, sondern als Lösung all meiner Probleme: Ich würde Liv zum Schweigen bringen und ihren Vorwurf, ich wollte mich vor Unterhaltszahlungen drücken, mit einem Federstrich aus der Welt schaffen können. Ich würde Polly mit Geschenken überhäufen und ihr in den Ferien die Welt zu Füßen legen. Und ich würde Joana sehen können, wann immer mir danach war und sooft ich mich nach dem sanft parfümierten Bordellduft mit seiner unvermeidlichen Note aus Desinfektionsmitteln sehnte, die aus Duschen und Toiletten wehte.

»Zweihunderttausend …«, sagte ich zögernd.

»Nicht ganz vielleicht«, schränkte sie ein. »Dein Buch ist kein Krimi, aber es würde reichen, wenn sich jeder zehnte Leser von ›Abgezählt‹ dafür begeistert. Du solltest auf jeden Fall ein Kapitel über das mathematische System von ›Abgezählt‹ einfügen.«

Ich schüttelte entschieden den Kopf. »Das ist zum Beispiel ein Problem. Ich habe es dir ja gesagt: Es steckt voller Fehler.«

»Das ist nicht so wichtig«, wischte sie meinen Einwand vom Tisch. »Über die Fehler gehst du hinweg. Oder du unterstellst ihnen eine höhere Systematik, die sich mit Sicherheit irgendwie konstruieren läßt. Das interessiert die Leute: Wie ist etwas entstanden? Wie hat der Autor das gemacht? Was hat er sich dabei gedacht? Laß die Menschen einen Blick in die Karten deiner Schöpfung werfen.«

»Cora, es ist nicht *meine* Schöpfung.«

»Das ist eine Frage des Standpunkts. Wer hat denn die Mathematik erschaffen? Die Zwangsläufigkeit, mit der eins und eins zwei ist, ist doch nicht das Werk eines Menschen und offenbar noch nicht einmal das eines Gottes. Es ist einfach so, wie es ist. Also bitte. Erklär den Leuten, warum Olven Hochegk ein Sklave der Primzahlen ist, und man wird dir dein Buch aus den Händen reißen.«

Olven Hochegk, der ›Abgezählt‹-Mörder, hauste als verwahrloster Autist in einer schmutzstarrenden Wohnung zwischen Müllsäcken und hohen Regalen voller mathematischer und esoterisch-kabbalistischer Literatur. Wenn ich mir den Schmutz und den esoterischen Teil seiner Bibliothek wegdachte, hatte sein Leben dort viel Ähnlichkeit mit meinem. Doch anstatt mich für mein Unglück an Frauen zu rächen, fügte ich mich ihrem Willen – so auch jetzt. Ich begann, schwach zu werden und Coras zupackendem Naturell zu erliegen. Schon halb besiegt, sagte ich: »Wie soll das denn laufen? Ich meine, was würde der richtige Leon Zern dazu sagen? Was hätte er überhaupt davon?«

»Er könnte pausenlos publizieren. Nach einem Erfolg wie ›Abgezählt‹ reißen dir die Zeitungen jeden Einkaufszettel aus den Händen und drucken ihn. Du wärst der Mittelsmann und an seinen Einnahmen beteiligt, ohne auch nur einen Finger krumm zu machen.« Sie zog ein zweites Papier aus der Tasche, einen weiteren Vertrag, wie unschwer zu erkennen war, und legte ihn auf den ersten. »Ich habe das alles schon vorbereitet. Ich will dich nicht mit juristischen und urheberrechtlichen Details langweilen, im wesentlichen läuft es auf Folgendes hinaus: Die Namensrechte an Leon Zern verbleiben bei ihrem Schöpfer, und du erhältst bis auf weiteres das Recht, als Leon Zern aufzutreten. Dafür erhält er eine Provision von fünfzig Prozent aller Einnahmen, die du aus öffentlichen Auftritten in Talk-Shows etc. erwirtschaftest. Von seinen Einnahmen aus Zeitungsartikeln oder aus Romanen, die er unter dem Pseudonym Leon Zern – nicht unter seinem eigenen Namen – veröffentlicht, bekommst du für deine Rolle als Autor in der Öffentlichkeit zehn Prozent.«

»Das ist zuwenig«, protestierte ich – und gab mich damit, indem ich begann zu handeln, im Grunde geschlagen. »Ich will fünfzig Prozent – wie er.«

Cora blieb distanziert, aber ich spürte ihre Befriedigung darüber, daß sie gewonnen hatte und nun alles in ihrem Sinne lief. »Darüber können wir ja reden. Vielleicht sind fünfzehn Prozent drin. Auf jeden Fall hat Leon Zern das Recht, sämtliche Veröffentlichungen, die du unter seinem Namen machst, vorher zu lesen und abzusegnen.«

»Wie das denn? Bekomme ich bei Interviews einen Knopf ins Ohr, um seine Einflüsterungen wiederzugeben?«

»Paul!« ermahnte sie mich, »du hast keinen Grund mißtrauisch zu sein. Wenn die Sache läuft, dann profitiert ihr beide davon. Leon Zern soll leben – das ist euer gemeinsames Interesse. Laß uns aufhören, Erbsen zu zählen, wir haben ein großes Ziel. Du kannst so etwas wie der Umberto Eco der Mathematik werden, ist das etwa nichts? Und wenn dir das nicht reicht, dann denk an die Zweihunderttausend. Was ist? Soll ich deinen Verleger anrufen, oder nicht?«

Ich hätte die alte Erfahrung, daß jeder Mensch käuflich ist, wenn nur der Preis stimmt, gerne widerlegt, aber Cora und ich, wir brachten an diesem Vormittag alles unter Dach und Fach. Sie ging eine Weile vor dem Café auf und ab und telefonierte mit meinem Verleger. Schließlich kam sie mit einem Angebot über hundertfünfzigtausend zurück – unter der Bedingung, daß ich ein substantielles Kapitel über ›Abgezählt‹ schrieb und mich in bezug auf den Titel des Buches der Entscheidung des Verlags unterwarf. *Die Macht des Zufalls und die Geometrie der wirklichen Dinge* konnte ich vergessen. Ich willigte in alles ein.

Geld, Leben. Was für eine tiefe, unauflösliche Beziehung. Ich war zugleich glücklich und entsetzt. Ich durfte mir sagen, daß ich nichts getan hatte, was nicht alle getan hätten. Und es war eine der ältesten Quellen des Glücks, mit der Herde zu ziehen. Insofern hatte ich das Richtige getan. Aber der Preis dafür war hoch. Ich würde ein unsinniges Kapitel über ein lächerliches Zahlenspiel schreiben müssen. Und alles in allem würde ich nicht das Wissen, sondern das Unwissen der Menschheit mehren. Ich würde der Sache der Mathematik nicht dienen, sondern Schaden zufügen und das Gegenteil von dem erreichen, was einst meine Ideale gewesen waren. Wie deprimierend!

Doch war das nicht zu kurz gedacht? Mit dem Geld, das man mir zahlen wollte, konnte ich Polly Tausende von kleinen Freuden bereiten. Sie hatte in letzter Zeit das Ausmalen bestimmter runder, abstrakt ornamentierter Formen entdeckt, die ein wenig an Blüten erinnerten: Mandalas. Liv sah darin einen Ausdruck erwachender Kreativität – für sie ein weiterer Beweis gegen jede etwaige mathematische Begabung. Gott sei Dank war ihr nicht bewußt, wie mathematisch Mandalas waren. Man brauchte sich nur einen Schneekristall vor Augen zu führen. Ein Schneekristall war sowohl ein Mandala als auch etwas, das wir in unserer Wissenschaft (nach dem dänischen Mathematiker Helge von Koch) triadische Koch-Kurve nennen. Und der Ausmalblock, den ich Polly gekauft hatte, enthielt viele schneeflockenartige Gebilde. Aber Liv und ich, wir gerieten über die Mandalas schließlich in Streit. Liv erklärte Polly, daß es sich um magische Formen handelte, von denen besondere Kräfte ausgingen. Und weil ich dem widersprach, führten wir eine lange und fruchtlose Diskussion über die Rolle von Mythen in der Kindererziehung. Liv warf mir vor, Pollys Phantasie zu zerstören, weil ich mit ihr regelmäßig ins Kino ging. Ich fand, sie war jetzt in dem Alter dafür, auch wenn Liv nicht müde wurde zu erklären, die meisten Kinderfilme seien für Siebenjährige ungeeignet. Sie warf mir vor, ich wollte mir Pollys Zuneigung erschleichen – und vielleicht stimmte das ja. Die Wochenenden mit Polly gehörten zum Besten in meinem Leben.

Manchmal ging ich an den Samstagen ohne sie trotzdem ins Kino, nur um das Gefühl zu haben, sie wäre da.

Und so sagte ich mir ein ums andere Mal, daß ich kein Recht gehabt hätte, Coras Angebot auszuschlagen; das Geld, das ich bekommen sollte, würde Polly zugute kommen, entweder durch mich als übergroßzügigen Vater oder durch meinen vorzeitigen Tod als Erbschaft. Am Ende beschlich mich allerdings der Verdacht, daß ich all den gedanklichen Aufwand um Moral und Aufrichtigkeit nur betrieb, um vor mir die schlichte Tatsache zu verbergen, daß ich keinen Charakter gezeigt hatte. Und wenn es stimmte, was Mandelbrot sagt, daß Zeit alles in allem eine Summe von Fehlern ist, dann wäre ich an diesem Montagmorgen um einiges älter geworden. Ich hätte teuer bezahlt für eine wertlose Erinnerung.

Nachmittags hielt ich meine Vorlesung über die Rolle des Zufalls beim Entstehen der wirklichen Dinge. Im besonderen behandelte ich Gerinnungsvorgänge. Sie waren allgegenwärtig, sie vertraten ein großes Prinzip! Das gesamte Universum war das Resultat eines Gerinnungsprozesses. Ursprünglich Gleichverteiltes verklumpte und verdichtete sich unter der Oberherrschaft des Zufalls, und heraus kam Leben! Doch während ich sprach, fiel mir auf, wie unnatürlich die monotone Neonhelligkeit im Hörsaal war, wie sehr sie meine Lehren konterkarierte. Sie war gleichmäßig, steril und schattenlos. Und ebenso steril schien mir auch meine Rede zu sein. Es war, als säße ich selbst im Publikum und hörte mir zu. Die Studenten starrten mich an und schrieben auf, was ich sagte. Und auf einmal kam es mir absurd vor, daß sie mir vertrauten. Daß sie glaubten, ich hätte ihnen etwas zu sagen. Ich betrog sie um ihr Leben. Sie hätten hinausgehen sollen auf die Straße und suchen, wonach sie dürsteten. Verdichtungen, Leben. Sie waren so unglaublich jung. Und es kam mir vor, als würde ich ihnen nicht etwas geben, sondern etwas rauben: ihre Zeit.

Nach den zähen anderthalb Stunden der Vorlesung ging ich ins Café Savigny. Seit zwanzig Jahren ging ich regelmäßig dorthin. Im Savigny hatte ich zum ersten Mal mit der Mode des Milchkaffees Bekanntschaft gemacht, jenem hellbraunen, in weißen Schalen servierten Gemisch aus Kaffee und heißer Milch, das man erstaunlicherweise immer noch so serviert bekommt wie seit eh und je. *Das* in unserer Zeit der rauschhaften Veränderungen! Wie konnte sich etwas in unveränderter Form länger als zwanzig Jahre halten? Es war ein Mysterium! Jedesmal wenn ich einen Milchkaffee trank, wurde ich gelassen. Ich schaute ruhig aus dem Fenster und spürte meine Seele. Schon allein deswegen steuerte ich immer wieder ins Café Savigny. Und ich dachte: In einer Stadt wie der unseren zu leben war ein großes Geschenk. Man brauchte nichts zu tun, um doch ein Teil von ihr zu sein. Alles geschah von alleine, so wie die Erde sich ohne unser Zutun dreht. Der Verkehr rollte, die Reklamen leuchteten, Kunden betraten und verließen Geschäfte. Unser Mittun war dabei nicht im geringsten gefordert – das lehrte mich unsere Stadt in solchen Momenten. Und das war tröstlich.

Nachdem es dunkel geworden war, ging ich zu Joana. Sie war überrascht, daß ich an einem Montag kam. Das war ungewöhnlich. Ich meinerseits war froh, daß sie da war – und vor allem, daß sie frei war. Ich hatte befürchtet, an ihrer Seite jemandem zu begegnen wie mir selbst. Was für ein Alptraum. Aber es war kaum etwas los in dem kleinen Empfangsboudoir. Als ich das erste Mal hier eingetreten war, hatte ich noch gedacht, etwas Spektakuläres würde mich erwarten. Oder etwas Geheimnisvolles. Oder vielleicht auch etwas Widerliches. Ich wußte es ja nicht. Was ich über Bordelle wußte oder zu wissen glaubte, hatte mit der Realität nichts zu tun. Ich hatte mir in Gedanken irgend etwas zurechtgereimt. Deswegen überraschte es mich, daß man dort einfach nur wie in einem Wohnzimmer herumsaß und sich unterhielt. Gewiß – wir waren alle mehr oder weniger nackt. Das war ungewöhnlich. Aber da alle nackt waren, verschwand die Nacktheit des einzelnen auch wieder. Es war ein wenig wie auf einem Campingplatz. Ich hätte nie gedacht, daß mir Nacktheit so gleichgültig sein könnte. (Auch wenn ich mir ganz unbewußt mein Handtuch stets ein wenig fester um die Hüften schlang, wenn ich aufstand und Joana ein Mineralwasser holte.) Auch die Nacktheit der Frauen war wenig aufreizend. In der häuslichen Normalität unseres Beisammenseins verlor sie ihre erotische Aura. Das enttäuschte mich zu Beginn sogar. Ich hatte gehofft, von soviel präsentierter Nacktheit in einen Zustand voyeuristischer Erregung versetzt zu werden – aber der Voyeurismus war eine schweig- und einsame Angelegenheit. Bei Gesprächen störte er nur. Und so saßen wir, Joana und ich, alles in allem wie gute Freunde zusammen und nicht wie ein erotisch verbundenes Paar. Im übrigen kannte ich ihren Körper nach mehr als einem Jahr gut. Über ihre Haut zu streichen war schön, aber ohne den Reiz des neuen oder der Grenzüberschreitung. Ich berührte sie beinahe so selbstverständlich wie mich selbst.

Erst in unserem Séparée, ohne die Kulisse der anderen Körper, kehrten meine sexuellen Impulse zurück. Joana wußte sie zu wecken. Sie kannte mich ja. Doch heute erwies sich auch das als schwierig. »Paul«, sagte sie nach einer Weile, »wo bist du in Gedanken? So habe ich dich noch nie erlebt. Was ist los?«

Ich richtete mich auf und setzte mich auf die Bettkante. »Das ist eine lange und verworrene Geschichte.«

Sie drehte sich auf die Seite, stützte ihren Kopf in die Hand und sagte: »Erzähl sie mir. Wir haben Zeit.«

Die gegenüberliegende Wand war ein einziger großer Spiegel. Darin konnte ich sie liegen und mich auf der Höhe ihres Schoßes sitzen sehen. Ihr Schoß war begehrenswert, sehr dunkelhaarig, sehr schwarz. Gott sei Dank kürzte sie ihre Schamhaare nur und entfernte sie nicht, wie viele ihrer Kolleginnen. Während ich sprach und ihren Schoß betrachtete, dachte ich an die Perversionen aus ›Abgezählt‹. Ich dachte an das Blut der Opfer und die Zahl 666 auf ihren Körpern, die angeblich des Teufels war.

Vielleicht, so dachte ich während ich sprach, würde auch Joana mich für Leon Zern halten – genauso so wie Liv. Wie konnte sie mir glauben, daß ich es nicht war? Sie kannte mich und meine erotischen Vorlieben, die vordergründig harmlos waren. Aber sie wußte mehr über Männer (und über mich), als ich selbst jemals in Erfahrung bringen würde. Vielleicht hatte sie in der vermeintlichen Harmlosigkeit meiner Wünsche längst Spuren verdrängter Perversität entdeckt, Spuren eines krankhaften sexuellen Wahns? Das Geschäft mit der Liebe war ein Spiel mit dem Unterbewußten, mit den Abgründen und Dunkelzonen des Trieblebens. Und wer war damit vertraut, wenn nicht sie! Ihre Kunden sexuell zu durchschauen, war für sie wichtig – vielleicht sogar lebenswichtig.

»Hat ›Abgezählt‹ dich erregt?« fragte sie mich.

»Wo denkst du hin!« sagte ich.

»Mich schon«, sagte sie.

Sie rief mir die Schilderung des ersten Mords in Erinnerung. Aus ihrem Mund klang die Demütigung des Opfers wie ein dunkles erotisches Ritual. Sie faßte mich an dabei, und obgleich ich wußte, daß sie mich provozieren wollte, und ich mich innerlich dagegen wehrte, gelang es ihr, mir zu beweisen, daß ich nicht ehrlich zu mir war. Als ich uns im Spiegel betrachtete, erschrak ich über mich. Sie saß neben mir und flüsterte mir Dinge ins Ohr. Und es dauerte nicht lange, und sie zeigte mir, wer ich war.

Als ich ging, meinte sie, ich könnte sie in Zukunft ja häufiger am Montag besuchen. Ihr Vorschlag führte mir die geschäftliche Natur unserer Beziehung deutlich vor Augen. Doch da ich ihr verfallen war, sagte ich mir, daß es ihr nicht nur um die doppelten Einnahmen ging, sondern auch um mich. Ich wußte, daß das eine Illusion war, aber ich wußte auch, daß ich diese Illusion brauchte. Es gab kein Leben ohne Illusionen – und ich sagte mir, daß die Liebe einer Hure vielleicht nicht die schlechteste war.

5

Am nächsten Morgen erhielt ich ein Einschreiben von Liv oder genauer gesagt von ihrem Anwalt. Ich öffnete es und sah sogleich: Nicht nur meine Einnahmen waren über Nacht sechsstellig geworden, sondern auch Livs Unterhaltsforderungen.

Cora hatte für mein Buch hundertfünfzigtausend herausgeholt, doch jetzt sah ich deutlich, wie trügerisch der Glanz dieser Größe war. Leon Zern (der echte) würde zwanzig Prozent davon erhalten, ohne überhaupt einen Finger zu rühren. Zog ich noch die Agenturprovision ab, war damit bereits mehr als ein Drittel der Summe fort. Und auch dabei würde es nicht bleiben, denn für den Rest waren eine Menge Steuern fällig. Ich schlug meinen Steuersatz nach. Unsere Stadt stand kurz vor dem Bankrott, und ich gehörte zu denen, die ihn abwenden sollten. Außerdem würde mich die Scheidung in der Progressionstabelle um einiges in die Höhe katapultieren. Und nach Abzug aller Verbindlichkeiten erwies sich mein vermeintlich großartiges Geschäft von gestern heute als ruinös. Die Forderungen, die ich mir eingehandelt hatte, überstiegen die Einnahmen deutlich. Ich war erledigt.

Ich setzte Cora von dieser aus meiner Sicht dramatischen Entwicklung in Kenntnis, aber sie blieb vollkommen ruhig. »Paul«, sagte sie, »das ist doch gar kein Problem. Deine Frau will Geld – also gib ihr welches. Hol sie mit ins Boot. Sag ihr, was läuft, und biete ihr zwanzig Prozent für ihre Kooperation.«

»Damit wird sie sich nicht zufriedengeben.«

»Dann gib ihr dreißig.«

»Sie hätte mich in der Hand. Sie könnte alles platzen lassen. Cora, die Sache läuft einfach nicht so, wie wir uns das gedacht haben!«

»Ganz im Gegenteil«, entgegnete sie mir. »Arp hat angerufen. Er möchte sich heute mit dir treffen. Er ist der Meinung, daß er ein Recht auf dein erstes großes Interview als Leon Zern hat. Das konnte ich ihm nicht abschlagen. Kannst du es einrichten, um elf bei ihm in der Redaktion zu sein? Er kommt aber auch gerne zu dir ins Institut.«

»Auf gar keinen Fall!« schnaubte ich und legte auf.

Ich schob das Schreiben von Livs Anwalt zurück in den Umschlag. Wenn ich Liv wirklich dreißig Prozent gab, dann näherten sich meine Einnahmen allmählich jenen fünftausend Euro, die ich sowieso bekommen hätte. Und auch das war unter einem letzten Aspekt noch nicht die ganze Wahrheit. Denn was über die ursprünglichen fünftausend hinausging, würde Joana in etwa für ihre zusätzlichen Dienste bekommen, wenn wir die Montage zur Regel werden ließen. Finanziell war ich also im Handumdrehen wieder dort angekommen, wo ich vor meinem Aufstieg zum Bestsellerautor gestanden hatte.

Ich machte mich auf den Weg zu meinem Interview. Die wenigen Blätter, die noch an den Ästen ausharrten, leuchteten rötlich und gelb, und die Sonne spiegelte sich

in den Fenstern und Windschutzscheiben, als schiene sie
an vielen Orten zugleich. Ich setzte mich in ein Café, vor
dem noch ein paar Tische auf dem Gehweg standen, und
rief Nico E. Arp an. Er war erfreut, meine Stimme zu hören, und nach einer halben Stunde saß er mir gegenüber.
Die Situation war für uns beide neu, aber er fand sich
darin gut zurecht. Er trug eine petrolgrüne gefütterte Jop-
pe mit Stehkragen und ein gelbgestreiftes Baumwollhemd.
Durch die ungewöhnliche Größe seines Mundes wirkte
seine Nase ein wenig kurz, was aber den Glanz der blauen
Augen um so mehr betonte – ein unterschwelliger frivoler
Glanz, wenn auch nicht unbedingt in einem sexuellen
Sinn. Es war eine grundsätzliche Lüsternheit auf Realität,
die ich in seinem Blick zu erkennen glaubte.

Er versicherte mir, wie grandios er ›Abgezählt‹ finde
und von Anfang an gefunden habe, im Gegensatz zu vielen seiner Kollegen. Ihm sei bei der Lektüre eine Gänse-
haut nach der anderen den Rücken hinuntergekrochen.
Und während er ein Aufzeichnungsgerät mit Mikrophon
in die Mitte des Tisches stellte und durch einen unauffäl-
ligen Knopfdruck in Gang setzte, fügte er noch eine lange
Reihe von Komplimenten hinzu, womit er mich erstens
daran hinderte, gegen die akustische Aufzeichnung unseres Gesprächs zu protestieren, und es zweitens erreichte,
daß ich mich von all dem Lob schließlich sogar geschmeichelt fühlte, obwohl ich ›Abgezählt‹ überhaupt nicht geschrieben hatte.

Während ihm dieses Kunststück gelang, hatte ich aber
doch den Eindruck, daß er ›Abgezählt‹ nur sehr oberflächlich kannte, mehr vom Hörensagen und Darüber-Schrei-
ben. Er würde mich in diesem Punkt nicht prüfen. Er war

zu sehr von seinem Spürsinn überzeugt, um seiner eigenen Entdeckung, daß ich Leon Zern war, zu mißtrauen. Die Situation war also weniger gefährlich, als ich einen Moment lang befürchtet hatte. Er war ein virtuoser Journalist, und das hieß, wir konnten getrost über Dinge reden, die wir nicht kannten, solange wir uns einig waren, dasselbe zu meinen.

Unglücklicherweise war er mir, wie ich ja längst wußte, rhetorisch überlegen. Und so verstrickte er mich sehr schnell in eine Diskussion über das Verhältnis von Wissenschaft und Kunst, von Logik und Intuition. Ihm war natürlich klar, daß er mich damit aus der Reserve locken konnte. Und medial unbedarft, wie ich war, ging ich ihm ins Netz, weil ich mich aufgerufen fühlte, die Wissenschaft vor dem Vorwurf der Kleinkariertheit in Schutz zu nehmen. Ich ließ mich provozieren und verteidigte uns Forscher dagegen, eine vernagelte Truppe ohne jeden Kunstsinn zu sein.

Dabei hatte Arp das gar nicht behauptet. Er blieb ganz neutral, aber ein Gefühl der Minderwertigkeit ihm gegenüber ließ mich aus seinen Fragen eine Art unterschwelliges Naserümpfen heraushören. Es schien mir, als halte er Naturwissenschaftler in Wahrheit ganz einfach für Trottel. Und indem ich mich darüber empörte, verhielt ich mich auch so. Ich hätte mich niemals gekränkt zeigen dürfen. Mein Kardinalfehler bei dem Gespräch war aber, daß ich es nicht lassen konnte, die fürchterlichen Sexualrituale in ›Abgezählt‹ zu erwähnen und zu verteidigen. Anstatt über das abstrakte Verhältnis von Kunst und Wissenschaft wollte mein Innerstes an diesem Morgen über Joana und den gestrigen Abend sprechen. Das verlangte meine Seele, die verarbeiten wollte, was geschehen war. Und so sagte ich schließlich: »Warum sollten manische Rationalität und manische Sinnlichkeit einander ausschließen? Es sind zwei verzweifelte Wege, etwas über die Welt herauszufinden.«

Arps Augenbrauen hoben sich neugierig: »Sie meinen, Olven Hochegk ist auf seine Weise ein Forscher?«

Das war es natürlich, was er von mir hören wollte: Alle Naturforscher sind auf ihre Weise Psychopathen. »Die Naturwissenschaften«, sagte ich, »schließen niemanden aus. Sie sind das einzige Gedankensystem, das keinen nach seiner Herkunft, seinem Glauben, der sexuellen Orientierung oder wonach auch immer fragt. Und trotzdem ziehen die Menschen unüberprüfbare Regel- und Behauptungssysteme den Naturwissenschaften vor. Niemandem ist aufgefallen, daß unter den Primzahlen in ›Abgezählt‹ eine Nicht-Primzahl ist, eine Zahl, deren Quersumme durch drei teilbar ist! Wir sind ein Volk von naturwissenschaftlichen und mathematischen Analphabeten. Ich sehe darin eine Gefahr für die Demokratie. Sind Sie sicher, daß wir das Mittelalter überwunden haben? Ich nicht. Wir nehmen numerologischen Unfug für bare Münze. Was ist mit Astrologie, Spiritismus, Esoterik? Wir folgen Gespenstern und bemerken nicht, daß die Quersumme einer Primzahl niemals durch drei teilbar sein kann.«

Ich langweilte ihn jetzt. Es schien mir, sein Desinteresse an dem, was ich sagte, war sogar mehr als ein gewöhnliches, sondern ein gewolltes. Eines aus Überzeugung, als sei es unter seiner Würde, sich mit Zahlen und Quersummen abzugeben. Ich redete, als hätte ich einen Beweis zu führen. Was ich sagte, dachte ich auch, aber es in der Öffentlichkeit gesagt zu haben hinterließ in mir zunächst ein flaues und dann ein niederschmetterndes Gefühl, in etwa so, als hätte ich bei einer Prüfung hoffnungslos versagt. Arp meinte irgendwann: »Naturwissenschaften und Technik bestimmen unser gesamtes Leben. Vielleicht verteidigen die Menschen nur das wenige, was ihnen ansonsten noch bleibt.«

Über den Dächern waren ein paar schmale streifige Wolken aufgezogen, und der Tisch, an dem wir saßen, war eine Insel im Meer der unermüdlichen Bewegungen unserer Stadt. So unterschiedlich Arp und ich auch waren, wir gehörten doch beide hierher. Als ich zum Institut fuhr, schämte ich mich. Anstatt die Menschen, die hier mit mir lebten, zu umwerben, hatte ich sie vor den Kopf gestoßen und als Dummköpfe, ja Analphabeten beschimpft. Wahrscheinlich würde man mir im Gegenzug Unsensibilität und Arroganz vorwerfen. In der U-Bahn wurde mir meine Fehlleistung immer bewußter. Ich betrachtete die Gesichter und begriff, wie schäbig ich mich benommen hatte. All diese Menschen hatte ich beleidigt. Mit ihren Beuteln und Taschen und Rucksäcken verfolgten sie ja alle irgendein gerechtes, ihrem Leben dienendes Ziel. Und es war nicht an mir, ihre Maximen und Prioritäten zu verurteilen. Ich schämte mich, ja man konnte sagen, unsere Stadt stutzte mich wieder zurecht. Und ich war froh darum. Ich wollte meine Arbeit verrichten und sonst nichts.

Ich ging in mein Büro und setzte mich an den Schreibtisch mit dem Ziel, meinem Buch über die Geometrie der wirklichen Dinge ein Kapitel über Felix Hausdorff hinzuzufügen, der sich (was für eine eigenartige Fügung!)

unter einem Pseudonym auch als Philosoph und als Theaterautor einen Namen gemacht hatte. Das Kapitel war mir ein besonders persönliches Anliegen, denn ich konnte darin endlich auf ein Element unserer Wirklichkeit zu sprechen kommen, das ich so lange schon liebte: auf Schneeflocken. Und ein wenig schrieb ich an diesem Nachmittag auch als Kind und mit dem Bild einer unberührten weißen Landschaft vor Augen. Ich wollte den Winterzauber meiner Kindheit einfangen – vielleicht schrieb ich sogar für Polly. Aber ich verzettelte mich dabei. Entweder war ich zu pathetisch oder zu sachlich. Ich verlor mich in den Details des Kristallisationsprozesses, und es gelang mir nicht, poetisch zu werden.

Ich wollte die erstaunliche Tatsache erklären, daß Schneeflocken einen unendlich großen Umfang haben, obwohl sie so klein sind, daß sie auf jede Fingerkuppe passen. Dazu mußte ich den Begriff der Hausdorff-Dimension einführen, und damit kam ich nicht zurecht. Solchen Begriffen fehlte jede lyrische Aura. Ich saß vor der Tastatur und sah untätig aus dem Fenster. Schneeflocken, Blätter, Wolken – wir verstehen diese Dinge nicht wirklich. Sie existieren in einem Kontinuum der Dimensionen, das uns nicht zugänglich ist. Alles, was wir davon zu fassen bekommen, sind Projektionen, reduzierte Abbilder in unseren Sinnen. Wie wenig ist das! Und doch reicht es aus, um uns für die Schönheit der Dinge empfänglich zu machen. Um uns zu verzaubern.

Abends ging ich zu Liv. Es war klar, daß wir miteinander reden mußten, und das nicht nur am Telefon. Sie öffnete mir die Tür und drehte sich wortlos um, als sei mein Erscheinen ein unvermeidliches Übel. Immerhin schlug sie mir die Tür nicht wieder vor der Nase zu, und ich folgte ihr in den Flur. Sie wies mich gnädig ins Wohnzimmer, während sie Polly zu Bett brachte. Ich hörte unsere Tochter in der Badewanne plätschern und den Zauberspruch einer ihrer Kinderbuch-Heldinnen aufsagen. Ihre helle, unbeschwerte Stimme zu hören brach mir das Herz, aber Liv wollte nicht, daß ich ihr vor dem Einschlafen etwas vorlas. Mein Erscheinen, so glaubte sie, würde das Kind nur verwirren und unnötig aufwühlen.

Das Niederschmetterndste an unseren Konflikten war die Versessenheit, mit der wir um unerheblichste Kleinigkeiten fochten. Gerieten wir in Streit, warfen wir uns bald schon einzelne Sätze vor, dann bestimmte Worte und schließlich nur noch die *Betonung* von Worten. Dabei wurde unser Haß im selben Maße größer, wie das, woran er sich entzündete, kleiner und engstirniger wurde. Fast schien ein mathematisches Verfahren dahinterzustecken, ein Schleifenprogramm, das sich endlos wiederholte und in immer winzigere Dimensionen hinabschraubte, um dort stets die gleichen Muster hervorzubringen. Was für eine Ironie, daß ich ausgerechnet solche Muster erforschte. Was für eine Ironie, daß ich als Ehemann meiner eigenen Wissenschaft nicht entkam.

Ich wartete im Wohnzimmer unserer ehemals gemeinsamen Wohnung ab, bis es im Flur und in den Räumen ruhig wurde. Hier hatte ich acht Jahre meines Lebens zugebracht. Aber inzwischen hatte sich einiges verändert. Zusammen mit mir hatte Liv auch einige Möbelstücke hinausgeworfen. Das Wohnzimmer kam mir sehr kahl vor, und die neue Ordnung bedrückte mich. Über der Sitzgarnitur hing ein Gemälde, auf dem sich gelbe, blaue und graue Flächen zu einer fensterlosen Industriefassade in mehligem Sommerlicht zusammensetzten, zu einem Sinnbild großer Leere. Das Gemälde war sehr dekorativ, die Darstellung von Menschen hätte seine morbide Perfektion zerstört. Liv hatte einen guten Geschmack, ich wußte, daß sie die Künstlerin persönlich kannte, aber ich fragte mich trotzdem, warum sie sich ausgerechnet solch ein Manifest der Einsamkeit und der großstädtischen Versteppung für das Wohnzimmer ausgesucht hatte.

»Was ist los?« sagte sie, als Polly im Bett lag.

»Was los ist?« fragte ich zurück. »Du verklagst mich auf einen vollkommen irrsinnigen Betrag!«

»Darüber rede ich nicht. Laß unsere Anwälte das aushandeln.«

»Ich habe keinen Anwalt. Er ist eine Niete.«

»Das ist nicht mein Problem.«

Ich wartete ab, bis sie sich gesetzt hatte, und sagte: »Die Sache ist ganz einfach die: Du irrst dich. Ich habe kein Geld.«

»Sonst noch etwas?«

»Es ist die Wahrheit.«

Meine vermeintliche Unverfrorenheit erboste sie. »Ich habe im Orchester gespielt, in der Philharmonie! Und jetzt bin ich froh, wenn ich ersatzweise einspringen darf, und gebe ansonsten Flötenunterricht. Das ist demütigend. Sieben Jahre bin ich zu Hause geblieben. Sieben Jahre meines Lebens! Wieso sollte ich auf das Geld verzichten, das du währenddessen gescheffelt hast?«

Ihre Verbitterung brach sich Bahn, doch mein Blick fiel auf ihre Füße. Ihre Angewohnheit, die ich ja kannte, zu Hause barfuß zu gehen, hatte sie beibehalten. Die Tatsache, daß ihre Zehennägel lackiert waren, lenkte mich von unserem Thema ab. Ich fragte mich, für wen sie wohl ihre Zehennägel lackiert haben mochte. Ich fragte mich, ob ihre lackierten Zehnägel womöglich ein Hinweis auf einen Liebhaber waren. Der Anblick ließ mich eifersüchtig werden. Und er erregte mich auch. Ich hatte einen eigenartgen Gedanken: Es wäre mir leichter gefallen, mit ihr zu schlafen, als mit ihr über Geld zu reden. Und offenbar war dies ein Teil meiner verdrehten Persönlichkeit, denn so ging es mir ja auch mit Joana.

Ich sagte: »Du gehst von falschen Voraussetzungen aus.«

»Paul«, schnitt sie mir das Wort ab. »Es interessiert mich nicht, wie viele Exemplare du verkauft hast und was dabei unter dem Strich für dich herausgesprungen ist. Das sollen unsere Anwälte klären. Wenn das alles ist, was du zu sagen hast, dann geh jetzt bitte.«

Verzweifelt sagte ich: »Ich bin nicht Leon Zern! Ich habe kein Geld!«

Glaubte ich denn wirklich, damit irgend etwas bewirken zu können? Ich hatte der Behauptung, ich sei Leon Zern, tagelang nicht widersprochen und sogar damit begonnen, in meiner neuen Rolle als Schriftsteller Interviews zu geben. Was konnte ich als Reaktion auf mein Eingeständnis, ich sei *nicht* Leon Zern, also ernsthaft erwarten? Aus welchem Grund hätte Liv mir vertrauen sollen? Nur weil wir zehn Jahre miteinander verheiratet gewesen waren?

Ich gebe zu, daß ich dies insgeheim gehofft hatte. Etwas in mir wollte sich nicht damit abfinden, daß es zwischen Menschen wie uns kein Vertrauen mehr geben konnte.

Daß Beweise nichts mehr zählten und Worte wertlos waren. Mir wurde klar, daß ich allen Ernstes gehofft hatte, wenn sie mir nur in die Augen sähe, würde sie erkennen, daß ich sie nicht belog. Und jetzt sah ich, wie naiv und sinnlos diese Hoffnung gewesen war. Denn erstens sah sie mir nicht in die Augen; und zweitens – das erkannte ich schließlich – hätte es nichts geändert. Vielmehr vertiefte ich mit jedem meiner Worte ihr Mißtrauen. Mit jedem meiner Worte bewies ich ihr, wie unverfroren und selbstsüchtig ich war. Wie wenig bereit zu teilen. Für keine noch so absurde Lüge – so mußte sie es ja sehen – war ich mir zu schade. Und so war alles, was ich an diesem Abend erreichte, sie in ihrer Entschlossenheit zu bestärken, gegen mich zu kämpfen und sich den ihr zustehenden Anteil mit allen Mitteln zu holen. Durch meinen Versuch, ihr die Wahrheit zu sagen, machte ich sie mir unwiderruflich zur Gegnerin.

Ohne ein weiteres Wort sprang sie auf, ging auf bloßen Füßen zur Tür und forderte mich auf, ihre Wohnung auf der Stelle zu verlassen. Sie stand da, eine Hand auf der Klinke, schön in ihrer Wut, und wartete darauf, daß ich ging. Nicht einmal einen Abschiedskuß auf die Wange unseres, wie ich inständig hoffte, fest schlafenden Kindes gestattete sie mir.

6

Man kann sagen, daß der Zeitpunkt für meinen Auftritt als Leon Zern perfekt gewählt war: Das Weihnachtsgeschäft stand vor der Tür. Vielleicht war ›Abgezählt‹ nicht unbedingt ein Buch, das zu Kerzenschein, Lebkuchen und der Stimmung von ›Stille Nacht‹ paßte. Aber andererseits hatte der Roman das Bewußtsein für Zahlen in unserer Stadt geschärft. Und so sprach sich schließlich herum, daß es sich weder bei 24 noch 25, noch 26 um Primzahlen handelte. Das Weihnachtsfest war primzahlenfrei, und auf einmal sahen viele darin ein Zeichen.

Solche Dinge erfuhr ich unter anderem aus Briefen, die an Leon Zern gerichtet waren, nun aber auf verschiedenen Wegen bei mir landeten. Mit diesen Briefen war es eine komplizierte Angelegenheit. Da außer Cora niemand die wahre Identität von Leon Zern kannte, leitete der Verlag die an ihn gerichtete Post üblicherweise an sie weiter. Doch seit ich in Zerns Rolle geschlüpft war, funktionierte dieses System nicht mehr reibungslos.

Beispielsweise kam es vor, daß schlecht informierte Hospitanten in der Verlagspresseabteilung Briefe von ›Abgezählt‹-Lesern nun an mich weitersandten. Sie strichen die Verlagsadresse aus, setzten meine darunter und gaben die Briefe wieder in die Post. Darüber hinaus stand ich in jedem Telefonverzeichnis unseres Landes, und das erwies sich als besonders problematisch. Ich konnte es selbst kaum glauben, als ich meinen Namen in eine Telefonnummern-Suchmaske eingab: Ich war der einzige Paul Gremon in Deutschland!

Sich einen einzigartigen Namen auszudenken, dürfte – wenn man dabei realistisch bleiben will – durchaus schwierig sein. Mein Urgroßvater war Franzose, worin ich nie mehr als ein mehr oder weniger marginales Detail meines Stammbaumes gesehen habe. Daß mir sein Name jetzt eine hundertprozentige Identifizierbarkeit in unserem Land verschaffte, war mir weder bewußt gewesen noch hatten sich daraus für mich je irgendwelche Konsequenzen ergeben. Das änderte sich nun.

Viele der ›Abgezählt‹-Briefe gingen direkt an mich. Manchmal war ich Leon Zern, manchmal Paul Gremon und manchmal Leon Zern c/o Paul Gremon oder umgekehrt. Ich wurde auch als Leon Zern-Gremon oder Paul Gremon-Zern, Paul Zern oder Leon Gremon sowie Paul Leon und Leon Paul angeschrieben. Und als sei es damit noch nicht genug, erreichten mich auch an Olven Hochegk, den Serienmörder, gerichtete Briefe.

Wie ich bei der Lektüre dieser Schreiben feststellte, unterschieden die wenigsten ›Abgezählt‹-Leser streng zwischen Autor und Hauptfigur des Romans. Viele (wenn nicht die meisten) hielten das Buch für autobiographisch. Und so kam, wie man sich leicht ausrechnen kann, noch eine stattliche Reihe von Adreßvarianten und Namenskombinationen hinzu, von denen Olven Hochegk c/o Paul Gremon vielleicht die schauerlichste war.

Im Prinzip hätte ich all diese Briefe via Cora an Leon Zern weiterleiten sollen und müssen. Aber zunächst einmal konnte ich bei denen, die ohne c/o oder Doppelnamen bei mir im Briefkasten landeten, nicht wissen, daß sie in Wirklichkeit für Leon Zern bestimmt waren. Und zweitens – das stellte ich bei der Lektüre schließlich fest – waren viele dieser Briefe überhaupt nur geschrieben worden, weil ich im Hauptberuf Mathematiker war. Die mathematisch-mystischen Kommentare, die ich zu lesen bekam, stützten sich oftmals sogar direkt auf meine mathematischen Fachveröffentlichungen.

Ich konnte also mit Fug und Recht behaupten, daß diese Schreiben ebensogut an mich wie an Leon Zern gerichtet waren. Und drittens fragte ich mich, warum ich denn hätte zögern sollen, Briefe an Olven Hochegk zu öffnen? Einen Olven Hochegk gab es nirgendwo in dieser Welt. Er war ein Buchstabengespenst, das mir mit seinen mathematischen Mordmanieren im Geiste vielleicht sogar näher stand als Leon Zern, seinem Schöpfer.

Alles in allem war es mir irgendwann auch egal. Die Briefe kamen, und ich öffnete sie. Es gab darunter Konvolute, die gespickt waren mit mathematischen Symbolen, detailversessene Abhandlungen über Zusammenhänge, die nur in der Phantasie ihrer Verfasser existierten. Krause Mixturen moralischer und mathematischer Begrifflichkeiten, größenwahnsinnige Beweisführungen und penible ›Abgezählt‹-Exegesen. Und vielleicht, so dachte ich, war mir der wahre Leon Zern ja sogar dankbar, von der Flut dieser absonderlichen Schreiben ein wenig entlastet zu werden.

Ein Brief war besonders dick. Er enthielt einen Stadt-

plan von Berlin, und in die Umrisse unserer Stadt war
ein riesiger fünfzackiger Stern hineingemalt, ein Pentagramm, ein Drudenfuß. Damit war klar, wohin die ge-
dankliche Reise ging. Das Pentagramm war in der Höhe
ein wenig gestaucht und in den unteren Spitzen gedehnt,
aber insgesamt paßte es recht gut in unser Stadtgebiet.
Der Müggelsee im Osten und der Wannsee im Westen
bildeten die Füße, Staaken und Hellersdorf die Arme und
Buchholz und Blankenfelde die ein wenig abgestumpfte
Spitze des satanischen Symbols. Solche Briefe bekam ich.
Unsere Stadt war des Teufels.

Alle Primzahlenbezirke waren auf dem Stadtplan mit
roter Signalfarbe gekennzeichnet. Insgesamt 36 gab es –
jene teuflische Zahl also, aus der sich durch Addition der
Zahlen von 1 bis 36 wiederum die 666 herauskitzeln ließ.
Außerdem zeigte sich bei der räumlichen Verteilung der
36 Primzahlenbezirke ein gewisses Muster. Eigentlich hätten diese Bezirke als Objekte der Statistik mehr oder weniger gleichmäßig über das Stadtgebiet verteilt sein sollen,
doch sie lagen entweder im Herzen des Pentagramms oder
an seinen Spitzen. Das war – wie ich zugeben mußte – ein
eigenartiger Zufall.

Aber letztlich war es doch die Mathematik, mit der sich
alles erklären ließ. Nur von weitem betrachtet legt sich
alles Zufällige so gleichmäßig wie Schnee über die Dinge.
Aus der Nähe hingegen sind Häufungen, Klumpungen
und Koinzidenzen normal. Im übrigen war der linke Penta-
grammfuß – Zehlendorf, Dahlem und Nicolassee – primz-
zahlenfrei. Doch da diese Bezirke als Wohngebiete der
Reichen und Begüterten gelten, war für den Verfasser des
Schreibens auch das ein passender Stein in seinem ge-

danklichen Puzzle. »Jeder weiß«, so schrieb er, »daß der Kapitalismus das Werk des Satans ist, und der Herr der Finsternis verschont seine Diener.«

Ich saß in meinem Büro und starrte eine Weile in den Regen. Nebenan arbeitete Fruidhoffs an seiner Theorie der nicht-gaußschen Berge und hörte dabei leise Musik. Seit Wochen hörte er nichts als uralte Choräle. Gelegentlich amüsierten wir uns über die Briefe, die ich bekam. Ich fragte mich aber, ob wir soviel anders waren als deren Verfasser? Auch wir suchten in unseren Zahlen etwas, das über diese Zahlen hinausging. Wir dehnten unsere Begriffe in den Bereich des Unendlichen, und dort geschahen die Wunder. Aber wir suchten nicht den Teufel und auch nicht Gott. Wir suchten nichts Religiöses. Wir suchten – mehr nicht. Die Welt verlangte ganz einfach nach dieser Suche, nach einem Eindringen in ihr verborgenes Wesen. Und wir waren es, die diesem Verlangen nachkamen.

Es war unmöglich, die Briefe, die ich bekam, zu beantworten, und ich tat es auch nicht. Sie endeten alle in dem üblichen Verschwörungslatein, und irgendwann füllten sie eine große Schachtel, die ich mir eigens zum Zweck ihrer Ablage angeschafft hatte. In ihrer Summe machten sie mich allerdings auf etwas aufmerksam, was mir so nicht klar gewesen war. Es gab dort draußen Menschen, die mit ihren Mitteln versuchten, die Welt zu verstehen. Zwar waren ihre Gedankensysteme verworren, aber für die Tatsache, daß sie nach einem logischen System im Durcheinander der Dinge und Ereignisse suchten, hatte ich Sympathie. Und obgleich ich wußte, wieviel Idealisierung in dieser Sympathie lag und von wie geringem praktischen Nutzen sie war, gab ich sie auch angesichts abtrusester

Zeugnisse von Schwachsinn nie ganz auf. Und noch etwas anderes geschah in diesen Tagen mit mir. Ich spürte die Veränderung lange Zeit nicht, aber als sie mir bewußt wurde, überraschte es mich, wie weit vorangeschritten sie schon war, zumal ich es für unmöglich gehalten hatte, daß es je so kommen könnte. Ich spürte, daß ich begann, die Rolle von Leon Zern anzunehmen.

Mein Leben änderte sich, aber es änderte sich nicht dramatisch. Jedes zweite Wochenende kam Polly zu mir, so wie es all die Monate seit meiner Trennung von Liv gewesen war. Im Dezember gingen wir auf einen Weihnachtsmarkt. Wie alle Kinder war Polly ganz versessen auf Jahrmärkte. Angesichts der vielen Buden und Karussells hätte sie sich am liebsten verzehnfacht. Eine riesige Schaufel mit vierzig oder fünfzig Sitzplätzen pflügte über unseren Köpfen durch den Himmel, und hinter uns rauschte der Zug einer Achterbahn mit Getöse durch einen Doppellooping. Noch aber genügte Polly ein kleines rosaglitzerndes Flugzeug, um leuchtende Augen zu bekommen. Ich erklärte ihr, wie der Steuerungsknüppel funktionierte, und kurz darauf schwebte sie über mir, immer im Kreis, ein lachendes, glückliches Kindergesicht vor dem blauglühenden Abend. Sie genoß es, einfach nur dort oben zu sein. Auch ich hatte diese Flugzeuge als Kind geliebt, und ich glaubte mich daran zu erinnern, daß mein größtes Vergnügen darin bestanden hatte, immer wieder auf- und abzusteigen. Der Mechanismus war wichtiger als die Höhe. Aber Polly drehte dort oben ihre Runden, immer auf der gleichen, konstanten, höchstmöglichen Bahn. Sie strahlte und überblickte den Festplatz, diesen unendlichen Lichterkosmos zu ihren Füßen.

Später ritt sie auf dem Pferd eines altertümlichen Kinderkarussells. Mir jedenfalls kam das Karussell altertümlich vor, aber vielleicht war es das gar nicht. Es war so, wie die Welt in einem Bilderbuch ist: Manifestation einer ewigen Realität aus Pferden, Omnibussen und Feuerwehren. Das Gerüst zum Trampolinspringen allerdings, das Polly danach ansteuerte, hatte es in meiner Kindheit noch nicht gegeben. An Gummiseilen hängend flog sie bald schon auf und ab mit dem Ziel, einen Überschlag auszuführen, wie sie ihn bei den größeren Kindern beobachtete. Zugleich fürchtete sie sich aber davor. Jedesmal wenn sie am höchsten Punkt ihrer Flugbahn angekommen war, neigte sie den Kopf ein wenig, als wollte sie in das fünf oder sechs Meter tiefe Nichts unter ihren Füßen tauchen. Aber sie wagte es nicht. Sie kam mit dem Kopf immer nur bis zur Brust wie bei einem linkischen Diener, und dann war der entscheidende Moment auch schon wieder vorüber – diese Sekunde der Schwerelosigkeit ganz oben, in der es möglich gewesen wäre. Sie sauste herunter und landete mit gespreizten Beinen auf der großen Gummimembran des Trampolins, von der sie sich abstieß, um wieder hochzuschnellen, um es erneut zu versuchen – um erneut zu scheitern.

Und wie die Gummiseile, die Gravitation und die physikalischen Kräfte der Massenträgheit so glaubte ich auch die vielfältigen psychischen Kräfte zu sehen, die während dieser Minuten an ihrer Seele rissen. Der heiße Wunsch, es den älteren Kindern gleichzutun und über das, was sie war, hinauszuwachsen. Und dann die Angst davor, der die Scham folgte, weil sie versagte. Ich litt mit ihr. Ich starrte gebannt auf ihren kleinen Körper, der durch die Dämmerung flog, vor dem Hintergrund der Zuckerwattebuden. In ihrer Not war sie schon so sehr Mensch. So sehr sie selbst.

Ich überschüttete sie an diesem Abend mit Lebkuchenherzen und Plüschtieren, damit sie ihre Niederlage vergaß, obwohl ich wußte, daß man solche Niederlagen niemals vergißt, selbst wenn man sich irgendwann nicht mehr an sie erinnert. Der einzige, der mir einfiel, der sie von ihrem Kummer ablenken konnte, war Salvatore. Wir gingen ins *Fontana*, und er empfing sie wie eine Prinzessin. Er hüllte sie in seinen klangvollen deutsch-italienischen Singsang und ließ schon nach kurzer Zeit eine Pizza wie eine goldrot leuchtende Abendsonne vor ihren Augen herab auf den Tisch schweben.

Und dann setzte er sich zu uns und erzählte uns die Geschichte von dem Unfall, den er gestern gehabt hatte – Gott sei Dank nur eine Bagatelle. Es war beim Einparken passiert: eine winzige, praktisch unsichtbare Schramme auf einem fremden Kotflügel. Die Sache fiel schon allein deswegen kaum ins Gewicht, weil es sich bei dem anderen Wagen um einen ziemlich ramponierten Toyota oder Nissan oder was auch immer gehandelt hatte, der nicht eben so aussah, als würde er es noch lange machen. Doch da sein Besitzer bei der kleinen Karambolage abfahrbereit hinter dem Steuer gesessen hatte, mußte die Sache nun einmal irgendwie geregelt werden.

»Für mich«, sagte Salvatore, »war es ja klar, für den Schaden aufzukommen, und ich sage also zu dem Mann, der stumm neben seinem Kotflügel hockt und die Schramme mit der Fingerkuppe betastet: ›Wieviel willst du dafür haben?‹ Da steht er auf, und wißt ihr, was er sagt. Er sagt:

›Mit fünfhundert wäre ich einverstanden.‹ Stellt euch das vor, fünfhundert! Und wißt ihr, was ich gesagt habe. ›In Ordnung. Und wo sind die Wagenschlüssel?‹«

Mit solchen Geschichten heiterte Salvatore uns auf. Ich war mir nicht sicher, ob Polly die Pointe wirklich verstanden hatte, aber sie lachte und wir blieben noch lange. Das war übrigens etwas, das Liv mir vorwerfen würde. Wenn Polly zu spät ins Bett kam, gerieten ihre kindlichen Einschlafgewohnheiten aus dem Rhythmus, und das rächte sich spätestens, wenn sie ab Montag wieder in aller Frühe würde aufstehen müssen, um zur Schule zu gehen. Aber ich sah sie so selten, daß ich mir in dem Punkt von Liv keine Vorschriften machen ließ. Und so wurde es elf Uhr, bis Polly schließlich schlief.

Ich hingegen war wach und überreizt. Seit ich zu Leon Zern geworden war, wurden Dinge über mich geschrieben, denen ich nicht sofort entgegentreten konnte, und so widersprach ich ihnen nachts in langen inneren Monologen. Mein Interview, das ich Nico E. Arp gegeben hatte, schadete mir in diesem Zusammenhang sehr. Ein Amerikaner namens Charles Percy Snow hatte vor Jahrzehnten behauptet, in der Welt des Geistes hätten sich zwei unterschiedliche Kulturen entwickelt, die einander nicht verstünden: eine naturwissenschaftlich-technische und eine geisteswissenschaftlich-literarische. Die Angehörigen dieser beiden Kulturen würden beständig aneinander vorbeireden und die jeweils andere Seite verachten.

Das waren gute Voraussetzungen für eine Zeitungsdebatte, die mir über Wochen den Schlaf rauben sollte. Doch wie jede Debatte verschwand auch diese mangels neuer Meldungen oder weiterer Enthüllungen schließlich wieder aus den Feuilletons. Die Dinge schienen sich zu normalisieren, und die Chancen stiegen, daß ich irgendwann wieder Schlaf finden würde. Vielleicht, so dachte ich, war es ja schon vorbei mit meiner Karriere als Thriller-Autor, aber damit irrte ich mich. Denn jemand sollte das groteske Rad dieser Geschichte eine Runde weiterdrehen, von dem ich das am allerwenigsten hatte erwarten können: Joana.

Seit jenem Montag der Vertragsunterzeichnung besuchte ich sie zweimal pro Woche. Dabei wurden mir die Montage, verglichen mit den Freitagen, sogar immer wichtiger, weil Joana sonntags frei hatte und mir montags ausgeruhter und privater vorkam. Ich hatte bisher wenig Wert auf die Art und Weise gelegt, wie wir es machten, aber das änderte sich mit der Zeit. Meine erotischen Phantasien waren einseitig und kreisten um ein ziemlich fragwürdiges Ideal von sexueller Befriedigung, mit dem ich Joana eigentlich nicht behelligen wollte. Sie erriet aber, was ich dachte, woraus ich schloß, daß es nichts Besonderes war. Das meiste hatte ich aus pornographischen Produkten abgeschaut, und ich war froh, meine Wünsche nicht äußern zu müssen. Um so mehr erstaunte es mich, daß Joana sie nicht grundsätzlich abstoßend fand. Jedenfalls verstand sie es, mir das Gefühl zu vermitteln, daß auch sie Spaß an manchem hatte, und ich war nur zu bereit, es zu glauben.

In unserem Verhältnis schlichen sich aber auch Umgangsformen ein, die mich an meine Zeit mit Liv erinnerten. Wir fingen an, einander zu gut zu kennen, und damit sank die Bereitschaft, jede Eigenheit des anderen widerspruchslos zu akzeptieren. Joana hatte bestimmte Prinzipien. Es konnte vorkommen, daß sie mich mit einem Hauch von Gereiztheit zum Duschen schickte, bevor sie mich in unser Séparée führte. Sie legte großen Wert auf Reinlichkeit und Wohlgeruch – auch darin erinnerte sie mich an Liv. Obwohl ich sie bezahlte, hatte ich nie das Gefühl, zu meinen Konditionen eine Art Anrecht auf sie als Ware zu haben, und ich fügte mich ihren Bedingungen. In der ersten Zeit fühlte ich mich hinterher oft schuldig, und vieles quälte mich. Sie war mir überlegen, weil ich auf sie angewiesen war, sie aber nicht auf mich. Ich befürchtete, die Achtung vor mir zu verlieren – aber das war nun nicht mehr so. Unser Verhältnis schien sich dem einer traditionellen Ehe anzunähern, bei der ich das Geld herbeischaffte. Dabei fühlte ich mich viel wohler. Es war das, was ich kannte. Es änderte nicht wirklich etwas an meiner Einsamkeit, bescherte mir aber eine gewisse innere Balance. Doch wie jede Balance, so sollte auch diese nicht von Dauer sein.

An einem der neu eingeführten Montage war Joana nachdenklicher als sonst. Meine Hand lag in ihrem Schoß, aber sie reagierte nicht auf die Berührung. Sie drehte sich auf die Seite, stützte ihren Kopf in die Hand und sagte: »Paul, ich muß etwas mit dir besprechen.«

Das war ungewöhnlich. Ich konnte mich nicht erinnern, daß wir je etwas miteinander zu ›besprechen‹ gehabt hätten. ›So? Was denn?‹

»Es geht darum, daß du Leon Zern bist.«

»Ich bin nicht Leon Zern«, korrigierte ich sie sofort.

»Das ist nicht so wichtig, man hält dich dafür«, sagte sie, ohne hinzuzufügen, wie sie selbst darüber dachte; offenbar ging es ihr um etwas anderes, denn nach einer Weile fuhr sie fort: »Jetzt zu mir. Wofür hältst du *mich*?«

»Wie meinst du das?«

»Na, was bin ich für dich?«

Wir hatten praktisch noch nie über sie gesprochen, und ich befürchtete, bei der Antwort einiges falsch machen zu können. Deshalb wich ich aus: »Du bist großartig. Ich verehre dich, ich …«

»Geschenkt«, schnitt sie mir das Wort ab. »Wer bin ich für dich *wirklich*?«

Ich blieb unverbindlich: »Das ist eine schwierige Frage. Ich weiß nicht, was du von mir hören willst.«

Sie richtete sich auf. »Dann sage ich es dir. Wenn du nicht hier bist, hältst du mich ganz einfach für eine Hure.«

»Das ist nicht wahr«, protestierte ich.

»Natürlich ist es wahr! Vielleicht bin ich dir sympathisch, trotzdem siehst du in mir eine Hure.«

Ich spürte, daß sie keinen Widerspruch duldete, und so sagte ich: »Selbst wenn es so wäre – was wäre dabei? Ich bin kein Moralist. Das war ich nie. Für mich ist Hure kein Schimpfwort.«

Sie nickte: »Das glaube ich dir sogar. Aber es ändert nichts daran, daß es falsch ist. In meinem Beruf erwartet ihr Männer von uns nur, daß wir gut im Bett sind.«

»Was ist so schlecht daran? Eine Sängerin sollte gut singen und eine Sprinterin gut laufen können. Wenn wir Menschen in dem, was wir tun, gut sind, ist das eine Menge.«

»Du glaubst also, jeder Mensch hat nur *eine* Begabung.«

»Herrje«, sagte ich, »wer weiß schon, wie es in uns aussieht? Vielleicht sind wir allesamt nur willenlose Marionetten der Naturgesetze oder der Psychologie. Ich verstehe einfach nicht, worauf du hinauswillst.«

Sie sagte: »Ich nehme es dir nicht übel, wenn du in mir eine Hure siehst und von mir nicht mehr als ein paar handwerkliche Fähigkeiten erwartest. Aber ich sage dir jetzt trotzdem etwas, womit du wohl nicht gerechnet hast: Ich schreibe!«

Es klang so feierlich, dieses ›Ich schreibe‹. So als hätte sie mir damit verraten, eine der Letzten eines uralten, sagenumwobenen Geschlechts zu sein. Etwas wie eine Priesterin. Sie machte eine lange Pause, und ich schwieg ebenfalls. Ich wollte darauf beharren, daß ich – nun also im Gegensatz zu ihr – *nicht* schrieb, befürchtete aber, sie damit gegen mich aufzubringen. Es war ihr sehr ernst mit dem, was sie sagte, und sie fuhr schließlich fort: »Um genau zu sein, habe ich soeben meinen ersten Roman abgeschlossen. Einen Thriller, einen Rotlicht-Thriller! Die Geschichte ist wirklich nervenzerreißend. Wenn ich nicht aufgepaßt hätte, hätte ich mir beim Schreiben meine eigenen Fingernägel abgekaut. Es ist ein grandioser Roman, ein bombensicherer Erfolg.«

Ich hatte bisher nur die selbstsichere, die professionelle Seite von ihr kennengelernt. Doch jetzt stand sie anders vor mir, schwärmerisch und voller Feuer für ihre Sache. Sie bebte vor unschuldiger Begeisterung. Ihr Auftritt rührte mich an, aber ich war auch alarmiert. Allmählich ahnte ich, worauf sie hinauswollte. Unsere ›Besprechung‹ hing ohne Frage mit der Tatsache zusammen, daß sie mich für einen berühmten Schriftsteller hielt. Offensichtlich erwartete sie Hilfe von mir, beispielsweise indem ich ihr Kontakte zu Verlagen verschaffte. Das mußte mich beunruhigen. Wir liebten uns im Schutz der Diskretion ihres Gewerbes, und unsere Verbindung durfte nicht öffentlich werden.

Aber ihre Pläne waren ausgereifter, als ich es angenommen hatte. Sie sprang auf und sagte: »Verstehst du denn nicht, was für eine einmalige Gelegenheit das ist?! *Ich* habe einen Roman, und *du* bist ein berühmter Schriftsteller, von dem die Leute *jedes* neue Buch kaufen würden!! Muß ich dir denn helfen, eins und eins zusammenzuzählen? Für die Menschen *bist* du Leon Zern. Wer kann dich daran hindern, als Leon Zern einen weiteren Roman herauszubringen? Meinen!«

Zum Glück fiel mir die richtige Antwort sofort ein: »Leon Zern.«

»Wie bitte?«

Wie froh war ich auf einmal, mich auf etwas so Trockenes wie die Rechtslage berufen zu können. »Es gibt einen Vertrag, in dem meine Rolle als Strohmann präzise definiert ist. Ich darf als Leon Zern auftreten, aber jede Veröffentlichung ist vom wahren Leon Zern abzusegnen. Wenn er deinen Roman ablehnt – und er wird ihn ablehnen, denn im Gegensatz zu mir ist er tatsächlich Schriftsteller und kann seine eigenen Leon-Zern-Romane schreiben – dann sind mir die Hände gebunden. Ich bin sicher, dein Roman ist gut, du wirst ihn aber unter deinem eigenen Namen veröffentlichen müssen.«

Sie schwieg. Offenbar dachte sie darüber nach, ob ich die Wahrheit sagte oder nicht. Ihr Beruf brachte es mit sich, daß sie mit Lügen vertrauter war als mit Wahrheiten. Und etwas wie die Eindeutigkeit des Rechts erschien ihr vermutlich lachhaft. Sie konnte darin wohl nur einen

Schwindel sehen. »Nun gut«, sagte sie, »dann müssen wir einen anderen Weg finden, meinen Roman herauszubringen.« Sie nahm die Kuppe und den rotlackierten Nagel ihres rechten Zeigefingers in den Mund, biß kurz darauf herum und richtete den schlanken Finger dann energisch auf mich: »Was ist mit dir! Mit deinem *eigenen* Namen? Niemand kann dir verbieten, unter *deinem* Namen ein Buch zu veröffentlichen.«

Ich sagte: »Das mache ich auch. Ein Sachbuch über Benoît Mandelbrot, die Macht des Zufalls und die Geometrie der wirklichen ...«

»Das darf doch nicht wahr sein!« fiel sie mir ins Wort. »Du hast die Chance, reich zu werden, und willst sie verschenken, um dir einen Professorenluxus zu erlauben? Das darfst du nicht, dazu hast du kein Recht. Weißt du überhaupt, wie hart alle anderen für ihr Geld arbeiten? Deine Universität ist eine Insel der Seligen. Ist dir klar, wie hart *ich* für mein Geld schufte? Und du willst eine oder zwei Millionen Euro verschenken, nur um am Ende sagen zu können, ich habe mir die Hände nicht schmutzig gemacht? Das ist borniert und selbstsüchtig.«

So hatte ich sie noch nie erlebt – wie auch? Und ich dachte sogar einen Moment lang, daß sie zu weit ging: Ich bezahlte sie dafür, mir meine Wünsche zu erfüllen, und nicht dafür, mein Leben und meine Überzeugungen als egozentrisch zu entlarven. Dafür hatte ich ja Liv. Der Vorwurf, ich sei borniert und selbstsüchtig, hätte wortwörtlich von ihr stammen können. Wieso um Himmels willen kamen alle Frauen, mit denen ich zusammen war, auf diese Idee? Ich betrachtete Joana, die jetzt nicht mehr vor Begeisterung, sondern vor Entrüstung bebte. Immerhin:

Wir stritten nackt. Ich konnte mich nicht erinnern, mit Liv je splitternackt gestritten zu haben. Ich sagte: »Schon gut. Wir können ja über alles reden. Man darf es nur nicht naiv sehen. Urheberrechtsfragen sind knifflig.«

Joana setzte sich wieder. »Ich finde, das, was ich dir anbiete, ist sehr fair. Wenn mein Roman unter deinem Namen erscheint, ist deshalb noch niemand gezwungen, das Buch zu kaufen. Uns wäre lediglich die Aufmerksamkeit sicher, die der Roman verdient hat. Und er *hat* Aufmerksamkeit verdient! Findest du das denn nicht? Es ist *mein* Buch! Es sind *meine* Erfahrungen.«

Ich war froh, daß sie sich wieder beruhigte, und sagte: »Was ich finde, spielt keine Rolle. Wir reden über eine komplizierte rechtliche Konstruktion. Wir wären auf einmal Geschäftspartner.«

»Wir sind seit mehr als einem Jahr Geschäftspartner«, sagte sie kühl.

Ich blieb bei ihr, und wir liebten uns auch. Ich bildete mir sogar ein, daß es ihr schwergefallen wäre, mich nach unserer ›Besprechung‹ ohne diesen Tribut an den Ort, an dem wir uns befanden, ziehen zu lassen. Unsere nackten Körper forderten ihn (und wie immer hatte ich ja schon bezahlt). Zudem liebten wir uns auch als Geschäftspartner mühelos. Nach über einem Jahr wußten wir genug voneinander, um auf Gefühle verzichten zu können. Wir benötigten nichts als die gut eingespielte Mechanik unserer erotischen Gewohnheiten. Doch wie beängstigend klein war dieser Schritt! Ein Wort, ein Geste – und etwas ging unwiderruflich verloren.

Wenn man einmal anfängt, bestimmte Strukturen in den Vorgängen des Lebens zu sehen, sieht man sie überall.

Die Unvorhersagbarkeit eines Systems wird manchmal mit dem Flügelschlag eines Schmetterlings illustriert, der am Amazonas aufflattert und dadurch einen Sturm in Europa auslöst. Das Beispiel geht auf den Meteorologen E. N. Lorenz zurück, der diesen sonderbaren Effekt erstmals beschrieb. Kleinigkeiten verändern alles, sie zersetzen jede eindeutige Beziehung zwischen Ursache und Wirkung. Eine Geste, ein Wort. Joana und ich waren zu Geschäftspartnern geworden. Vielleicht würde ich sie jetzt nur noch mit einer gewissen Rücksichtslosigkeit lieben können. Zielgerichtet und egoistisch. Ich war dieser kalten Form der Sexualität ihr gegenüber fähig. Auch wenn es nicht die war, die ich suchte. Aber was suchte ich überhaupt? Ich wußte es ja selbst nicht.

Das Fest der Liebe stand vor der Tür. In den Straßen unserer Stadt leuchteten Weihnachtssterne und Lichterketten. Die Schaufensterdekorateure hatten hier und da kleine Stapel aus bunt eingeschlagenen Päckchen mit goldenen oder roten Schleifen aufgebaut. Sie sahen sehr hübsch aus, aber ich mußte daran denken, daß all diese Päckchen leer waren. Auch ich stand mit leeren Händen da und hatte noch keine Geschenke. Ich war sehr nachlässig in solchen Dingen. Dabei war das mindeste, was ich brauchte, ein Geschenk für Polly, um Liv am Heiligabend Paroli bieten zu können. Auch Weihnachten war ja ein Geschäft – und wie auch nicht. Wenn die Liebe ein Geschäft war, dachte ich, dann war alles ein Geschäft.

7

Fruidhoffs machte sich immer noch einen Spaß daraus, kleinere gematrische Kuriositäten aufzuspüren. Gerade die Weihnachtsstimmung auf den Straßen und Plätzen unserer Stadt regte ihn dazu an, sich auf die Suche nach neuen Wörtern, Namen oder Fügungen zu machen, aus denen sich durch Addition der Buchstabenwerte die Teufelszahl 666 herausdestillieren ließ. Und sein erster Fund war gar nicht schlecht: In einem Alphabet, das mit 50 für A begann, summierte sich das Wort ›Christkindl‹ zu 666.

»Und ohne L?« sagte ich. »Ich finde, das L wirkt ein wenig herbeigeholt.«

»Es gibt doch den berühmten Christkindlmarkt in Nürnberg«, sagte er und setzte sich.

Ich legte die Fachzeitschrift zur Seite, in der ich geblättert hatte, und sagte: »Warum sollte der Teufel bayrisch sprechen?« Aber das Argument war mager, und ich fügte hinzu: »Wieso spricht er überhaupt *deutsch*. Hast du es schon mal mit holländischen Wörtern probiert?«

»Bei uns«, sagte er, »gibt es immer noch viele, die glauben, daß der Teufel deutsch spricht.«

Ich stand auf und stellte den Wasserboiler an, um uns einen Tee zu kochen. Dabei fragte ich ihn: »Was denkst du über Deutschland?«

Er ließ sich mit der Antwort etwas Zeit. »Mir gefällt es hier. Es ist sonderbar, daß ihr euch für das gefährlichste Volk auf der Erde haltet. Ihr wollt doch bloß alles richtig machen.«

»Wir haben ein schlechtes Gewissen«, antwortete ich ihm.

Mit seinen achtundzwanzig Jahren wußte er weniger als ich von der Geschichte – erst recht der deutschen. Er hatte sich vor zwei Jahren bei mir beworben: ein junger schlaksiger Mann mit holländischem Akzent und eigenartig struppigen Haaren, so wie es in seiner Generation eben Mode war. Er hielt sich für einen Individualisten, war aber doch sehr geprägt durch die Generation, der er angehörte. Hin und wieder tauchte eine dunkelhaarige polnische Studentin in seinem Zimmer auf und holte ihn ab. Die beiden gingen sehr lässig miteinander um, so daß ich den Grad ihrer Freundschaft nicht präzise abschätzen konnte. Ich war noch in dem Glauben aufgewachsen, daß die Frage, ob man miteinander schlief oder nicht, alles entschied. Bei meinen Studenten schien dieser Aspekt weniger zentral zu sein – zumindest wirkte es so. Aber vielleicht war diese Lässigkeit ja nur ein Spiel an der Oberfläche, das sie miteinander spielten. Ich hatte jedenfalls den Eindruck, daß eine bestimmte Form von Naivität dazugehörte, sich in ihrer Generation zurechtzufinden. Andererseits konnte man nicht sagen, daß Fruidhoffs naiv war. Er dachte über vieles nicht nach, aber wenn er über etwas nachdachte, dann war er sehr hellsichtig und präzise.

Jetzt sagte er: »Ihr Deutschen wollt, daß alle euch mögen. Aber weißt du, wir Holländer werden euch nie mögen. Da könnt ihr euch soviel anstrengen, wie ihr wollt. Ihr könntet euren ganzen Reichtum unter die Armen der Welt verteilen, und wir würden euch trotzdem nicht mögen. Da kann man überhaupt nichts machen.«

»Alex«, sagte ich, »du hast recht. Aber wir haben Furchtbares getan und wollen es wiedergutmachen.«

Er nahm seinen Tee entgegen. »Mein Großvater konnte vor den Nazis fliehen, aber seine Schwester haben sie umgebracht.«

»Ja«, sagte ich. »Da siehst du es.«

Wir tranken eine Weile schweigend unseren Tee. Dann sagte er: »Habe ich dir eigentlich schon gesagt, daß nicht nur ›Hitler‹, sondern auch ›J. Stalin‹ 666 ergibt, im 84er-Alphabet?«

Ich schüttelte den Kopf. »Interessant. Wie sieht's mit anderen Diktatoren aus? Was ist mit Mao?«

Er nickte: »›Tse Tung‹ – im 81er-Alphabet.«

»Und Mussolini?«

»Paßt als ›Il Duce‹ im 103er, und einer seiner historischen Vorgänger, ›Caligula‹, ist ein 76er. Ansonsten hätten wir noch ›Pinochet‹ als 73er und ›Saddam‹ als 105er. Besonders übel ist ›Ceaucescu‹ – er ist ein 66er! Genaugenommen schreibt er sich zwar mit s nach dem ersten u, aber mit c liefert Google auch ein paar hunderttausend Einträge.«

»Donnerwetter«, sagte ich anerkennend, »da hast du ja eine stolze Riege beisammen.«

»Es gibt eine Menge Diktatoren«, sagte er und trank einen Schluck. Ich hatte sogar ein paar Zimtsterne, die ich ihm anbieten konnte. »Es funktioniert übrigens auch bei Friedensstiftern und Philosophen. ›Mahatma‹ ist ein 88er,

›Kant‹ ein 156er, ›Platon‹ ein 99er und ›Laotse‹ ein 100er, genau wie ›Hitler‹.«

»Was ist mit Weihnachten?« kam ich auf den Anlaß seines Besuches zurück. »Hast du noch mehr als ›Christkindl‹?«

Er blickte auf seine Liste, aber seine Entdeckungen waren recht ungenau oder allgemein: ›Messias‹ war ein 84er, ›Paulus‹ ein 97er, ›P. Pilatus‹ ein 70er, und bei ›Kirche‹ paßte es – genau wie bei ›Schnee‹ und ›Il Duce‹ – mit 103.

»Pontius Pilatus gehört aber eher zu Ostern«, gab ich zu bedenken. Und im übrigen war – was ich sehr bedauerte – weit und breit kein weihnachtlicher Schnee in Sicht. Statt dessen regnete es, und ein Sturm nach dem anderen fegte durch die Straßen unserer Stadt. – Das war unter anderem auch so eine Sache, über die wir gelegentlich sprachen: der Klimawandel, die Erderwärmung. Solche Themen – ihr apokalyptisches Flair – hatten mehr mit unserem Leben zu tun als die furchtbaren Dinge, die vor über sechzig Jahren in Deutschland geschehen waren. Der Nationalsozialismus trennte uns, aber die kommenden Krisen und Verheerungen verbanden uns miteinander.

Daß mich seine gematrischen Weihnachtsfunde noch nicht überzeugten, stachelte seinen Ehrgeiz an. Nachdem er gegangen war, hörte ich ihn in seinem Zimmer zwei Stunden lang eifrig auf der Tastatur herumklappern, und da im Schnitt etwa jedes fünfte Wort ein Treffer ist, mußte er dabei eine Menge weihnachtlicher Begriffe zusammenbekommen, deren Buchstaben sich zu 666 addierten. Aber die Wahrscheinlichkeit dafür, daß ein Wort oder eine Fügung paßte, nahm mit der Anzahl der Buchstaben ab, und offenbar suchte er nach etwas wirklich Besonderem, womit er mich beeindrucken konnte. Schließlich kam er wieder ins Zimmer und präsentierte mir das Resultat seiner Suche. In einem Alphabet, dessen Zählung mit der Primzahl 29 für A begann, addierte sich keine geringere als die folgende Fügung zu 666: ›Jesus von Nazareth‹.

Solche kleinen Spielereien machten uns glücklich. Eben noch waren wir sprachlos gewesen, schockiert vom Ausmaß der nationalsozialistischen Verbrechen, eben noch hatten wir über den Treibhauseffekt nachgedacht und das Ende der Menschheit an die Wand gemalt – und jetzt schmunzelten wir zufrieden über eine kleine schillernde Zahlenperle, die Fruidhoffs im unendlichen Meer des numerologischen Nonsens gefunden hatte.

Vielleicht nahm man uns deswegen nicht ernst. Von außen betrachtet verhielten wir uns wie Idioten. Liv wußte davon ein Lied zu singen. Wie oft hatte ich versucht, ihr eine unserer mathematischen Pretiosen zu erklären, aber sie mußte darin ja eine Mißachtung ihres Lebens und ihres Kampfs gegen die Hürden des Alltags sehen. Eine Zeitlang hatte es mir eine Klasse von mathematischen Objekten mit dem Namen Julia-Mengen angetan, und um Liv an meiner Begeisterung teilhaben zu lassen und ihr irgendwie begreiflich zu machen, womit ich mich befaßte, kaufte ich einen Blumenkohl und legte ihn abends auf den Küchentisch. Das war naiv, aber ich glaubte, sie müsse sehen, was ich sah: die faszinierende Struktur aus Rosen, die ihrerseits aus kleineren Röschen bestanden, die wiederum aus noch feineren Röschen zusammengesetzt waren. Dieses Ineinander feinster Verwirbelungen kam der graphischen Darstellung einer Julia-Menge sehr nah. »Hier«, sagte ich, »so ungefähr sieht das Ergebnis der unendlichen Rekursion eines quadratischen Polynoms aus. Das Ergebnis ist eine Julia-Menge. Ist das nicht phantastisch! Sieh dir das an. Man kann *wirkliche Dinge*, wunderschöne Naturformen wie diese mit meinen mathematischen Mitteln beschreiben!«

In diesem Moment kam Polly in die Küche. Sie sah den Blumenkohl auf dem Küchentisch, riß die Augen auf und rief: »Iiiih!!« Ich hatte nicht darüber nachgedacht, was der Anblick eines Blumenkohls sonst noch bewirken konnte. Das war typisch für mich. Liv erklärte mir verärgert, was es mit Kindern und Blumenkohl auf sich hatte. »Kinder hassen Blumenkohl«, sagte sie und forderte mich auf, den Kohl vor Pollys Augen sofort in die Mülltonne zu befördern. Sie befürchtete, daß unser kleiner Liebling das Abendessen – es gab vegetarische Lasagne – ansonsten nur nach Blumenkohlstückchen durchstochern und am Ende aus Sicherheitsgründen lieber stehen lassen würde, um statt dessen Schokopops oder Fertigpudding zu fordern. Und wenn, dann wäre das meine Schuld. Das hatte ich nun also angerichtet mit meinem Blumenkohl.

Wir, Liv und ich, wollten trotzdem zusammen Weihnachten feiern. Das hatten wir uns vorgenommen. Wir waren erwachsene Menschen, und an Weihnachten gingen Pollys Wünsche vor. Als Kind hatte sie ein Recht auf ein glückliches Weihnachtsfest. Insbesondere nahm ich mir vor, meine vielen Fehler wieder gutzumachen und sie fürstlich zu beschenken. Vertragsgemäß hatte ich inzwischen die erste Rate für mein Buch bekommen und konnte es mir also leisten, großzügig zu sein: Ich erkundigte mich nach dem Preis für ein Pony.

Im Internet entdeckte ich einen zehn Jahre alten Fuchs-
wallach namens Fury für dreitausend Euro. Das erschien
mir wenig für ein lebendiges Wesen von dieser Größe.
Dreitausend Euro konnte ich mir dank Coras Verhand-
lungsgeschick spielend leisten. Das Tier war in Baden-
Württemberg beheimatet; ich fragte mich allerdings, ob
mit der Dimension eines solchen Geschenks zurecht-
zukommen wäre. Ich hatte ja nicht die geringste Ahnung
von Pferden. Vielleicht war es gar nicht möglich, in der
Kürze der Zeit einen Transport des Ponys quer durch
Deutschland zu organisieren – einmal ganz abgesehen von
dessen Unterbringung in unserer Stadt. Genaugenommen wußte ich nichts. Ich wußte nicht einmal, ob man
zum Kauf eines Pferdes nicht möglicherweise eine Art
Berechtigungsschein oder Reiternachweis brauchte. Ich
hielt das für möglich. Auch Fruidhoffs sagte: »Das ist Irrsinn.«

Aber es war so vieles Irrsinn. Mein ganzes Leben be-
ruhte ja zur Zeit auf einer bestimmten Form von Irrsinn.
Deswegen fragte ich mich, ob ich überhaupt das Recht
hatte, ein weiteres Lebewesen – und sei es auch nur ein
Pony – in diesen Irrsinn meines Lebens hineinzuziehen.

»Du hast recht«, sagte ich zu Fruidhoffs. »Du hast natürlich recht.« Er ging, kam aber nach ein paar Minuten
noch einmal zurück, um mir zu mitzuteilen, daß sich
›Fury‹ – im 150er-Alphabet zu 666 addierte.

Ich gab den Plan, ein Pony zu kaufen, also auf und begann, über andere Geschenke nachzudenken, die groß
und teuer waren. Ein paar Tage lang favorisierte ich einen
Flachbild-Fernseher mit integriertem DVD-Player, aber
durch ein solches Geschenk hätte ich mir noch mehr Är-

ger mit Liv eingehandelt als mit einem Pony. Für Liv hatte ein Fernseher in einem Kinderzimmer in etwa soviel zu suchen wie ein Preßlufthammer in einem Gewächshaus. Das wußte ich, und es wäre sinnlos gewesen, dagegen anzugehen. Vielleicht hatte Liv in diesem Fall ja sogar recht. Was konnte ich Polly also schenken? Ich war ratlos, und gleichzeitig war ich zu stolz, um Liv zu fragen. Ich wollte mehr sein als bloß der Empfänger ihrer Festtagsdirektiven. Außerdem befürchtete ich, daß sie mir nur unbedeutende und in Pollys Augen verzichtbare Wünsche zugeschustert hätte. Ich versuchte mich darauf zu besinnen, was Polly und ich an Gemeinsamem hatten. Wir gingen zusammen ins Kino und besuchten Jahrmärkte. War das viel oder wenig? Ich dachte über meine Rolle als Vater nach, aber auch dadurch kam ich nicht weiter. Erst die Erinnerung an ihr helles Lachen und ihre fliegenden Locken vor dem Lichterwirrwarr der Jahrmarkts-Buden bescherte mir schließlich die Lösung meines Problems. Ich dachte auf einmal, es müßte sie überglücklich machen, ein Karussell geschenkt zu bekommen.

Natürlich war mir klar, daß – ebenso wie ein Pony – auch ein Karussell kein alltägliches Geschenk war. Weder Liv noch ich hatten einen Garten, in dem man ein Karussell hätte aufstellen können. Im Gegensatz zu einem Pony, sagte ich mir aber, mußte ein Karussell nicht gefüttert werden. Alles in allem schien mir die Sache nicht von vornherein absurd zu sein, und schließlich wurde ich im Internet unter dem Stichwort ›Zimmerkarussell‹ fündig.

Ich griff zum Telefonhörer, um die Sache unter Dach und Fach zu bringen. Es handelte sich bei dem angebo-

98

tenen Karussell um eine kreisrunde Sitzgondel, die man aus eigener Kraft in Rotation versetzen konnte, indem man sich um ein großes Griffrad in der Mitte herumzog. Ich stellte mir vor, daß Polly als stolze Karussellbesitzerin mit ihren Freundinnen ganze Nachmittage in der sanft kreisenden Gondel zubringen würde. Die Sitzbank war mit rotem Kunststoff gepolstert und das Griffrad aus blitzendem Messing. Auf der Gondelverkleidung stiegen bunte Luftballons in einen metallisch blau schimmernden Himmel.

Als ich Cora erzählte, ich würde meiner Tochter ein Zimmerkarussell schenken, sagte sie: »Und was sagt Liv dazu?« Das war typisch für sie. Anstatt sich für mich zu freuen, dachte sie über die Realisierbarkeit meines Projekts und seine Folgen nach. Ich schwieg, weil ich noch keine Gelegenheit gefunden hatte, mit Liv zu sprechen. Nach meinen Berechnungen ließ sich das Karussell durch sämtliche Türöffnungen ihrer Wohnung bugsieren. Das war zunächst einmal das Wichtigste.

Weihnachten rückte näher; immer mehr Lichtergirlanden verzierten unsere Stadt und kreuzten und vereinigten sich wie Nähte auf einem riesigen Schnittmusterbogen. Ich dachte darüber nach, das Karussell ohne Livs Wissen aufzustellen. Das wäre möglich gewesen, denn ich hatte die Wohnungsschlüssel noch. (Liv hielt mich für egozentrisch, aber nicht für gefährlich und vertraute mir im Urlaub die Pflege ihrer Yucca-Palmen und Schmetterlings-Orchideen an.) Aber das Karussell durfte erst am 24. Dezember selbst aufgestellt werden, weil es vor Polly unmöglich zu verstecken sein würde. Ich zahlte also einen saftigen Festtagszuschlag (obwohl der 24. ein gewöhnlicher Wochentag war) und veranlaßte alles. Ich nahm mir vor, später mit Liv zu reden. Bis zum 23. fand sich dazu aber keine Gelegenheit. Mindestens einmal pro Woche forderten mich sowohl Cora als auch der Verlag zur baldigen Abgabe des Manuskripts auf. Mein Buch über die Macht des Zufalls und die Geometrie der wirklichen Dinge (und das schwachsinnige Primzahlensystem aus ›Abgezählt‹) sollte im Frühjahr als Spitzentitel erscheinen. In der Presseabteilung arbeitete man mit Hochdruck an einem Sonderprospekt, und mehrfach mußte ich ein vom Lektorat verfaßtes Portrait meiner Person korrigieren. Die Broschüre sollte Anfang, spätestens Mitte Januar verschickt werden. Dazu war es notwendig, den Inhalt des Buches zumindest ungefähr zu kennen. »Vergiß nicht«, ermahnte Cora mich, »daß wir auf der ›Abgezählt‹-Welle reiten wollen. Der Markt ist extrem vergeßlich. Wer zu spät kommt, den bestraft das Leben – diese historische Lektion sollten wir ja inzwischen gelernt haben. Wichtig ist, daß das Manuskript erst mal da ist. Über Feinheiten kann man dann immer noch reden.«

Das eingeflochtene Gorbatschow-Zitat über die Zeit und das Leben sollte mich provozieren. Wir Wissenschaftler seien weltfremd und unfähig, strategisch-politisch zu denken – das wollte sie mir damit sagen. Es war eine abgegriffene Verbalmünze, und im Ergebnis erreichte sie damit nur, daß ich meinem Buch ein paar trotzige Absätze über den französischen Mathematiker Paul Painlevé hinzufügte.

Mandelbrot schreibt über das Schicksal von Forschern: *Jemand, der in den großen wissenschaftlichen Strömungen seiner Zeit arbeitet, wird selten mit einer interessanten Lebens-*

geschichte belohnt (oder sollte man besser sagen bestraft?). Nicht so Paul Painlevé. Nach dem Absturz Orville Wrights in Fort Myer setzte er sich unerschrocken in eins der ersten Motorflugzeuge der Welt, und er verfügte über soviel politisches Geschick, daß er zweimal zum Premierminister Frankreichs ernannt wurde. Ein paar Wochen lang amtierte er sogar als Kriegsminister – mit Paul Painlevé hätte Cora nicht so leichtes Spiel gehabt wie mit mir.

Ich arbeitete also in jeder freien Minute an meinem Buch und kam nicht dazu, mit Liv über Weihnachten zu sprechen. Am Morgen des 24. rief ich sie schließlich an und sagte ihr, sie solle sich nicht wundern, wenn im Laufe des Vormittags ein Paket abgegeben werde.

»Was für ein Paket?« fragte sie mißtrauisch.

»Es ist etwas größer. Du brauchst dich um nichts zu kümmern.«

»Was für ein Paket, Paul?«

»Das Geschenk für Polly. Es wäre übrigens nett, wenn du sie zu einer Freundin schicken könntest. Sie soll ja nicht mitbekommen, daß nicht das Christkind, sondern eine Spedition ihr Geschenk bringt. Sie sollen es in ihr Zimmer stellen.«

»Wie soll ich Polly denn *jetzt* zu einer Freundin schicken? Und wieso soll das Geschenk in ihr Zimmer? Würdest du mir endlich sagen, was los ist?«

»Liv, es ist ein harmloses Spielgerät, mehr nicht. Hatte ich dir das nicht gesagt? Polly wird sich freuen. Also es ist ein Zimmerkarussell.«

Livs Telefonschweigen erreichte mich wie das akustische Negativ eines Gongschlags. Es war ein trüber, wolkenverhangener Tag. Ich hoffte immer noch darauf, daß es beginnen würde zu schneien, aber laut Wetterbericht würde es nichts damit werden.

Endlich sagte sie: »Das Ding kommt mir nicht in die Wohnung.«

»Aber du hast es doch noch gar nicht gesehen.«

»Das ist mir gleich. Es ist meine Wohnung.«

»Aber Polly ist nicht allein dein Kind«, sagte ich.

»Leider nein«, gab sie zu.

Ich sagte: »Du kannst mir nicht verbieten, ihr ein Geschenk meiner Wahl zu machen. Was auch immer es ist. Meinetwegen lasse ich das Karussell nach den Feiertagen wieder abbauen und stelle es hier bei mir auf. Ich habe Platz genug.«

Liv sagte: »Du glaubst, du könntest Polly damit beeindrucken. Aber Kinder sehnen sich nicht nach Dingen, sondern nach Liebe.«

Derart belehrt, legte ich auf. Was sollte ich tun? Ich ließ die Dinge einfach laufen, ich wußte ja, daß sie nicht mehr aufzuhalten waren. Und nachmittags machte ich mich auf den Weg. Polly flog mir aufgeregt entgegen, als ich kam. Sie riß meinen Kopf mit beiden Händen herum, als sei er ein lose auf den Schultern liegender Ball, und flüsterte mir ins Ohr, daß das Christkind irgend etwas in ihrem Zimmer veranstaltet habe und sie deswegen nicht hineindürfe! »Oh«, sagte ich, »na, so was.«

Als es draußen dunkel wurde, zündete ich mit Liv Kerzen in Pollys Zimmer an, und dann riefen wir sie hinein. Livs morgendlicher Unmut hatte sich gelegt. Ich wußte, daß sie flexibel sein konnte. Sie hatte aus der Not eine Tugend gemacht und kurzerhand umdisponiert. Anstatt die Bescherung, wie üblich, im Wohnzimmer stattfinden zu lassen, hatte sie die Zeremonie ins Kinderzimmer verlegt. Dort war alles wunderbar aufgeräumt, so daß ich mich schlagartig schuldig fühlte, weil das eine Heidenarbeit gewesen sein mußte. Das Karussell stand neben dem Bett vor dem Fenster und wirkte dort nicht so monströs, wie Liv es sich im ersten Moment vermutlich ausgemalt hatte. Davor und auf den roten Sitzpolstern der Gondel lagen die Weihnachtsgeschenke. Die Ballons auf der Karussellverkleidung schwebten über einem ausufernden Horizont aus bunten Päckchen. Polly stand sprachlos davor. Ihre Kinderaugen weiteten sich, und ihr Blick im Kerzenschein wurde beinahe ernst. Sie kannte in ihrem Leben nichts anderes als Überfluß, doch für den Bruchteil einer Sekunde schien das Zuviel ihr Angst zu machen. Es war, als sähe sie im Überfluß schon die drohende Leere der Wunschlosigkeit.

Doch diese Sekunde war schnell vorüber. Polly stürzte sich auf die Geschenke, riß sie auf und wandte sich – kaum daß sie ein Päckchen geöffnet hatte – auch schon dem nächsten zu. Liv hatte eine Weihnachts-CD aufgelegt, und José Carreras sang *Stille Nacht*. Ich öffnete eine Flasche Champagner. Dafür, daß wir in Scheidung lebten, machten wir unsere Sache recht gut. Eins der Päckchen war mein Geschenk für Liv. So sehr ich mir auch den Kopf zerbrochen hatte, um auf die Idee mit dem Karussell zu kommen – etwas für Liv zu finden war noch schwerer gewesen. Alle Geschenke, die man als Mann seiner Ehefrau, Lebensgefährtin oder Geliebten üblicherweise machte (und die ich Liv jahrelang gemacht hatte), kamen nicht in Frage: Schmuck, ein neuer, verführerischer Duft, gewagte Dessous und selbst schlichtere Kleidungsstücke – an allem haf-

tete die Atmosphäre der Vertrautheit und der Intimität, die
es zwischen uns nicht mehr geben konnte. Ich wollte nicht
an Wunden rühren, die noch nicht verheilt waren. Doch
ebenso eigenartig wäre es mir vorgekommen, Liv mit einer
Lang-Lang-CD, einer Flasche Wein oder einem italie-
nischen Spezialitätenkorb in Klarsichtfolie eines jener un-
verbindlichen Freundschaftsgeschenke zu machen, bei denen die Identität des Schenkers schon bald ein unlösbares
Rätsel ist. Solch ein Geschenk hatte ich Liv noch nie gemacht, und es jetzt zu tun, hätte sie brüskiert.
Ich erwarb schließlich eine Radierung von Picasso. Solche Radierungen, gedruckt in einer Auflage von bis zu
fünfzig Stück, waren – wenn auch nicht billig – so doch
bezahlbar. Kunst war etwas, dem Liv nicht widerstehen
konnte. Ich dachte an das Gemälde über ihrem Wohn-
zimmersofa, das dort seit ein paar Monaten hing. Für
meinen Geschmack war das flächige Industriefassaden-
szenario ein wenig zu menschenleer und zu dekorativ. Ein
kleiner humaner Picasso-Akt wäre da ein wohltuender
Kontrast, sagte ich mir. Das Bild war kaum größer als eine
Postkarte. Es zeigte eine Frau, deren Körper kein einziges
gängiges Schönheitsideal erfüllte. Mit einem dunklen
Tuch bedeckte sie ihre Beine, aber nicht ihre Scham. Liv
betrachtete das Bild und sagte:»Du schenkst mir eine häß-
liche, unglückliche Frau?«
    Ich sah es jetzt auch und sagte:»Einen häßlichen, un-
glücklichen Mann habe ich nicht gefunden.«
    Sie legte das Bild auf Pollys Schreibtisch. Auf eine be-
stimmte rätselhafte Weise paßte die Picasso-Radierung
sehr gut zu Pollys Kinderzeichnungen an den Wänden.
»Es ist beeindruckend«, sagte Liv.»Ich danke dir.«

Ich bekam von ihr einen anthrazitfarbenen Kaschmirpullover, der mir sehr gut stand. Frauen können Männern ohne jeden Hintergedanken Kleidung schenken, und außerdem sah Liv die Dinge alles in allem nüchtern: Auch wenn wir uns voneinander getrennt hatten, wollte sie doch nicht, daß ich verkam – schon allein wegen Polly. Und als ich mich im Garderobenspiegel, vor dem ich so oft gestanden hatte, mit dem neuen Pullover sah, wurde mir elend. Ich mußte gegen eine Welle des Weltschmerzes und des Selbstmitleids ankämpfen. Ich hatte diesen Spiegel in besseren Tagen mit Liv ausgesucht. Vielleicht war es nicht viel gewesen, was Liv und ich zum Schluß aneinander gehabt hatten. Aber das wenige verloren zu haben, war noch schlimmer, dachte ich in diesem Moment.

Irgendwann fuhren wir zu dritt Karussell. Es funktionierte! Ich erfaßte das Griffrad und versetzte uns langsam in Bewegung. Polly saß zwischen Liv und mir, und die Lichterkette im Fenster und die Weihnachtskerzen zogen hinter ihrem Kopf vorbei. Polly so glücklich zu sehen machte mir all das – diesen Abend, ihre Nähe – nicht unbedingt leichter. Ich hatte sicher geglaubt, Liv und ich, wir würden aus irgendeinem unbedeutenden Anlaß schließlich anfangen zu streiten. Daß wir es nicht taten, war beinahe unerträglich. Dieses unerwartete Glück war zuviel für mich. Eine Sekunde lang sah ich mich die Wohnung verlassen und auf der Straße in Tränen ausbrechen – aber ich blieb. Ich lächelte Polly an und strich ihr über den Kopf, während wir unsere sanften Runden im Lichterstrudel ihres Kinderzimmers drehten.

Und Liv und ich, wir schliefen in dieser Nacht miteinander. Wir zogen uns beinahe hastig aus, und ich fragte mich, wie lange sie keinen Mann mehr gehabt hatte. Nach zwei Jahren wußten wir kaum noch, welche Gewohnheiten sich zwischen uns entwickelt hatten, welche Vorlieben und Verbote, wir hatten sie vergessen (oder wir wollten uns nicht an sie erinnern). Ich berührte ihren Körper, ihr kühles Gesäß, die sanfte Wölbung ihres Bauchs. Ich erinnerte mich an die Schlankheit und Schwere ihrer Hüften. Auch in ihrem Schlafzimmer hing eine Lichterkette im Fenster, aber so wie das Bett im Raum stand, konnte uns niemand sehen. Mit dem Ausziehen hatten wir das Schwierigste wohl hinter uns, aber wir wurden nicht ruhiger. Wir verhielten uns, als hätten wir keine Zeit zu verlieren. Hinzu kam, daß ich mir angewöhnt hatte, mit einer Hure zu schlafen und den weiblichen Körper gegenständlicher zu betrachten als früher. Diese schleichende Veränderung meiner Wahrnehmung war mir nie aufgefallen, aber jetzt spürte ich sie. Ich verglich Liv mit Joana. Meine erotische Haltung war die eines Freiers: Ich erwartete, daß wie von selbst geschah, was mir in den Sinn kam. Doch als Liv sich darauf einließ, wurde ich mißtrauisch. Ihre Sexualität hatte sich verändert. Warum und durch wen? Sie sah mir nicht in die Augen dabei, aber hatte sie mir früher in die Augen gesehen? Ich wußte es nicht mehr, und ich wußte nicht, was sie dachte. Wenn wir auch nur ein Wort geredet hätten, wäre vielleicht alles vorbei gewesen, und das wollten wir beide nicht riskieren. Was wir taten, war zu anfällig oder auch zweifelhaft, um es durch Vorbehalte oder Einsprüche zu gefährden. Wir berührten uns zugleich stumm und besessen in dem schwachen gelblichen Weihnachtslicht. Ich begriff, daß wir durch das unbedingte, schon beinahe zwanghafte Wollen freier waren als je zuvor. Und doch – oder vielleicht gerade aus diesem Grund – stieg der Grad meiner Erregung nicht über das erste, schnell erreichte Maß hinaus. Ich hielt Livs Schenkel umfaßt und starrte auf ihren Körper. Sie war schön, so hingestreckt (ich war immer stolz gewesen, sie lieben zu dürfen), aber ich sah in ihren Konturen auch die Lithographie von Picasso, dieses unglückliche verzerrte Frauenabbild, Zeugnis melancholischer Humanität, und ich schloß instinktiv die Augen und suchte Zuflucht bei gewöhnlicheren Bildern. Ich hörte Liv atmen, hatte aber jedes Gefühl dafür verloren, wie weit sie war. Ich fühlte mich in der bloßen Mechanik des Triebs gefangen und ahnte (zum ersten Mal in meinem Leben), was es bedeuten konnte, als Mann zu versagen. Es wäre, so dachte ich, eine Folge der sexuellen Abstumpfung gewesen, und ich fürchtete mich davor, daß Liv mich durchschaute. Daß sie intuitiv erfaßte, daß ich dafür bezahlte. Doch wie jede Furcht, so hatte auch diese eine sexuelle Seite. Ich dachte, wie es wäre, wenn Liv von Joana wüßte, wenn Joana jetzt da wäre und auch Liv mit ihr schlief und ich dabei zusähe. Diese Gedanken halfen mir, alles Störende und alle Vorbehalte zu verdrängen. Ich wußte, daß mir dies nicht noch einmal gelingen würde, und dachte nur noch daran, nicht nachzulassen, diese Spur nicht mehr zu verlieren, die mich schließlich zum Ziel führte. Als ich soweit war, öffnete ich meine Augen und sah, daß Livs geschlossen waren. Wir kamen beide in diesem Moment, aber man konnte wohl nicht sagen, daß wir zusammen kamen. Die Glasscheibe vor der Lichterkette war beschlagen von unserem Atem. Dort hatten wir uns wirklich vereinigt. Es war Weihnachten und wir hatten einander beschenkt. Wir waren befriedigt, ich war befriedigt, aber mehr noch war ich erleichtert. Als ich auf die Matratze sank, hatten wir das starke Bedürfnis uns aneinander festzuhalten. Unser Schlaf würde das, was geschehen war, in zwei Erinnerungen verwandeln. Wir umklammerten uns und schliefen ein. Doch als ich mitten in der Nacht aufwachte, raffte ich leise meine Sachen zusammen, zog mich an und ging.

8

Der Schnee blieb aus. Ich versuchte, mich damit zu trösten, daß es in einer Großstadt wie unserer sowieso keine weiße Weihnacht gab, allerhöchstens eine schmutzige. Wenn ich aus dem Fenster sah, wirkten die Straßen wenig festlich. Die Lichterketten und Beleuchtungsgirlanden in den Bäumen und Wohnungsfenstern, die nachts die Atmosphäre prägten, machten tagsüber einen müden armseligen Eindruck. Liv noch einmal geliebt zu haben hinterließ in mir verwirrende emotionale Spuren. Es waren keine eindeutigen und hohen Gefühle, aber Gefühle, Empfindungen voller Widersprüchlichkeit und Intensität. Ich dachte sogar darüber nach, meine Verbindung zu Joana abzubrechen, denn ich war auf dem besten Weg zu vergessen, was es bedeutete, nach den kurzen Sekunden der sexuellen Ekstase mehr zu empfinden als die matte Erschlaffung eines selbstzufriedenen Körpers. Aber am Freitag zwischen Weihnachten und Neujahr ging ich doch wieder zu ihr – wie an allen Freitagen.

Statt des Schnees kamen weitere Stürme. Mal war der Himmel grau, und schwere Regenfäden peitschten zu Boden wie wütende Striche, um unsere Stadt tausendfach durchzustreichen und in einer großen dunklen Fläche auszulöschen. Dann wieder lag über den Dächern ein tiefes

Blau, in dem kleine leuchtendweiße Quellwolken mit hoher Geschwindigkeit dem Horizont entgegenstrebten wie die Bärte einer abziehenden Armee aus Weihnachtsmännern. Die Geschäfte öffneten wieder, die Menschen kehrten zurück auf die Straße, und doch stand die Zeit still. Ich hatte das eigenartige Gefühl, lediglich von dünnen Kulissen der Normalität umgeben zu sein, die jederzeit an unsichtbaren Fäden in die Höhe gezogen werden konnten, um das Stück, das um mich herum gespielt wurde, zu beenden. Und manchmal wünschte ich mir nichts mehr als das – Produkt eines Autors zu sein, entlastet vom Gewicht meiner Freiheit. Ich saß da und wartete darauf, gesagt zu bekommen, was ich tun sollte. Aber nichts dergleichen geschah, und so machte ich mich am Freitagabend auf den mir inzwischen so vertrauten Weg durch die Straßen meines Bezirks.

Auch Joana und ihre Kolleginnen hatten ihr Reich weihnachtlich dekoriert. Die Porzellannymphe auf dem Fensterbrett hatte kleine schimmernde Engelsflügel bekommen. Über uns – wir saßen wie immer auf dem dunkelroten Plüschsofa vis-à-vis des Tresens – schwebte eine Wolke aus winzigen goldenen Lichtpünktchen, und neben dem Champagnerkübel auf der Bar stand ein kleiner struppiger Kunststoffweihnachtsbaum mit winzigen Glühkerzen und Wachsäpfelchen. Joana hatte sich ein paar Fäden Lametta ums Handgelenk gebunden, aber ansonsten war sie bis auf das obligatorische, mehr oder weniger durchsichtige Seidenhüfttuch wie immer nackt. Und auch an dem schwülen Softpop, dessen wenig weihnachtliche Klänge durch den Raum wehten, hatte sich nichts geändert; bestimmte Aspekte des Miteinanders hier ließen sich nicht ohne weiteres christianisieren – insbesondere gab es nichts geschenkt. Ich hatte uns aber gegen unsere Gewohnheit eine Flasche Champagner auf den Tisch stellen lassen. Nach dem Zimmerkarussell für Polly und dem Picasso für Liv schien das mir das mindeste zu sein, was ich Joana schuldig war.

Wir nippten eine Weile an unseren Gläsern, und ich spürte, daß sie anders war als sonst. Sie war unruhiger und lotste mich schon nach kurzer Zeit in unser Séparée. Ich wußte nicht recht, was ich davon halten sollte. Im ersten Moment fühlte ich mich geschmeichelt, weil ich dachte, daß sie mich wollte. Ich glaubte, sie hätte es eilig, mich zu lieben. Aber dann machte ich mir klar, wer sie war. Und auf einmal schien es mir offensichtlich, daß sie die Sache nur schnell hinter sich bringen wollte, weil sie bereits den nächsten Kunden erwartete. Vielleicht hatte die Liebe zwischen Weihnachten und Neujahr Konjunktur. Und ich kam mir wieder wie ein x-beliebiger Freier vor, den sie mit schaukelnder Taille rasch abzufertigen gedachte. Ich wurde wütend, daß sie es wagte, so mit mir umzuspringen.

Doch in Wahrheit war alles ganz anders. Sie schloß die Tür, ging zum Getränketischchen und überreichte mir ein dort bereitgelegtes, weihnachtlich eingewickeltes Päckchen. Ich nahm es verwirrt entgegen. So schlecht, wie ich noch vor wenigen Sekunden von ihr gedacht hatte, so gerührt war ich schlagartig. Ein Weihnachtsgeschenk! Doch auch damit lag ich falsch. Was sie mir überreichte, war nicht wirklich ein Geschenk, es war das Manuskript ihres Romans. Ich öffnete das Paket und las auf dem Deckblatt: *Joana*, von Joana Mandelbrot.

»Oh!« sagte ich nur.

»Und? Wie findest du's?« fragte sie neugierig.

»Was? Den Titel? Oder soll ich jetzt anfangen zu lesen?«

»Du würdest nicht mehr aufhören können«, verkündete sie selbstbewußt.

Angesichts der Tatsache, daß sie nackt und weihnachtlich geschmückt vor mir stand, konnte ich mir das kaum vorstellen. »Du meinst, du kannst besser schreiben als lieben?«

Meine gedämpfte Reaktion ernüchterte sie. »Ich habe gedacht, du würdest dich über meinen Künstlernamen freuen.«

»Nun ja. Wieso eigentlich?«

»Ist denn Mandelbrot nicht der Name dieses Mathematikers, den du so sehr verehrst?« sagte sie.

»Vor allem ist Mandelbrot ein jüdischer Name«, entgegnete ich ihr vielleicht ein wenig zu kritisch. »Du kannst keinen Rotlicht-Reißer unter einem jüdischen Pseudonym schreiben.«

Ich fragte mich, wieviel sie wußte von unserem Land, in dem sie gestrandet war. An Männern hatte sie all unsere Lügen und Illusionen in verschiedenen Reifestadien von der Blüte bis zum Verfaulen aus nächster Nähe studieren können. Konnte man durch diesen trüben Seelennebel hindurch noch die Schuld der Väter und Großväter sehen? Ihre dunkle Haut schien ihre Sätze in besonderer Weise zu beglaubigen, erst recht jetzt, im Winter, da alle Menschen und Dinge in unserer Stadt bleich und farblos waren, als sie sagte: »Ich bin keine Deutsche. Denkst du, ich wüßte nichts von eurer Geschichte? Du irrst dich. Ich weiß genug, und ich weiß es vielleicht besser als du. Wenn von uns beiden einer auf der Straße verstohlen und miß-

trauisch angestarrt wird, dann ich. Belehre mich nicht
über euer Land. Ich kann mich nennen, wie ich will. Joana
Mandelbrot ist der richtige Name für mich. Er ist geheimnisvoll. Er ist verführerisch.«
»Ist es denn eine Autobiographie?« erkundigte ich
mich. »Der Titel irritiert mich. Ich dachte, es wäre ein
Krimi.«
»Ich habe mir die Geschichte ausgedacht, aber warum
sollte ich nicht in ihr auftreten?« sagte sie und legte sich
aufs Bett. »Verstößt das gegen irgendeine Regel? Wenn
mich irgend jemand danach fragt, werde ich jedenfalls
kein Geheimnis daraus machen, daß ich weiß, worüber
ich schreibe.«
»Ich dachte, du wolltest überhaupt nicht in Erscheinung treten. Wozu brauchst du ein Pseudonym? Unsere
Verabredung ist doch, daß ich mich als Autor ausgebe, um
die Auflage in die Höhe zu treiben.«
Sie streckte sich auf dem Bett so verlockend hin, daß es
mir schwerfiel, mich auf das Gespräch zu konzentrieren.
»Natürlich. Zunächst übernimmst du die Rolle des Autors
und kurbelst den Verkauf an. Und wenn das Geschäft so
richtig in Schwung gekommen ist, trete ich aus deinem
Schatten und wir klären die Sache auf. Wir machen es genauso wie du. Irgendwann hast du dich als Leon Zern ge-
outet.«
»Ich bin nicht Leon Zern«, sagte ich.
Sie nickte. »Und ich bin nicht du. Das ist ja gerade der
Trick. Meine persönlichen Erfahrungen werden die Auflage weiter in die Höhe treiben. So was interessiert die
Leute doch: Hure und Schriftstellerin – da kann gar nichts
schiefgehen.«

Damit rührte sie an einen weiteren Punkt, der mir Sorgen bereitete. Aber es fiel mir schwer, darüber zu sprechen, weil die Gefahr groß war, daß sie mich mißverstand. Vorsichtig sagte ich: »Auch das ist so ein Aspekt, Joana. Wenn du als Autorin öffentlich in Erscheinung trittst und sich also herausstellt, daß ich dir meinen Namen nur geborgt habe, dann werden sich die Leute fragen, was uns miteinander verbindet. Sie werden sich Gedanken über die Natur unserer Beziehung machen.«

Ihre Augen verengten sich. »Was willst du damit sagen.«

Ich sagte: »Joana. Ich bin Professor. Ich lehre. Ich unterrichte junge Menschen. Und ich habe eine kleine Tochter und alles in allem eine bestimmte gesellschaftliche Position und Verantwortung. Darauf muß ich Rücksicht nehmen.«

Ich stellte mich auf einen Wutausbruch ein. Doch statt aufzuspringen und mich aus dem Zimmer zu jagen, entspannte sie sich nach ein paar heiklen Augenblicken. Sie stützte den Kopf auf den angewinkelten Arm und sagte: »Wie süß altmodisch du bist. Du machst dir ganz unnötig Sorgen. Wir Huren haben doch keinen schlechten Ruf, allenfalls sieht man uns als Opfer. Du wirst sehen, wenn ich erst mal im Scheinwerferlicht stehe, liegen mir alle zu Füßen. Ich bin keine moralisierende Intellektuellen-Schnepfe, sondern habe das Zeug zum Popstar. Deine Studenten werden dich auf einmal total cool finden, deine Frau wird sich ärgern, daß sie dich hat ziehen lassen, und deine Tochter wickele ich in Nullkommanichts um den Finger. Nein, Paul, wirklich, mach die Dinge nicht unnötig kompliziert. Du stehst dir selbst im Weg. Wir können bei der ganzen Geschichte nur gewinnen. Es ist eine einmalige Chance. Und der schlimmste Fehler, den wir begehen können, ist, sie nicht zu nutzen.«

Bei diesen Worten streckte sie den Arm aus und zog mich zu sich aufs Bett – eine Geste, mit der sie mir zu verstehen gab, daß auch dieser Augenblick, dieses Hier und Jetzt, für uns eine Chance war, die wir nicht ungenutzt verstreichen lassen durften. Und so nutzten wir sie also.

Erst zu Hause fragte ich mich, ob das alles noch kontrollierbar war. Meine Wohnung begann auszukühlen, weil sich die Heizung zur Nacht schon abgestellt hatte. Ich fragte mich, ob ich das Schicksal nicht in einer Weise herausforderte, die am Ende über meine Kräfte gehen würde. Vor allem beunruhigte es mich, daß ich auf mich allein gestellt war. Ich hatte mich mit Coras Hilfe in Leon Zern verwandelt und mich dabei auf ihren Sachverstand und ihre Professionalität verlassen. Aber meine geliehene Popularität als Autor für das Werk eines Dritten zu nutzen entsprach nicht dem Geist der Verträge, die ich unterschrieben hatte – auch wenn ich sie dem Buchstaben nach dadurch nicht verletzte. Weder Cora noch der wahre Leon Zern waren je auf den Gedanken gekommen, daß ich einen Roman in der Schublade haben könnte. Als Wissenschaftler – so hatten sie wohl angenommen – fehle mir dazu die Phantasie.

Aber war nicht alles von Anfang an ein Geschäft gewesen – und kein sehr sauberes? Cora hatte mich dazu gedrängt, zum Betrüger zu werden, und daraus leitete ich eine Art moralisches Unentschieden ab, wenn ich nun sie betrog. Möglicherweise hatte Joana sogar recht, und die Tatsache, daß ich mit einer Hure verkehrte, würde mich in den Augen der Öffentlichkeit keineswegs herabsetzen, sondern eher interessant machen. Ich beschloß, es so zu sehen und die Dinge auf mich zukommen zu lassen. Doch dann fiel mir Liv ein. Und ich konnte den Gedanken nur schwer ertragen, daß sie – im Bilde über meine Beziehung zu Joana – glauben würde, daß das, was in der Weihnachtsnacht geschehen war, für mich nur ein erotischer Ausflug gewesen war, eine Gratisabwechslung vom gewohnheitsmäßigen Konsum käuflicher Liebe.

Ich trank in der Küche mehrere Gläser Wasser, um den Champagner zu neutralisieren, von dem ich viel mehr getrunken hatte als Joana. Sie hatte mir das Manuskript mitgegeben, und ich wickelte es aus und fing an zu lesen. Daß es sich um einen Rotlicht-Thriller handelte, hatte sie mir gesagt, und ich nahm an, die Geschichte würde sich – wie die meisten solcher Geschichten – um einen keuchenden, schwitzenden Psychopathen drehen, der Huren massakrierte und die Polizei an der Nase herumführte. So eine Geschichte erwartete ich – ein Muster, das ja auch ›Abgezählt‹ bediente.

Wie überrascht war ich daher, daß ein Mathematiker im Zentrum des Romangeschehens stand, der mit Huren verkehrte. Sie waren seine Obsession, doch wurden alle, die er traf, kurz darauf ermordet. Da ich mich in der Figur auf eine bestimmte Weise portraitiert sah, fragte ich mich natürlich, ob Joana mir eine psychopathische Natur unterstellte. Und so wurde die Lektüre, die ich oberflächlich und unkonzentriert begonnen hatte, schon nach wenigen Seiten zu einer seelischen Gratwanderung. Ich suchte in dem Text nach geheimen Fingerzeigen oder unverhohlenen, an meine Adresse gerichteten Botschaften.

Ich bezog den Roman auf mich. Das war nur natürlich,

denn ich glaubte nicht, daß sich unter Joanas Kunden außer mir viele Mathematiker fanden. Sollte ich mich also geehrt oder herabgesetzt fühlen? Immerhin war ich (wie sich schließlich herausstellte) doch nicht der Mörder: Der agierte gleichsam in meinem sexuellen Windschatten, im toten Winkel meiner traurigen Leidenschaft. Er verfolgte mich und tötete die Frauen, deren Liebesdienste ich kaufte. Dadurch wurde ich zum Hauptverdächtigen.

Die Gemeinsamkeiten zwischen Joanas Protagonisten und mir gingen über meinen Beruf und meine sexuellen Gewohnheiten aber noch hinaus, und eine der Gemeinsamkeiten war Joana selbst. Der Titel kündigte es ja schon an: Auch sie kam in ihrem Roman vor, und tatsächlich beschrieb sie sich darin so, wie sie war. Sie maskierte sich nicht. Das Haar ihrer Heldin war so dicht und schwarz wie ihr eigenes, und sie hatte ebenso schöne dunkle Augen. Dieses (literarisch wohl naive) Selbstportrait elektrisierte mich auf der Stelle.

Eine intime Beschreibung unserer ersten Begegnung stimmte in allen Details. Mein Roman-Ego redete viel, so wie ich damals, vor nahezu anderthalb Jahren, als wir zum ersten Mal allein gewesen waren, viel geredet hatte. Joana beschrieb das Séparée und den großen Wandspiegel neben dem Bett, in dem ich sie hatte liegen sehen, während ich sprach. Und sie beschrieb sich selbst, ausgestreckt auf dem nachtblauen Laken, wie sie mir lange zuhörte, mir auf meinen Wunsch hin mit dem Finger ihren Namen auf den Rücken schrieb und mich am Ende verführte.

All das zu lesen, wühlte mich auf. Und es stieß mich ab, mein Leben so dargestellt zu finden. Es kam mir falsch vor, falsch und schamlos und unstatthaft. Ich fühlte mich benutzt, als wäre unser Handel nicht fair gewesen, als hätte ich sie nicht mit Geld für ihre Dienste bezahlt, sondern mit meiner Seele. Unsere erste Stunde in ihrem Séparée war mir heilig – doch auf einmal kamen mir meine Gefühle lächerlich vor. Voller Bitterkeit glaubte ich zu begreifen, daß ich nie mehr gewesen war als ein Objekt der Recherche.

Ich sah aus dem Fenster. Zwischen mir und der Dunkelheit hing die gespenstische Fläche meines Spiegelbilds in der Nacht. Ich erhob mich und ging umher, um mich wachzuhalten. Ich wollte nicht aus Erschöpfung etwas überlesen, das mich betraf. Manchmal war es schwer, zwischen tatsächlich Geschehenem und bloßer Erfindung zu unterscheiden. Beispielsweise beschränkte sich in ihrem Roman unser Kontakt zunächst auf einen einzigen Liebeshandel. Diese enorme Abweichung von der Wahrheit war der Konstruktion der Handlung geschuldet: Wäre ich häufiger bei ihr gewesen, hätte auch sie schließlich dem mich verfolgenden Serienmörder zum Opfer fallen müssen. Doch suchte ich sie – auf ihren eigenen Wunsch hin, denn es war ihr Plan, den Mörder zu täuschen, um genau das zu erreichen – schließlich noch einmal auf.

Und dabei erzählte sie, wie sie nach Deutschland gekommen war. Aber es war nicht die Version der Geschichte, die ich kannte. (Beim Schreiben brauchte sie auf niemanden Rücksicht zu nehmen.) Sie sprach auch über sich und ihr sexuelles Empfinden. Es befriedigte sie tatsächlich, Männer zu befriedigen, aber es war die Befriedigung, die man im Augenblick der Rache empfindet. Die sexuelle Befriedigung (schrieb sie) stieß die Männer zurück in die Leere ihres Seelenlebens. Die Befriedigung durch eine

Hure zerstörte die Männer, und um so häufiger sie auf diese Weise sexuell befriedigt wurden, um so unumkehrbarer wurde dieser Prozeß der Zerstörung.

Als wir uns liebten, unterstellte sie mir, ebenso wie allen anderen Männern, abschätzige, gelangweilte Gedanken dabei, die sie betrafen. Wen auch immer sie dort beschrieb – ich war es nicht mehr. Überhaupt war all das überflüssig: Ob wir dort, in jenem Séparée, Sex hatten oder nicht, war für die Handlung ihres Romans nicht von Bedeutung. Sie hatte all das aus einem anderen Grund geschrieben. Und ich glaubte, daß sie auf diesen Seiten ehrlich war. Sie waren ein Dokument innerer Zerrissenheit und eines von Verachtung und Abhängigkeit geprägten Verhältnisses zu Männern.

Das war ihr Buch. Sie spielte ein provozierendes und pessimistisches Spiel mit ihrer und meiner Identität. Die Aufklärung des Verbrechens war bei allem nur ein Tribut ans Genre, der ihr aber, wie mir schien, gut gelang. Es begann hell zu werden, als ich die letzten Seiten umblätterte, auf denen sie uns kein Happy-End gönnte. Sie ließ mich zu meiner Frau zurückkehren und sich selbst zu ihrem Job. Um so mehr sehnte ich mich nach ihr. (Nicht mein Roman-Ego, sondern ich.) Ich wollte sie so lieben, wie sie es beschrieben hatte. Ich wollte diesen Moment erfahren, in dem sie mich mit beiden Händen packte und in sich hineinstieß. Ich wollte der sein, den sie haßte und liebte, wer auch immer das war, ich wußte es ja nicht – ihr Vater, ihr Bruder, ihr Vergewaltiger – nur nicht ihr Kunde.

Ich hatte gar keine Wahl: Ich würde als Autor ihres Romans in Erscheinung treten. Ich kam darin vor, und niemand würde ernsthaft bezweifeln, daß ich ihn geschrieben hatte. Draußen begann es zu schneien, und ich sah, daß die Grundlage meiner Entscheidung ganz einfach war: Wie hätte ich das Angebot ausschlagen können, zum Autor meiner selbst zu werden?

9

Bücher werden gedruckt, wir lesen sie, und letztlich glauben wir, daß sie wahr sind. Das bedeutet nicht, daß wir ihrem Inhalt immer zustimmen. Im Gegenteil, sie können unseren heftigsten Widerspruch herausfordern, aber gerade darin zeigt sich, wie sehr wir in ihnen einen Bestandteil der Welt sehen, den wir nicht einfach für null und nichtig erklären können. Und selbst wenn wir ihre Verfasser niemals kennengelernt haben, so glauben wir doch, daß es sie gibt, daß sie irgendwo dort draußen existieren und – ganz so wie wir – die Dinge mit ihren eigenen Augen wahrnehmen. Bücher sind – mehr als alles andere vielleicht – der Beweis dafür, daß wir nicht allein sind.

Und doch ist es immer nur ein Spiel mit der Wahrheit, das wir spielen oder das mit uns gespielt wird. In den neunziger Jahren schrieb der Physiker Alan Sokal einen Artikel, in dem er behauptete, die moderne Quantenphysik beweise, daß es keine objektiven, keine wirklichen Dinge gebe. Er präsentierte physikalische und mathematische Argumente, die eine gleichsam linguistische, kontextabhängige und subjektive Verfaßtheit der Realität belegen sollten. Genaugenommen wies er nach, daß alles, was wir zu wissen glauben, davon abhängt, wer wir sind. Er schickte seine Arbeit an eine sehr angesehene geisteswissenschaftliche Zeitung, und der Artikel wurde sofort gedruckt. Niemand in der Redaktion nahm Anstoß an seinem Inhalt. Möglicherweise hielt man ihn – abgesehen von den mathematischen Formeln, die man ja nicht verstand – in seinem Kern sogar für selbstverständlich, für etwas, das man in den Geisteswissenschaften schon lange wußte. Und so durchschaute niemand, daß es sich bei dem Ganzen um eine Parodie, einen bitterbösen Scherz, um mathematischen Klamauk handelte.

Und genau das war auch mein Autorendasein: eine Parodie, ein bitterböser Scherz. Ich bekam regelmäßig Mails von der Verlagspresseabteilung. Man arbeitete an einem Portrait, das allen, die sich dafür interessierten, mitteilen sollte, wer ich war. Ich mußte den Text immer wieder korrigieren. Es ging nicht um meine Biographie, sondern um die Leon Zerns, aber wie die Dinge im Moment lagen, würde Leon Zerns Leben am Ende an mir hängen bleiben. Und so blieb mir nichts anderes übrig, als mich darum zu kümmern. Ich wollte mir meinen Lebenslauf nicht aus der Hand nehmen lassen.

In den ersten Tagen des Januars erreichte mich wieder einmal eine aktualisierte Version dieses Textes. Ich öffnete das Dokument und las es gleich am Bildschirm. »Leon Zern alias Paul Gremon«, hieß es dort über mich, »wurde 1960 in Köln geboren, machte 1979 Abitur und studierte anschließend in Tübingen Physik und Mathematik. Er diplomierte über ein chaostheoretisches Thema und promovierte in Berlin, wohin er nach Forschungsaufenthalten in Göttingen und Südfrankreich zurückkehrte. Zur Zeit lehrt er Chaostheorie an der TU Berlin.«

Ich stutzte. Die Formulierungen »chaostheoretisches

Thema« und »Chaostheorie« hatte ich schon zweimal aus dem Text herausgestrichen. Ich war mit der Leiterin der Presseabteilung, einer blonden, leicht ätherischen Person, deren Stimme immer etwas Schwebendes und Verwehendes hatte wie der Rauch einer ausgeblasenen Kerze, darüber beinahe in Streit geraten. Professor für Chaostheorie, hauchte sie mehrfach, klinge doch sehr interessant und sei ja nicht grundsätzlich falsch. Und ich dachte: Was für ein Argument! So vieles klang interessant, so vieles war nicht grundsätzlich falsch! Die Zeitungen waren voll davon. Das Interessante, nicht grundsätzlich Falsche war Mark und Herzstück unseres Journalismus – nur leider entsprach es nicht dem Wesen der Mathematik. In der Mathematik war etwas entweder richtig, und wenn nicht, dann war es falsch. In der Mathematik waren ungefähre Aussagen lächerlich. Und in der präzisen Sprache der Mathematik gab es die Chaostheorie überhaupt nicht! Es gab die Theorie seltsamer Attraktoren. Es gab die turbulente Nowikow-Stewart-Dissipation, die mikrokanonische Gerinnung, den zufälligen linearen Staub, die Lévysche Teufelsstiege oder die Pseudo-Minkowski-Wurst. All das gab es, und damit beschäftigte ich mich. Aber was es nicht gab, war Chaos. Bei Mandelbrot kam das Stichwort Chaos nur am Rande vor. Chaos und Chaostheorie waren umgangssprachliche Sammelsuriumsbegriffe, die alles und nichts bedeuteten. Was um alles in der Welt stellten sich die Menschen denn unter Chaos vor? Niederlagen und Pannen. Die Chaostheorie war keine Theorie, sondern alles in allem eine Ausrede für menschliches Versagen. Und das war nicht das, was ich als Überschrift über meiner Biographie stehen haben wollte. Das konnte ich nicht hinnehmen.

Verärgert und mißmutig las ich weiter: »Neben seiner hauptberuflichen Tätigkeit als Dozent ist Paul Gremon erfolgreicher Schriftsteller und Bestsellerautor. Unter dem Pseudonym Leon Zern veröffentlichte er vor einem Jahr den Thriller ›Abgezählt‹, der in kürzester Zeit zum literarischen Sensationserfolg avancierte. In beeindrukkender Weise verbindet Paul Gremon dort die psychischen Abgründe sexueller Störungen und die Auswüchse der erotischen Brutalität unserer Zeit mit den präzisen Grundlagen der Mathematik.«

Die mathematischen Grundlagen sexueller Störungen! Wie hätte ich mich über solch daherfabulierten Unsinn nicht ärgern sollen? Mir war ja klar, daß wir in einem hormonellen Tollhaus lebten. In einer Welt, in der sich nicht ein einziges Produkt verkaufen ließ, wenn man ihm nicht irgendwie das Etikett Sex ankleben konnte. Aber mußte ich meine Wissenschaft in diesen neurotischen Abgrund mit hineinziehen lassen? War denn die Mathematik ein Fall für die Psychiatrie? Ich sprang auf und ging in meiner Wohnung umher. Obwohl ich nun schon seit anderthalb Jahren hier lebte, wirkten die Räume immer noch kahl und unwohnlich. Meine größte Einrichtungstat war es gewesen, ein paar Bücherregale an die Wände zu schrauben. Vor einem dieser Regale blieb ich jetzt stehen und schlug ›Abgezählt‹ auf. Dem Roman war jenes Zitat aus der Apokalypse des Johannes vorangestellt, in dem die 666 zur Zahl des Teufels erklärt wurde. Es lautete: »Und ich sah ein Tier aus dem Meer steigen, das hatte zehn Hörner und sieben Häupter und auf seinen Hörnern zehn Kronen und auf seinen Häuptern lästerliche Namen … und seine Zahl ist sechshundertsechsundsechzig.«

Hörner und lästerliche Namen! Selbst Religionen wurden von Anbeginn an mit verborgener oder unverhohlener sexueller Symbolik verkauft. Aber ich stand auf dem Terrain der Erotik ziemlich kläglich da, und deswegen störte ich mich wohl daran. Dabei hätte ich die Dinge als Mathematiker gelassener sehen sollen. Die Aufgabe von Religionen war es, uns moralisch zu reinigen, und die Mathematik reinigte das Denken. So groß war der Unterschied ja nicht.

Der dritte Absatz meines Verlagspresselebenslaufs war frei erfunden. Mir wurde nachgesagt, meine ersten literarischen Arbeiten seien während des Studiums entstanden. Und dann hieß es, ich sei publikumsscheu und hätte deswegen nie etwas veröffentlicht.»Paul Gremon – Begründer der linguistischen Mathematik und von Nico E. Arp jüngst als ›faszinierendes Multitalent‹ bezeichnet – zeigt sich fast nie in der Öffentlichkeit. Seine Identität wurde nur durch Zufall bekannt.«

Ich wurde wie ein Eremit dargestellt, der seine Höhle nur für die elementarsten Bedürfnisse verläßt. Das schockierte mich allerdings, weil es irgendwie stimmte. In den vergangenen anderthalb Jahren hatte ich die Wohnung genaugenommen nur verlassen, um zur Arbeit zu gehen, zu Salvatore oder zu Joana. Das waren meine elementarsten Bedürfnisse gewesen.

Gelegentlich riefen Fotografen an, aber ich sagte allen ab. Mit einem Foto, so schien es mir, würde ich mich noch mehr an der Wahrheit versündigen, als ich es ohnehin schon tat. Was es an Aufnahmen gab, waren Schnappschüsse, die Liv von mir gemacht hatte, zumeist im Urlaub. Entweder kniff ich darauf geblendet die Augen zusammen oder ich schob mir eine Gabel Spaghetti in den Mund oder ich saß in einer für Polly gegrabenen, mit Muschelherzen verzierten Sandburg. Solche Fotos waren für den Autor eines Sex-Schockers unbrauchbar.

Als ›Person des Zeitgeschehens‹, die ich nunmehr war, hatte ich das Recht am eigenen Bild aber verloren. Jedenfalls behauptete das jene Leiterin der Verlagspresseabteilung, mit der ich es zu tun hatte. Und ich begriff, daß sie mich mit ihrer zarten gespenstischen Stimme genaugenommen erpreßte. Entweder ich ließ mich freiwillig fotografieren oder ich wurde irgendwann fotografiert – ob ich es wollte oder nicht. Das war es, was sie mir zu verstehen gab, und so blieb mir nichts anderes übrig, als schließlich einem Fototermin zuzustimmen.

Doch dann kam mir ein anderer Gedanke, und als Fruidhoffs aus den Weihnachtsferien zurückkehrte, die er in Holland verbracht hatte, sagte ich zu ihm: »In ein paar Tagen tanzt hier eine Fotografin an, um ein paar Aufnahmen von mir zu machen. Aber genaugenommen will sie nicht mich fotografieren, sondern Leon Zern. Das Foto soll in einem Prospekt erscheinen, der demnächst verschickt wird.«

»Was für ein Prospekt?« erkundigte er sich.

»Ich habe einen Roman geschrieben.«

»Du oder Leon Zern?«

»Ich.«

Er setzte sich, und wie immer bereitete ich uns einen Tee zu. Er sagte: »Ich dachte, du würdest an einem Sachbuch über Zufall und Selbstähnlichkeit arbeiten.«

Es fiel mir nicht leicht, ihn zu belügen, aber es ging nicht anders. »Damit lasse ich mir noch etwas Zeit. Zunächst einmal möchte ich einen zweiten Roman herausbringen.«

Natürlich verwirrte ihn das: »Einen zweiten? Ich dachte, du hättest nicht einmal den ersten geschrieben.«

»Das stimmt auch, Alex. Es ist kompliziert.«

Außer Cora, die es *wußte*, war er der einzige, der mir *glaubte*, daß ich nicht Leon Zern war. Er hatte mir von Anfang an geglaubt, weil ihm die vielen mathematischen Fehler in ›Abgezählt‹ nicht entgangen waren. Er wußte Bescheid, aber ich machte mir deswegen keine Sorgen. Ich war mir sicher, daß er mir nicht in den Rücken fallen und sich an die Presse wenden würde. Zumal auch ihm inzwischen klar war, wie aussichtslos das gewesen wäre, denn die Presse hatte mich ja zu Leon Zern gemacht. So ist es doch: Wir halten nichts für wahrer als das Gerücht, das wir selbst in die Welt gesetzt haben. Niemand hätte Fruidhoffs geglaubt.

Ihn aber noch weiter ins Vertrauen zu ziehen und ihm von Joana zu erzählen, das wollte und das konnte ich nicht. Und so mußte ich nun also dabei bleiben, daß ich tatsächlich einen Roman geschrieben hatte, einen Thriller. Deswegen sagte ich: »Ich habe mich über Weihnachten hingesetzt und so etwas wie ›Abgezählt – Teil zwei‹ geschrieben. Mein Gott, so schwer ist das nicht. Solche Thriller haben eine klare Handlungsstruktur, an die man sich halten muß.«

Er war darüber keineswegs entsetzt, sondern nickte beeindruckt. Seine Generation verzehrte Unmengen von Popcorn bei Kino-Sequels. ›Abgezählt – Teil zwei‹. So viel Coolness hatte er mir offenbar nicht zugetraut.

»Aber das ändert nichts daran«, fuhr ich fort, »daß Leon Zern im Grunde eine Konstruktion ist, eine virtuelle Figur. Und weißt du, was das bedeutet?« Ich sah ihn direkt

an, denn jetzt kam ich zum Kern des Ganzen.»Alex. Wir
arbeiten von morgens bis abends mit Konstruktionen. Wir
erschaffen Gaußsche Berge, Kochsche Seen und Brown-
sche Kontinente! Warum erschaffen wir nicht auch Leon
Zern? Ich will damit folgendes sagen: Hast du nicht Lust,
Leon Zern dein Gesicht zu leihen? Leon Zern besteht jetzt
schon aus zwei Personen. Warum also nicht aus drei?«
Mein Vorschlag schien ihn keineswegs zu schockieren.
Er stützte seinen Kopf auf und schwieg eine Weile. Dann
sagte er:»Bin ich dazu nicht etwas zu jung? Für die Öffentlichkeit ist Leon Zern ja Professor und eine Art Mathe-
Genie.«

Um seine Bedenken zu zerstreuen, sagte ich:»In der
Mathematik kann man sehr jung Karriere machen. Denk
an Évariste Galois. Er ist nur einundzwanzig geworden und
hat unsere Wissenschaft entscheidend vorangebracht.«

»Und was ist mit diesem Journalisten? Arp. Er weiß,
wie du aussiehst. Und nicht nur er. Viele wissen es. Deine
Freunde, deine Studenten.«

»Ich rede mit Arp«, sagte ich.»Das Gefühl, ins Vertrau-
en gezogen zu werden, wird ihm schmeicheln. Er kann
sich sagen, daß er etwas weiß, was niemand außer ihm
weiß. Ich denke, das gefällt einem Journalisten. Ich habe
mir die Geschichte sorgfältig überlegt«, behauptete ich,
was nicht stimmte, ich redete einfach drauflos und sagte
als nächstes:»Auch über meine Freunde brauchen wir
uns keine Gedanken zu machen. So viele sind es nicht,
und alle werden Verständnis dafür haben, daß ich nicht
erkannt werden möchte. – Und unsere Studenten? Ja, was
soll ich da sagen? Du kennst sie ja. Ich bin mir, unter uns
gesagt, nicht einmal sicher, ob sie wissen, wie ich aussehe,

obwohl sie einmal pro Woche in meiner Vorlesung sitzen.
Ich glaube, das alles interessiert sie nicht. Nichts interessiert sie. Alex, du weißt es. Mit unseren Studenten, das ist
so eine Sache. Ich denke, das können wir auf uns zukommen lassen. Im übrigen kursieren keine Fotos von mir in
der Öffentlichkeit. Wenn deins erst mal gedruckt ist, wird
niemand mehr daran zweifeln, daß du Leon Zern bist.
Diese Fotografin, die man mir schicken möchte, wird sich
nicht deinen Personalausweis zeigen lassen.« Und dann
wurde ich philosophisch und sagte: »Wer sind wir denn?
Gibt es uns überhaupt? Als Grenzgänger sind wir nirgendwo zu Hause. Die Grenzen zwischen Mathematik
und Physik lösen sich auf. Das ist unvermeidlich. Alles ist
das Produkt unseres Geistes, Ideen sowie Dinge, und deswegen müssen sie auf einer tieferen Ebene eins sein. Das
ist ein alter Gedanke, aber allmählich beginnen wir zu begreifen, was er bedeutet. Vielleicht werden wir eines Tages
feststellen, daß wir selbst nur Ideen sind. Leere Pseudonyme. Einfälle eines launischen Weltendichters.«

Die Fotografin, die ein paar Tage später bei uns auftauchte, erwies sich übrigens als sehr attraktiv. Sie vibrierte wie eine Feder. Sie war in Fruidhoffs Alter und hatte
eine schmale, fast überelastische Figur – ein Weidenzweig.
Die Kameratasche hing wie ein müder schwarzer Hund
an ihr herab, den sie aus tiefer Anhänglichkeit überall hin
mitschleppte. Sie lächelte so offen und charmant, daß ich
sie kaum ansehen konnte, ohne das Gefühl zu haben, seit
Jahren unheilbar depressiv zu sein. Auf der Suche nach
Paul Gremon schneite sie in mein Büro. Ich starrte sie
entgeistert an, denn ihre Wirkung auf Menschen war eine
augenblickliche. Trotzdem schickte ich sie schweren Her-

zens zu Fruidhoffs, der kurz darauf mit ihr abzog. Zwei fröhliche junge Menschen. Ich fragte mich, ob ich nicht einen Fehler gemacht hatte. Doch dann sagte ich mir, daß es nicht meine Art war, mein Glück bei derart jungen Frauen zu versuchen. Ich wußte nicht, warum. Vielleicht war es Feigheit, vielleicht Resignation – vielleicht aber auch Ehrlichkeit und das Wissen, daß ich mich nur in den Armen einer Frau wie Liv wirklich wohl fühlen konnte. Nur dort konnte ich finden, wonach ich mich sehnte – was auch immer das war.

Um mich abzulenken, griff ich zum Telefonhörer. Ich rief Cora an, die sogar zu sprechen war. »Ich muß dir etwas sagen, was dich sicherlich freuen wird!« begann ich hochtrabend und fuhr dann fort: »Ich habe die schwierige Materie des Zufalls und der Geometrie der wirklichen Dinge vorerst auf Eis gelegt und statt dessen einen Roman geschrieben. Einen Thriller. Ich denke, damit sollten alle Bedenken in Bezug auf die Verkäuflichkeit meines Buchs hinfällig sein.«

»Was soll das heißen, einen Roman?« sagte Cora, keineswegs beglückt. »Du *kannst* keinen Roman schreiben, Paul. Das ist vollkommen unmöglich. Du kannst Leon Zern literarisch nicht Konkurrenz machen. Dem wird er niemals zustimmen.«

»Aber Cora«, sagte ich, »es ist ein Thriller! Es ist genau das, was die Leute lesen wollen! Wer ist denn Leon Zern? Leon Zern ist eine Konstruktion. Eine virtuelle Figur. Leon Zern ist ein Trick, um Geld zu verdienen. Ich kann Leon Zern literarisch nicht Konkurrenz machen, weil Leon Zern überhaupt nicht existiert! Es anders zu sehen, wäre vollkommen irrational.«

Cora schwieg eine Weile und sagte dann: »Was ist das denn für ein Roman, den du geschrieben hast? Und wieso hast du mir nie etwas von diesem Projekt erzählt?«

»Das konnte ich nicht. Ich habe erst vor ein paar Wochen damit angefangen, beinahe wie unter Zwang. Das Buch ist mir verflucht wichtig. Es ist mir regelrecht aus der Feder geschossen. Du wirst sehen, es ist sehr persönlich. Wenn ich es nicht als Leon Zern veröffentlichen kann, werde ich es unter meinem eigenen Namen herausbringen.«

Das war eine recht unverhohlene Drohung. Und Cora begriff sie sofort. Sie wußte, daß sie mich nicht daran hindern konnte, unter meinem Namen zu veröffentlichen, was immer ich wollte. Der Punkt war heikel, denn sie wollte auf keinen Fall, daß ihr die Fäden aus der Hand glitten. Andererseits war sie Leon Zern verpflichtet. Sie lenkte ein. »Was soll ich dazu sagen, Paul. Ich kenne dein Buch ja nicht. Ich muß es erst einmal lesen, und dann kann ich dir sagen, ob sich Leon Zern vielleicht darauf einläßt. Ist dir eigentlich klar, wie kompliziert die Dinge dadurch werden? Wenn herauskommt, daß Leon Zern eine Art Autorenkollektiv ist, kommen wir in Teufels Küche. Der Literaturbetrieb wird sich nicht ungestraft an der Nase herumführen lassen. Wenn du mich fragst, kann es nur einen Leon Zern geben.«

Nach dem Telefonat mit Cora hatte ich ein schlechtes Gewissen. Um Platz zu machen für Joanas Thriller, hatte ich nun also auch offiziell mein Buch über die Macht des Zufalls und die Geometrie der wirklichen Dinge verraten und geopfert, und aus Reue war es mir ein Bedürfnis, daran zu arbeiten. Ich schrieb ein paar Absätze über Évariste

Galois, der 1832 bei einem Duell ums Leben gekommen war. Es kursierten eine Menge Gerüchte um seinen Tod. Es wurde allgemein angenommen, daß es um ein Mädchen ging, aber auch eine Verschwörung gegen ihn wurde nicht ausgeschlossen. Jedenfalls hatte Galois in der Nacht vor dem Duell eine mathematische Erleuchtung. Wie besessen brachte er eine Arbeit über die Lösung algebraischer Gleichungen zu Papier, an deren Rand er immer wieder ›il manque le temps‹ – mir fehlt die Zeit – schrieb. Galois war Republikaner, und es ist oft behauptet worden, ein Agent Provocateur der Regierung habe ihn erschossen. Allerdings fand sich auf seinem letzten Manuskript der Name Stéphanie Du Motel. Das hat natürlich Anlaß zu romantischen Spekulationen gegeben. (Zum Zeitpunkt des Duells war Évariste gerade mal einundzwanzig Jahre alt.) Über ihn zu schreiben erfüllte mich mit der morbiden Sehnsucht nach wiederkehrender Jugend und einem kompromißlosen Leben, ganz gleich um welchen Preis. Jedenfalls war Galois all das, was man von einem Mathematiker nicht erwartet: hitzköpfig, politisch und provokativ. Doch ganz gleich, ob für seinen Tod nun seine romantische oder politische Natur verantwortlich war – er starb in jedem Fall ziemlich elendig. Er erlitt bei dem Duell einen Bauchschuß, und sowohl sein Gegner als auch sein eigener Sekundant ließen ihn einfach liegen. Erst nach Stunden wurde er von einem Bauern gefunden und in ein Krankenhaus gebracht. Dort konnte man ihn nicht mehr retten, es heißt aber, er sei in den Armen seines Bruders gestorben.

Es tat gut zu arbeiten. Ich schrieb, bis es dunkel wurde, und dann stellte ich mich eine Weile ans Fenster und sah hinaus. Von meinem Büro aus sah der Ostteil der Stadt aus wie das ferne Ufer auf der anderen Seite eines großen dunklen Sees, den die Baumkronen des Tiergartens aufspannten. Reichstagskuppel und Fernsehturm schwebten dort wie Krone und Zepter über den Lichtern, und die erleuchteten Hochhäuser am Potsdamer Platz führten mir vor Augen, wie sehr sich der pulsierende Nabel des Lebens von mir entfernt hatte. Wenn ich dort hinübersah, kam ich mir in meinem alten Viertel unserer Stadt vor wie auf einer Insel, die unmerklich abtrieb vom Kontinent der Zivilisation.

Irgendwann kam Fruidhoffs ganz beseelt von seinem ›Fotoshooting‹ zurück. Aber ich spürte auch, daß irgend etwas im Busch war. Alles war offenbar bestens gelaufen, aber es gab etwas, das er mir nicht sagen wollte. Er war gekommen, um seine Tasche zu holen.

Ich sah auf die Uhr. »Du warst fünf Stunden weg. Ich dachte schon, du kommst nicht mehr.«

»Chloe mußte gehen. Sie fotografiert noch am Deutschen Theater.«

»Chloe. So, so.«

»Ein gutes Portrait hinzubekommen ist nicht so leicht.«

»Wieviele habt ihr gemacht? Ein paar hundert?«

»Du mußt das aus Chloes Perspektive sehen. Sie stand vor der Frage, wer ist Leon Zern überhaupt?«

Diese Bemerkung ließ mich hellhörig werden. »Was soll das heißen, Alex? Du solltest Leon Zern dein Gesicht leihen, das war alles.«

»Wenn das so einfach wäre«, sagte er.

»Wenn *was* so einfach wäre?«

»Du hast es selbst gesagt: Leon Zern ist eine Konstruktion. Eine virtuelle Figur. Virtuelle Figuren kann man nicht fotografieren.«

»Und was habt ihr getan?«

»Wir haben darüber nachgedacht, wer Leon Zern *ist*. Wir haben uns gefragt, was ist seine Rolle? Was ist seine Obsession?«

»Und?« fragte ich und wurde immer mißtrauischer.

»Das weißt du doch. Er bringt Frauen um. Also nicht Leon Zern, aber Olven Hochegk, sein Psychopath. Chloe hat eine Theorie, die ich sehr interessant finde. Sie glaubt, daß es Mördern nicht darum geht, andere zu töten, sondern sich selbst. Wir werden gewalttätig, weil wir uns hassen. Und weißt du, warum? Jeder Frauenmörder sehnt sich in Wahrheit danach, eine Frau zu sein – sagt Chloe, und sie glaubt sogar, daß wir Männer uns ganz allgemein danach sehnen. Aber da die Erfüllung dieser Sehnsucht unmöglich ist, müssen alle Frauen sterben. Diese Leute sind krank. Wir haben versucht, psychologisch zu denken.«

»Und weiter?« sagte ich, inzwischen auf alles gefaßt.

»Chloe hat einen guten Draht zur Gewandmeisterin des Deutschen Theaters. Warst du schon mal in einem Kleiderfundus? Das ist eine tolle Sache. Sehr beeindruckend.«

»Alex, *was habt ihr gemacht*?«

»Wir brauchten Frauenkleider.«

»Wozu?«

»Für das Foto.«

Normalerweise sprachen wir von gleich zu gleich zueinander, aber jetzt kam er mir vor wie ein Junge, der etwas angestellt hatte. Trotz seiner studentisch lässigen Kleidung wirkte er hilflos. Offenbar hatte er sich zu etwas überreden lassen, und ich begann zu begreifen, daß diese zauberhafte Chloe ein ziemlich gerissenes Geschöpf war. Auf jeden Fall verstand sie ihr Handwerk und hatte alle Register gezogen, um an ein ungewöhnliches Foto zu kommen.

Ich sagte: »Ist das wahr? Du hast dich in Frauenkleidern fotografieren lassen?«

»Nicht mich«, sagte er eingeschüchtert. »Leon Zern.«

»Alex«, sagte ich zu ihm. »Für die Menschen dort draußen bin *ich* Leon Zern. Hast du das schon vergessen? Du kannst nicht hingehen und dich in meinem Namen als Frau verkleiden. Diese Fotos dürfen niemals veröffentlicht werden, das muß euch doch klar gewesen sein.«

»Chloe war wirklich gut vorbereitet«, wehrte er sich. »Sie hatte ein sehr zerlesenes Exemplar von ›Abgezählt‹ dabei. Olven Hochegk hat in seiner Wohnung ein Kreuz. Er trägt Dessous und macht Videoaufnahmen von seiner eigenen Kreuzigung. Du hast ›Abgezählt‹ schließlich gelesen. Du kannst nicht sagen, daß wir alles falsch gemacht haben. So ein Fotoshooting entwickelt eine Eigendynamik.«

Ich sah, daß dieses Mädchen ihm tatsächlich den Kopf verdreht hatte. Von allen jungen Männern, die ich kannte, war er der vernünftigste. Und ich begriff, was die Vernunft junger Männer wert war. »Alex«, sagte ich, »du mußt sie anrufen und diese Bilder sperren. Ein gekreuzigter Psychopath in Dessous!«

»Und im Tschador«, sagte er, ohne mich anzusehen. »Wir konnten uns nicht entscheiden. Olven Hochegk faselt immer wieder etwas vom heiligen Krieg der Geschlechter. ›Abgezählt‹ ist ein sehr religiöses Buch – sagt Chloe. Der Roman ist voller christlicher Anspielungen. Sie hat alle markiert. Manche Seiten sind fast ganz gelb.«

»Diese Chloe hat dir den Kopf verdreht!« sagte ich.

Er stand auf. Eine Auseinandersetzung wie diese hatten wir noch nie gehabt. Alles, was wir kannten, war das wissenschaftliche Gespräch. Er sagte: »Wir konnten auf der Probebühne des Deutschen Theaters fotografieren, in der Klosterdekoration von ›Maß für Maß‹. Chloe hat alles eingefädelt. Du wirst sehen, daß die Fotos ihr recht geben. In ›Das Schweigen der Lämmer‹ gibt es eine Szene, in der ein gekreuzigter Polizist an einem Käfig hängt, und alles ist voller Blut. Solche Bilder sind Kult.«

»Du denkst, sie sind harmlos, weil niemand Einspruch erhebt«, sagte ich aufgebracht, »aber sie sind es nicht. Solche Bilder zerstören uns. Sie zerstören alles.« Und ich fügte sogar noch hinzu: »Alles Extreme zerstört uns. Wir sind süchtig nach Extremen und Provokationen, weil wir unsere Normalität nicht ertragen. Wir reden uns ein, daß nichts mehr etwas wert ist. Aber es ist nicht alles lächerlich. Alex, es ist nicht alles lächerlich!«

Hastig sagte er: »Ich weiß, was du denkst. Du denkst, ich wäre verrückt geworden. Du denkst, Chloe hätte mich manipuliert. Aber das stimmt nicht. Du weißt ja nicht, wer ich bin. Du kennst mich überhaupt nicht.«

Er ging hinaus, ohne sich noch einmal umzudrehen, und ich ließ ihn ziehen. Daß er behauptet hatte, ich würde ihn nicht kennen, traf mich sehr, weil ich augenblicklich einsah, daß er recht hatte. Was wußte ich von ihm, außer daß er aus Holland stammte und ein exzellenter Mathematiker war? Seit zwei Jahren arbeiteten wir Tür an Tür, aber wir hatten nie darüber geredet, wie er sein Leben sah, worauf er hoffte, ob er einmal Kinder haben wollte oder ob er sich manchmal wünschte, ein anderer zu sein. Es war gut, daß er mit einem Mädchen herumzog und das Leben suchte. Er hatte ein Recht auf sein eigenes Leben und seinen eigenen Weg. Auf meine Weise liebte ich ihn ja. Ich spürte es daran, daß ich stolz auf ihn war, wenn er auf unseren Kongressen seine Vorträge hielt. Dann sah ich in ihm schon den, der die Fackel meiner Forschungen dereinst weitertragen würde. Viele gab es nicht, die dazu einmal imstande sein würden. Ich konnte es mir nicht leisten, ihn zu verlieren – ganz gleich, was er angestellt hatte. Ich mußte ihm vergeben. Und eigentlich hatte ich das schon.

Ich verließ das Institut und ging ins Café Savigny. Tagsüber war es üblich, allein hier zu sitzen und bei einer Tasse Kaffee Zeitung zu lesen. Doch jetzt waren viele Paare um die dreißig da. Ich rief Liv an, bekam aber nur den Anrufbeantworter, den sie zusammen mit Polly besprochen hatte: Dies sei der Anschluß von Liv (Livs Stimme) und Polly Paene (Pollys Stimme) und so weiter, und ich erinnerte mich daran, wie wir, Liv und ich, nach einem Mädchennamen gesucht hatten, als Liv schwanger war, und wie wir fanden, daß Polly Paene frech und nach Berlin und nach Zille klang, und jetzt war der Klang dieses Namens auf einem Anrufbeantworter Wirklichkeit geworden, dessen Ansage nicht mehr den geringsten Hinweis auf mich enthielt, so daß es war, als hätte es mich nie gegeben.

Ich las eine Weile Zeitung. Der zufällige Fang eines Kragenhais in Japan interessierte mich. Das Tier sah sehr sonderbar aus, lang wie ein Aal und grotesk großmäulig. Es handelte sich, wie ich las, um ein lebendes Fossil. Die Art der Kragenhaie existierte auf der Erde seit mehr als hundert Millionen Jahren, üblicherweise allerdings in mehr als tausend Metern Meerestiefe. Warum der Hai sich so weit von seinem angestammten Lebensraum entfernt hatte, war unklar. Man brachte ihn in ein Meerwasseraquarium, wo er ein paar Stunden lang gefilmt wurde, bevor er verendete. Die Evolution kennt kein Pardon.

Allein unter all den Paaren mit ihrer Vertrautheit fühlte ich mich wie jener Kragenhai aus der Dunkelheit, der am Licht hatte sterben müssen. Irgendwann kam ein Vietnamese mit einem Strauß Rosen herein. Ich suchte mir eine große, samtige, schon weit geöffnete Blüte aus und kaufte sie. Dann bat ich die Bedienung um eine Vase oder leere Flasche, um die Rose auf den Tisch zu stellen. Ich dachte, mein Kauf wäre ihr sympathisch, aber die Sache war ihr offenkundig ziemlich gleichgültig. Sie war die jüngste im Raum, gerade mal Anfang zwanzig vielleicht, mit einem hellen, blutleeren Gesicht und gelangweilten grünen Augen. Ich ertappte mich dabei, daß ich sie schön fand, obwohl sie nicht wirklich schön war.

Als die Blume auf meinem Tisch stand, fühlte ich mich wohler. Es sah jetzt so aus, als wartete ich auf jemanden, als hätte ich eine Verabredung, und sogar eine angenehme. Fast war ich bereit, es selbst zu glauben. Ein Gefühl erfaßte mich, als wäre es möglich, heute abend noch eine besondere Bekanntschaft zu machen. Die Bekanntschaft einer Frau mit der entwaffnenden Wirkung einer Chloe. Die Rose vermittelte mir diese Illusion, und so schützte sie mich zunächst. Aber irgendwann würde diese Wirkung nachlassen. Und die junge grünäugige Bedienung würde denken (wenn sie überhaupt etwas dachte), daß ich versetzt worden war.

10

Was ist der Mensch? Niemand weiß es, aber was mich persönlich betrifft, wurde ich mehr und mehr zu einem juristischen Phantom, einem Gespenst, das nur in Paragraphen und Unterparagraphen von Verträgen existierte. Und als Cora mich anrief und grünes Licht für das Erscheinen von Joanas Roman unter dem Namen Leon Zern gab, wurden weitere Verträge notwendig. Cora war dabei sachlich wie immer. Ich aber ärgerte mich, als stünde mir ein Wort der Anerkennung für einen Roman zu, den ich nicht geschrieben hatte. So war ich in diesen Tagen: dünnhäutig, hungrig nach Beifall und versessen auf jedes noch so unverdiente Zeichen, daß mein Leben nicht nur aus Lügen und deprimierenden Empfindungen bestand.

Cora hatte sich mit Leon Zern beraten. »Es war ein hartes Stück Arbeit, ihn davon zu überzeugen, daß wir den Roman machen sollten«, sagte sie. »Er betrachtet Leon Zern als literarische Figur, als seine Schöpfung. ›Das kannst du ja auch weiterhin‹, habe ich zu ihm gesagt. ›Leon Zern entwickelt ein Eigenleben. Er hat sich mit Paul Gremon einen Körper rekrutiert. Du erschaffst ein Wesen aus Fleisch und Blut.‹ Und so weiter. Ich habe eine Stunde lang auf ihn eingeredet, und schließlich hat er eingesehen, daß ich recht hatte.«

Das bedeutete, daß die Aufteilung der Gewinne neu geregelt werden mußte. Der alte Vertrag deckte nur ab, daß Leon Zern seine Romane selbst schrieb, aber jetzt waren eine Menge Fallunterscheidungen notwendig, je nachdem ob ich schrieb und veröffentlichte oder nicht schrieb und veröffentlichte oder schrieb und nicht veröffentlichte oder nicht schrieb und nicht veröffentlichte und doch an irgend etwas irgendwie finanziell beteiligt war ... – notwendig und in einem verästelungsreichen Prozentualsystem zu erfassen, das allerhöchstens von Cora noch durchschaut wurde. Sie schlug sogar vor, eine Klausel für den Eintritt weiterer Autoren ins Leon-Zern-Kollektiv in den Vertrag aufzunehmen, aber das lehnten sowohl der wahre Leon Zern als auch ich entschieden ab.

Das Vertragssystem war jedenfalls ein gutes Beispiel für das, was Benoît Mandelbrot eine selbstähnliche Kaskade nennt – vor allem aus meiner Perspektive, weil sich meine Rolle als Leon Zerns Vertragspartner durch meine Verbindung zu Joana in einem weiteren, ebensolchen Vertragsverhältnis fortsetzte, einem mündlichen allerdings. Joana hatte vorgeschlagen, die Einnahmen aus ihrem Roman im Verhältnis zwei zu eins aufzuteilen, und das erschien mir fair. Wir lagen in ihrem Séparée, und ich küßte zwischen den Sätzen und Silben die Spitzen ihrer Brüste und sagte zu allem ja.

In einem Punkt mußte ich sie aber enttäuschen. Sie würde keinen Vorschuß bekommen. Da ich für mein Buch über die Macht des Zufalls und die Geometrie der wirklichen Dinge (das immer noch nicht fertig war) schon eine Zahlung erhalten hatte, weigerte sich der Verlag, vorab noch mehr Geld auszuspucken. Das enttäuschte Joana.

Wir hatten es immer vermieden, über Geld zu sprechen, und jetzt rächte es sich, daß ich diese Regel einmal gebrochen und ihr gegenüber so getan hatte, als würde ich mich im Verlagswesen bestens auskennen. Im besonderen hatte ich mit üppigen Vorschüssen geprahlt, und als es damit nun nichts wurde, fühlte sie sich betrogen. Das konnte ich verstehen. Denn im Gegensatz zu meinem knauserigen Verleger, war *sie* sehr wohl bereit, großzügige Vorschüsse zu gewähren. Und ich war es ja, der davon in ihrem Séparée profitierte.

In Wahrheit verschloß ich aber die Augen vor einem Abgrund, auf den ich zusteuerte. Wenn Joanas Roman nämlich auch nur annähernd so erfolgreich werden würde wie ›Abgezählt‹, dann konnte sie sich schon bald zur Ruhe setzen. Als mir dies bewußt wurde, küßte ich statt ihrer Brustspitzen immer häufiger ihre Pobacken, damit sie nicht sehen konnte, wie besorgt ich war. Ich wagte einfach nicht, sie zu fragen, was aus uns werden würde, wenn sie es nicht mehr nötig haben würde, als Hure zu arbeiten. Was konnte aus einer Hure und einem Freier schon werden? Nur in Opern oder Operetten heirateten sie am Ende oder starben. Wir aber würden weiterleben müssen und uns vermutlich nie wiedersehen, wenn das kleine Bordell mit der samtroten Plüschcouch als Treffpunkt wegfiel. Was würde aus uns werden? Die Antwort konnte nur lauten: nichts.

Statt mit Frauen, hatte ich es also nur noch mit Vertragspartnerinnen zu tun. Auch Liv beteiligte sich nach Kräften daran, diese neue Entwicklung in meinem Leben zu festigen. In den ersten Januartagen nahm sie den Kampf um ihre Unterhaltsforderung wieder auf, den sie in der Weihnachtszeit hatte ruhen lassen. Jetzt machte sie ihrem Anwalt Beine. Das Zimmerkarussell und der Picasso überzeugten sie tagtäglich davon, daß bei mir eine Menge zu holen war. In meinem Briefkasten landete ein juristisches Zahlenwerk nach dem anderen.

Nach den Weihnachtsfeiertagen waren Liv und ich zunächst sehr vorsichtig und vergleichsweise friedlich miteinander umgegangen. Weder sprachen wir über das, was geschehen war, noch versuchten wir, es zu wiederholen. Ich hoffte, unser Verhältnis würde nüchterner werden. Daß wir miteinander geschlafen hatten – so ungewöhnlich es war –, kam mir doch auch wie eine Art Rückkehr zur Normalität vor. Zwei Menschen, die miteinander schlafen, so dachte ich in dieser Zeit, sollten auch miteinander reden können. Aber es stellte sich doch wieder heraus, daß das eine mit dem anderen nicht viel zu tun hat.

Und spätestens als Ende Januar der Prospekt erschien, an dem man in der Verlagspresseabteilung so lange gefeilt hatte, waren die Dinge wieder so, als hätte es Weihnachten nie gegeben. Livs Entsetzen kannte keine Grenzen. Eine befreundete Buchhändlerin hatte ihr die in düsteren Farben gehaltene Broschüre zukommen lassen, und schäumend vor Wut rief Liv mich an.

»Wie kannst du es wagen, mich und Polly so zu blamieren! Was für ein abscheuliches Foto!!«

»Von welchem Foto sprichst du?«

Chloe und Fruidhoffs hatten nicht nur pathologische Kreuzigungsszenen gestellt. Neben diesen hatten sie auch eine Reihe von schlichten Autorenporträts vor neutralem Hintergrund gemacht. Und Fruidhoffs gab darauf einen durchaus seriösen Leon Zern ab. Schlug man den Pro-

spekt auf, sah man zunächst sein in Schwarzweiß abge-
lichtetes Konterfei neben dem Cover des neuen Romans.
Erst wenn man die Arme ausstreckte und die doppelseitige
Broschüre etwas weiter weghielt, war zu erkennen, daß sie
im ganzen aus einer der Kreuzigungsaufnahmen bestand –
dies aber so dunkel und unscharf, daß ich, beziehungsweise Leon Zern, beziehungsweise Fruidhoffs darauf praktisch nicht zu erkennen war.

»Was willst du erreichen?« schrie Liv in den Hörer. »Ist
dein Haß auf mich so groß, daß dir jetzt alles egal ist? Sogar dein eigener Ruf? Ich kann es noch gar nicht glauben.
Du trägst einen Frauenslip und hängst …«

»Liv, das bin ich nicht.«

»Ich sehe, daß du das nicht bist!« zischte sie. »Aber der
auf dem Portraitfoto bist du auch nicht, und trotzdem
steht dein Name darunter. Nur weil *du* Romane schreibst,
bin *ich* noch lange keine Analphabetin. Unter dem Foto
steht Paul Gremon, und deswegen denken natürlich alle,
daß du auch der am Kreuz bist. Für die Öffentlichkeit bist
du ein widerlicher Perverser. Hast du es denn wirklich nötig, mit blasphemischen Provokationen und der Verball-
hornung von Religion auf dich aufmerksam zu machen?
Ich müßte nicht nur Unterhalt verlangen, sondern auch
Gefahrenzulage.«

»Ich wiederhole«, sagte ich, »es ist überhaupt nicht
zu erkennen, wen man dort sieht. Das Ganze ist eine Szene
aus ›Abgezählt‹. Solche Bilder sind Kult. Die Jugend-
lichen hängen sich solche Bilder über die Betten. Zum
Teufel, es ist Werbung, Liv. *Werbung*!«

Aber sie blieb bei ihrer Meinung und sagte kategorisch:
»Man erkennt dich. Man erkennt diesen jungen Mann,

hinter dessen Gesicht du dich versteckst. Feige bist du auch noch. Wer ist das überhaupt?«

»Mein Doktorand«, sagte ich. »Du hast ihn nie kennengelernt.«

»Gott sei Dank. – Du könntest wenigstens einmal *versuchen*, die Dinge aus meiner Perspektive zu sehen. Du bist immerhin der Vater meiner Tochter, und bis vor ein paar Monaten habe ich geglaubt, es zumindest mit einem halbwegs normalen Menschen zu tun zu haben. Aber jetzt erscheint dein zweiter Serienmörderkrimi, du gibst arrogante Interviews, verschenkst Picassos und läßt deinen Doktoranden ans Kreuz nageln. Ja, was denkst du denn? Daß das *normal* ist? Bist du wirklich der Meinung, daß ich *nicht* das Recht habe, wütend auf dich zu sein und dir Vorwürfe zu machen? Denkst du wirklich, *du* bist normal und *ich* die Furie? Denkst du das wirklich, Paul? Denkst du das?!«

Ich wußte nicht, was ich denken sollte. Und wie immer, wenn ich jemanden brauchte, der mir half, die Dinge zu durchschauen, ging ich zu Salvatore. Es war schon spät, aber ein paar Tische waren noch besetzt. Salvatore entdeckte mich und kam mir entgegen. Ich sah, daß seine Familie da war, und hob die Hand, um ihm zu signalisieren, daß ich nicht stören wollte. Aber er legte den Arm um meine Schultern, duldete keinen Widerspruch und schob mich zu einem freien Stuhl am Tisch seines sizilianischen Clans.

»Professore Paolo!« stellte er mich vor und schenkte mir ein Glas Wein ein. »Der klügste Mensch, den ich kenne. Paßt auf: Ich muß jeden Morgen meine Tour machen: Fruchthof, Fischhändler, Fleisch, Wäsche, Blu-

menschmuck und so weiter, ihr wißt ja – und ich klage
dem Professore hier mein Leid, diese ständige Fahrerei
hierhin und dorthin durch diese Riesenstadt. Und er sagt,
daß das alles Mathematik ist! Glaubt es oder glaubt es
nicht, aber er hat behauptet, das alles wäre so ein mathematisches Problem, es wäre das, ich hab's schon wieder vergessen, das …«

»Travelling-Salesman-Problem«, half ich ihm.

»Da hört ihr's«, rief Salvatore. »Niemand kann sich so
etwas merken, aber für ihn ist es ein Klacks. Er sagt das so,
wie wir Spaghetti sagen. Er hat dieses Problem für mich
gelöst. Mal eben so am Tisch. Er macht eine Zeichnung
auf einer Serviette, schaut sie sich ein Weile lang scharf
an, und – zack basta – hat er das Ganze auch schon durchschaut und entwirft mir eine perfekte Route. Seitdem
spare ich jeden Tag mindestens eine halbe Stunde Fahr-
zeit!«

Das fanden alle großartig. Es war schön, so unerwartet
zu einer Familie zu gehören. Juliana, Salvatores Frau, war
schwanger. Sie lachte und drehte dabei eine Gabel Spaghetti in ihrem Teller. Sie war Salvatores Juwel, das hatte
ich immer wieder beobachtet, aber nach meiner Einschätzung hatte er es bei ihr nicht leicht. Sie war der Filter für
seine Pläne. Was sie durchließ, durfte er ausführen – alles
andere erwähnte er mir gegenüber nie wieder. Mit der Zeit
begriff ich, daß dieser Mechanismus beiden nützte und
ihrer Ehe eine erstaunliche Stabilität verlieh.

Mit Liv und mir, so glaubte ich allmählich zu verstehen,
war es unter anderem auch deswegen nicht gutgegangen,
weil wir alle Rollenverteilungen (es gab sie natürlich) immer wieder anzweifelten und über den Haufen warfen

und dadurch gezwungen waren, immer wieder von vorne anzufangen. Dabei hatte ich geglaubt, auf der höchsten Stufe der Zivilisation zu stehen. Ich hatte geglaubt, die Dummheit und das Niedrige, das Menschen ordinär werden ließ, hinter mir gelassen zu haben. Ich trug keine Waffen, ich verabscheute Gewalt, und alles in allem hielt ich meine Interessen für so ruhige und friedliche und geistige Interessen, daß mir nie in den Sinn kam, sie könnten verletzend wirken.

Ich dachte in diesen Wochen viel darüber nach, ob es nicht besser wäre, Ehen unter einem rationaleren Gesichtspunkt zu schließen als dem, eine emotionale und sexuelle Gemeinschaft zu bilden (was Sex ja nicht grundsätzlich ausschließen müßte). Es waren ereignisarme Wochen, Wochen des Wartens. Das Semester endete Mitte Februar, und die Leere im Mathematikgebäude dehnte sich bis in die hintersten Winkel des Foyers. Allmählich wurde das Wetter vor den Eingängen besser, und manchmal wehte diese besondere Luft durch die entvölkerten Korridore, die einen Vorgeschmack auf den Frühling mit sich führt. Tag für Tag schien von unserer Stadt eine Last abzufallen. Und obwohl wir seit Jahrzehnten hier lebten und wußten, daß es noch zu früh war aufzuatmen, atmeten wir dennoch auf. Beim ersten Sonnenstrahl setzten wir uns auf die Bürgersteige (vor dem Savigny zum Beispiel, ich hatte ja keine Vorlesungen) und taten so, als sei das Eis der Witterung gebrochen. In gefütterten Jacken hockten wir da wie dicke, aufgeplusterte Tauben und reckten unsere Köpfe der Sonne entgegen, die erstmals wieder knapp über die schattigen Dachkanten stieg. Zwei oder drei Stunden lang fühlten wir uns wie die glücklichen Überlebenden einer Katastrophe, aber dann eilten wir zurück in unsere Häuser, denn an den Abenden und in den Nächten kehrte die Kälte zurück – und die Einsamkeit. Und allmählich begriff ich, daß ich nicht der Mensch war, bis ans Ende meines Lebens unverheiratet zu bleiben, ich würde in diesem Punkt irgend etwas unternehmen müssen. Auch wollte mich die Angst, meine Bordellbesuche könnten irgendwann den Schutz der Anonymität verlieren – sei es durch einen Zufall, sei es durch die Parallelität männlicher Bedürfnisse –, nie ganz verlassen.

Als an einem Mittwoch im März ein Paket mit den Freiexemplaren von Joanas Roman bei mir eintraf, drängte es mich aber, ihr ein paar davon zu bringen. Ich wich von meiner Gewohnheit ab, sie nur freitags und montags aufzusuchen, und machte mich auf den Weg. Doch auf einmal kam ich mir dabei beobachtet vor, als sei mit den Büchern auch jener Psychopath Realität geworden, der mich in Joanas Roman verfolgte. Doch wahrscheinlich war auch das, dieser paranoische Anfall, nur ein Symptom dafür, daß mir Besuche wie dieser nie wirklich zur Routine werden würden.

Zum ersten Mal seit ich Joana kannte, mußte ich warten. Dies wurde mir ganz beiläufig mitgeteilt, in etwa so als sei ich bei einem Arztbesuch ein wenig zu früh erschienen. Bis auf mein Handtuch nackt, in der Hand die Tasche mit den Büchern, kam ich mir lächerlich vor. Ich überlegte, ob ich wieder gehen sollte, doch das hätte meine Gefühle sichtbar gemacht, und ich wollte nicht, daß es so wirkte, als sei ich gekränkt. So blieb ich, setzte mich an den Tresen und trank ein Glas Wein.

Die anderen Frauen ließen mich in Ruhe, denn ich war

ja in festen Händen. Das machte mich wütend. Joana nahm die Männer, wie sie kamen, und ich sollte warten. Ich war eifersüchtig. Ich entschied, nicht mehr als dieses eine Glas Wein zu trinken und danach zu gehen. Doch dann hörte ich ihre Stimme, ihren Abschiedsgesang – die gleichen Worte und Floskeln wie bei mir. Ich fühlte mich betrogen und verraten. Aber es hatte auch sein Gutes, Joanas Gewohnheiten zu kennen. Ich wußte, sie würde erst duschen, bevor sie zurückkkam, und das verschaffte mir die Gelegenheit, den Mann, mit dem sie zusammengewesen war, unbemerkt zu beobachten – womit ich genaugenommen in die Rolle des Psychopathen schlüpfte, der in ihrem Roman mich beobachtet hatte. Und ich wußte jetzt schon: Ich würde ihren Freier hassen. (Aber ich würde ihn nicht umbringen.)

Er war größer und jünger als ich. Er war so jung, daß es mich verwirrte, denn er war so jung wie Fruidhoffs. Beinahe fragte ich mich, was jemand wie er, der doch offensichtlich viele Frauen haben konnte, hier wollte. Alles an ihm war noch fest und gespannt, auch wenn er, wie sich in Anfängen zeigte, zur Korpulenz neigte und in einigen Jahren (in meinem Alter) zehn oder fünfzehn Kilo mehr auf die Waage bringen würde. Aber jetzt war er ein gutaussehender junger Mann mit vollen kurzen Haaren, glänzender Brust und schmalen Hüften. Sein Schwanz baumelte schwer zwischen seinen Beinen, erschlafft, aber noch sichtbar groß. Ich spürte, daß es ihm wichtig war, in dieser Weise, wie ein siegreicher Athlet, durch den Raum zu gehen. Und ich verachtete ihn dafür.

Joana kam, als er gegangen war. Sie sah mich, und schon klapperte sie auf ihren Stöckelsandalen herbei, ein strahlendes Lächeln auf den frisch angemalten Lippen. Doch wie sehr durchschaute ich sie jetzt, durchschaute, daß all das nur Theater war! Anstatt auf unserem Sofa Platz zu nehmen, bestand ich darauf, daß wir uns gleich in eins der Séparées zurückzogen. Dort versuchte ich mich träge und desinteressiert zu geben. Ich versuchte so zu sein, wie sie es in ihrem Roman beschrieben hatte. Ich wollte sie provozieren und endlich erfahren, wer sie war. Ich sagte, ich wäre nicht in Stimmung! Das war absurd.

Und so sagte sie denn auch: »Zum ersten Mal, seit wir uns kennen, kommst du mitten in der Woche, und du sagst, du wärst nicht in Stimmung?« Sie kam auf mich zu, schob ihre Hand wie eine Hure unter mein Handtuch und gurrte sanft: »Dann wollen wir doch mal sehen, ob dein Kleiner vielleicht in Stimmung ist.«

Das beste wäre es gewesen, wenn ich gegangen wäre. Ich spürte ihre kühle, frisch geduschte Hand an meinem Schwanz und sah die lockende Maske ihres Gesichts: die leicht verengten Augen, den halbgeöffneten Mund. Ich wollte sie anschreien, für wen sie sich eigentlich hielt. Aber auch das wäre ja absurd gewesen. Sie wußte besser als jede andere Frau, wer sie war und was mir zustand und was nicht. Ich sagte: »Ich will nicht, daß du technisch wirst. Ich bin keine Maschine.«

Sie stutzte einen Moment, und dann begriff sie, was geschehen war: daß ich auf sie hatte warten müssen. Doch wahrscheinlich, so dachte ich, hatte sie auch dafür schon längst ihre Floskeln und Beschönigungen bereit, ihre Lügen. Sie sagte: »Paul, vergiß nicht, wo wir sind. Wir können nicht so tun, als gäbe es den Rest der Welt nicht. Aber wenn wir hier in diesem Raum sind, spielt das doch keine

Rolle. Hier sollten wir an nichts denken, außer an uns. Wir können das. Wir können es seit zwei Jahren. Hier drin hat es immer nur uns beide gegeben.«

Aber zuviel hatte sich in mir angestaut, zuviel hatte ich verdrängt, zu häufig hatte ich mir über uns etwas vorgemacht. Das alles mußte eines Tages aufbrechen, und es brach auf. Ich sagte: »Macht es eigentlich Spaß, sich von diesen jungen Kerls die Seele aus dem Leib vögeln zu lassen? Oder ziehst du auch dabei nur eine Show ab? Passiert in dir noch irgendwas? Brauchst du es? Brauchst du es überhaupt noch?«

Sie beugte sich vor, nahm ihr Hüfttuch vom Boden und knotete es sich um die Taille. »So redet niemand mit mir. Verschwinde. Du kannst wiederkommen, wenn du dich beruhigt hast.«

»Ich habe etwas für dich.«

»Interessiert mich nicht. Nimm dein Geld und geh!«

»Es wird dich doch interessieren«, sagte ich und nahm eins der Bücher aus der Tasche. Wie sehr hatte ich gehofft, dieser Moment würde uns einander noch näher bringen. Wie sehr hatte ich gehofft, wir würden uns danach lieben wie ein glückliches Paar. Aber es war längst zu spät dafür.

Sie nahm das Buch entgegen, betrachtete den Einband und sagte: »Was ist das? ›Totlicht‹?«

»Es ist dein Roman«, sagte ich. »Man war im Verlag der Meinung, daß ›Totlicht‹ besser zum Inhalt paßt als ›Joana‹.«

»Das geht doch nicht«, sagte sie wütend. »Wie können sie *meinen* Titel ändern, ohne *mich* zu fragen?«

»Sie kennen dich nicht.«

»*Du* kennst mich.«

Ich wurde wieder wütend und sagte: »Ich habe keine Adresse von dir, keine Telefonnummer, gar nichts. Vielleicht ist ›Totlicht‹ ja gar nicht so unpassend. Leben wir denn? Lebst du? Du willst nicht geschätzt und bewundert werden, sondern verachtet. Ich habe dein Buch gelesen – ich weiß, wer du bist. Ist *das* mein Fehler? Daß du mir etwas bedeutest? Daß ich dich dabei nicht schlagen und bespucken kann?«

Aber ich beeindruckte sie nicht. Wahrscheinlich war meine Entgleisung für sie nichts Ungewöhnliches. Männer verliebten sich in sie – auch das war ein Teil ihres Geschäfts. Solange sie hier im Raum war, würde ich niemals eine andere Seite von ihr zu Gesicht bekommen als die, die ich kannte. Sie die Hure, ich der Freier. Wir waren nackt, aber unsere Rollen waren wie undurchdringliche Rüstungen. Ich führte mich auf, und sie blieb ruhig – so verhielten wir uns in den bekannten Mustern. Sie sagte: »Du bist, der du bist. Finde dich damit ab.«

Bei ihrem Griff unter mein Handtuch hatte sich der Knoten gelöst, und jetzt rutschte mir der Stoff auf die Knie. Im Spiegel erkannte ich, wie lächerlich ich aussah. Und ich sah Joana, die mich abwartend beobachtete, ruhig, professionell, überlegen: Das hält niemand aus. Ich nahm die Tasche mit den Büchern und schleuderte sie in ihre Richtung. Sie flog ihr mitten ins Gesicht – das war das mindeste, was sie verdient hatte (so empfand ich es).

Doch im nächsten Moment erschrak ich über mich. Ich wollte mich neben sie setzen, um mich bei ihr zu entschuldigen. Sie hielt sich die Hände vors Gesicht und gab keinen Ton von sich. Meine Aggression hatte für einen kurzen Ausbruch gereicht, jetzt sah ich nur noch, was ich angerichtet hatte. Ich ging vor ihr auf die Knie und flüsterte ein paarmal ihren Namen. Schließlich nahm sie die Hände zur Seite, drehte sich zu mir und spuckte mir ins Gesicht – einmal, zweimal, dreimal. Dann stand sie auf und ging aus dem Raum.

Ich konnte mich nicht bewegen und spürte, wie ihre Spucke über meine Haut kroch. Das Handtuch, mit dem ich mich hätte abtrocknen können, lag auf dem Boden. Irgendwann nahm ich es mechanisch und wischte mir übers Gesicht. Dann richtete ich mich auf und ging. Ich war nackt wie mein Vorgänger, aber mein Schwanz war ein Witz. Ich sah die Männer auf den Sofas und an der Bar, ihre behaarte graue Haut, ihre aufgepumpten Bäuche, ihre eingedellten Brüste und die Muttermale auf kahlen Schädeln. Ich begriff, wie sehr ich zu ihnen gehörte, begriff, was ich immer ignoriert hatte. Die ewige Szenerie des Bordells, der unabänderliche Wesenszug des Orts, an dem ich war, hatte mich eingeholt: Schönheit neben Häßlichkeit. Das Verführerische und das Abstoßende so nah nebeneinander.

Auf der Straße stieg ich in ein Taxi und ließ mich zum *Fontana* fahren. Salvatore spürte, daß etwas nicht in Ordnung war. Als alle gegangen waren und er zurückblieb, um das Lokal abzuschließen, sagte er: »Paolo, was ist los mit dir?«

»Ich habe mich von meiner Geliebten getrennt«, sagte ich.

»Herr im Himmel, ich wußte gar nicht, daß du eine hast.«

»Das wußte niemand. Es sollte sich nicht rumsprechen. Wegen Polly, weißt du.«

Er setzte sich neben mich. »Du solltest nicht darüber nachdenken. Ihr kommt schon wieder zusammen. Mit den Frauen muß man Geduld haben. Und wenn es aus ist, ist es aus. Dann ist es nutzlos, sich den Kopf darüber zu zerbrechen. – Weißt du was? Wir fahren noch ein wenig durch die Gegend, dann siehst du, wie heilsam das ist.«

Und kurz darauf saßen wir in seinem Wagen, einem Renault Espace, von dem ich aber wußte, daß er ihn am liebsten alle paar Wochen gegen eines von Ivos Schnäppchen ausgetauscht hätte, was vermutlich, wie ich allmählich begriff, nur dadurch verhindert wurde, weil es sich dabei um die Art von Plänen handelte, die Juliana, seine Frau, unerbittlich aus seinem Leben herausfilterte.

Wir fuhren Richtung Norden durch die schier endlosen, kaum je unterbrochenen Wohn- und Einkaufskilometer unserer Stadt und kamen schließlich durch ein Viertel, das – als wäre es ein ironischer Kommentar, gemünzt auf mein Leben – Frohnau hieß und in dem ich noch nie gewesen war. Die innerstädtischen Hausfassaden zu beiden Seiten wurden durch Vorgärten und schließlich durch Wald abgelöst, dessen Baumstämme sich im Scheinwerferlicht gespenstisch gegeneinander verschoben.

Salvatore hatte einen Radiosender eingestellt, der sanften Pop spielte. Wir sahen hinaus und lauschten der Musik. Vielleicht waren Pop-Songs ja die Gebete unserer Zeit. In ihrer ständigen Variation des Gleichen enthielten sie Zeilen, die immer irgendwie auf unser Leben gemünzt zu sein schienen. Eine davon rührte mich, weil ich die Melodie schon seit so langer Zeit kannte: *I can't live, if living is without you*. Und ich begriff allmählich, daß ich Joana für immer verloren hatte.

Meine Gedanken fanden keinen Halt. Wir fuhren durch eine Reihe von kleineren Städten im Umland, und im Geiste verband ich die einzelnen Orte mit Linien und analysierte das Muster. Dabei erkannte ich, daß es eine kürzere Route als die von Salvatore improvisierte gegeben hätte, alle Knotenpunkte dieser Nacht miteinander zu verbinden. Und ich sah zugleich, wie absurd diese Überlegung war.

Die Sträucher am Straßenrand waren noch winterlich kahl. In der Stadt, an geschützten südlichen Hausecken, trieben sie schon erste Blattsprossen. Auf den Böden und Wiesen glitzerte an manchen Stellen Frost im Licht der Scheinwerfer. Ich versuchte das Heilsame des Fahrens zu empfinden, von dem Salvatore gesprochen hatte, aber ich wurde nicht einmal schläfrig.

Gelegentlich wurde die Musik unterbrochen. Hörer riefen an, und mit der Zeit bekamen wir mit, daß es in der Sendung um heimliche Vaterschaftstests ging und deren Unzulässigkeit als Beweismittel vor Gericht. Wie weit hatten wir Naturwissenschaftler uns doch von der Gesellschaft entfernt! *Wir* konnten Fakten nicht einfach ignorieren und per Urteilsspruch aus der Welt schaffen.

Zu der Zeit, als Liv schwanger wurde, war unsere Ehe in einem sehr guten Zustand. Doch was hieß das schon, sagte ich mir jetzt. Was war der beste Zustand einer Ehe gegen das unerwartete Aufflammen von Liebe? Oder gegen unsere Gier nach Leben? Oder einfach nur gegen unsere archaische Natur?

Und in diesem Moment sah ich, daß es für mich etwas gab, das unangetastet bleiben mußte, selbst wenn alles andere – wie jetzt – zusammenbrach. Die Spur der Zerstörung, die sich durch mein Leben zog, durfte Polly nicht erreichen. Zu viele Menschen hatte ich in den vergangenen Monaten verloren: Liv, Joana, Fruidhoffs – ja, selbst Cora fühlte sich von mir hintergangen. Und auf einmal sagte ich zu Salvatore, als hätten wir die ganze Zeit über ein angeregtes Gespräch geführt: »Das ist doch alles lächerlich. Wir sind Väter. Nur darauf kommt es an.«

11

Für mich blieb Joanas Roman immer ›Joana‹. Oder ich
nannte ihn in Gedanken ›Joana Mandelbrot und ich‹.
Als Figur des Romans hatte ich ohne Zweifel das Recht
dazu, und zudem erinnerte mich die Fügung an unsere
gemeinsame Zeit. Daran änderte sich auch nichts, als der
reißerische Verlagstitel kurzzeitig zum kulturellen Tages-
thema aufstieg.

Gleich am ersten Wochenende nach seinem Erscheinen
wurde das Buch nämlich in allen großen Feuilletons besprochen und fiel mit Pauken und Trompeten durch. Unter Überschriften wie ›Schrottlicht‹ oder ›Töricht‹ wurde
der Roman ausschließlich mit Häme und beißender Po-
lemik bedacht und abgeurteilt. Selbst die Regel, daß es gar
nicht so sehr auf den Inhalt einer Besprechung ankomme,
sondern in erster Linie auf deren Länge, spendete keinen
Trost. Die Sache war ein Fiasko – daran gab es nichts zu
beschönigen.

Dabei begannen die meisten Rezensionen durchaus viel-
versprechend. Mein Debüt ›Abgezählt‹ wurde nun ein-
hellig als bedeutender Beitrag zu einer »neuen deutschen
Thriller-Kultur« bezeichnet und mit großem Lob bedacht. Die Sprache sei »verstörend lakonisch« und die
Konstruktion »raffiniert mathematisch«. Im Falle von

›Abgezählt‹ habe sich mein literarisches Quereinsteiger-
tum als immenser Glücksfall erwiesen. Olven Hochegk,
so wurde betont, sei ein moderner Jack the Ripper. Seine
grausamen Taten spiegelten die sozialen und intellektuel-
len Verwerfungen unserer Zeit wider. Von der Allmacht
der Mathematik im Zuge der brutalen Durchökonomisie-
rung sämtlicher Lebensbereiche war die Rede, und auch
von der Globalisierung und vielen anderen bedrohlichen
Aspekten. Olven Hochegk wurde in einem Atemzug mit
dem Kannibalen Hannibal Lector genannt, und hier und
da hieß es sogar, nicht er, der Psychopath, sei krank und
grausam, sondern das System.

So weit, so gut. Natürlich freute es mich zu lesen, daß
›Abgezählt‹ nachträglich zu einem der wichtigsten Romane der vergangenen Jahre erklärt wurde. Ich ahnte aber
auch, daß sich dahinter eine Strategie verbarg: Je höher
›Abgezählt‹ gehoben wurde, um so tiefer konnte man ›Joana‹, also ›Totlicht‹ fallen lassen. Und so geschah es auch:
Was nach diesen Eingangshymnen noch kam, waren ver-
nichtende Meinungsmassaker. Meine Sprache war nun
nicht mehr verstörend lakonisch, sondern »hölzern«, und
die Handlung nicht mehr raffiniert mathematisch, sondern »konstruiert«. Es hieß, mit den kargen Mitteln einer
formalen Prämisse-Satz-Beweis-Prosa sei eine differen-
zierte Charakterstudie und eine präzise Ausleuchtung der
vielschichtigen Beziehung eines Freiers zu einer Hure
nicht möglich. Alles in ›Joana‹ sei klischeehaft und holz-
schnittartig geraten. Statt kraftvoller lebendiger Figuren
würden dem Leser nur skizzenhafte Abziehbilder ohne
jede Glaubwürdigkeit präsentiert.

Man war bestürzt und auch angewidert. Der größte Vor-

wurf, den man mir machte, war aber, in mathematischen
Dingen zwar hervorragend bewandert zu sein, vom Rot-
lichtbezirk aber nicht die geringste Ahnung zu haben. Die
Welt der gewerblichen Liebe, der Bordelle und Nacht-
clubs in ›Joana Mandelbrot und ich‹ wurde als fade Kulisse bezeichnet. Man vermißte das Brutale und Sinnliche
dieser Welt. Wie blutleer das Buch sei! Als wäre ich in einem Kloster aufgewachsen, durchwehe ein keuscher bie-
derer Geist ›Joana‹, eine unüberlesbare Ahnungslosigkeit
in allem Erotischen – ja, eine fast schon kuriose Unkennt-
nis des Autors von den Abgründen der menschlichen Trie-
be und Begierden. Man war sich insgesamt nämlich einig,
daß Literatur ohne Erfahrung leer und leblos sei. Das würde durch ›Joana‹, also ›Totlicht‹ wieder einmal hinläng-
lich belegt. Und irgendwo hieß es in dem Zusammenhang
sogar, ich wäre ein typischer Autor ohne Unterleib.

Ich schäumte vor Wut. Wie konnten Menschen, die ich
niemals zu Gesicht bekommen und denen ich nichts zu
Leide getan hatte, es wagen, mich derart zu beleidigen!
Mehrmals pro Woche rannte ich zum Schreibtisch, um
eine zornige Erwiderung, eine gerechte Gegendarstellung
oder einfach nur meinerseits eine Kaskade von Belei-
digungen niederzuschreiben und an die jeweils verant-
wortliche Redaktion zu senden. Das Problem dabei war
allerdings, daß ich argumentativ in einer peinlichen
Zwickmühle festsaß. Erstens hatte ich das Buch ja gar nicht
geschrieben, sondern Joana. Dies konnte ich zum jetzigen
Zeitpunkt aber auf keinen Fall in die Waagschale werfen –
ich war in der Sache ganz auf mich allein gestellt. Wenn ich
aber darauf pochte, *meinerseits* sehr wohl über höchst um-
fangreiche Erfahrungen auf dem Gebiet der käuflichen

Liebe zu verfügen, dann war dies zugleich ein derart privates und intimes Eingeständnis, daß ich auf keinen Fall wollen konnte, es in aller Öffentlichkeit breitgetreten und debattiert zu sehen. Widersprach ich wiederum all den verleumderischen Rezensionen nicht, würde ich – so kam es mir jedenfalls vor – stillschweigend eingestehen, tatsächlich nur ein erfahrungsarmes und langweiliges Leben im stillen Elfenbeinturm meines mathematischen Instituts zu führen. Und das wollte ich ebensowenig auf mir sitzen lassen. Ich hatte also die Wahl, entweder als Betrüger, Langeweiler oder selbstgefälliger Sexkonsument dazustehen – und nichts davon war nun gerade eine Zierde.

Hilflos und verzweifelt rief ich Cora an. Sie blieb vollkommen ruhig, aber sie konnte meine Empörung verstehen. »Da kann man nichts machen«, sagte sie, »da mußt du durch. Du bist nicht der erste, dem es so ergeht, und du wirst auch nicht der letzte sein.«

»Aber man muß solchen Verleumdungen doch irgendwie entgegentreten!« rief ich aus. »Wo leben wir denn?«

»Ach, Paul«, sagte sie seufzend. »Natürlich könntest du eine Gegendarstellung schreiben, und du kannst sogar sicher sein, daß die Feuilletons sie mit Kußhand drucken würden. So einen Beweis, daß es ihnen gelungen ist, Leon Zern zu provozieren, würden sie sich niemals entgehen lassen. Aber ich würde dir wirklich nicht dazu raten, obwohl ich verstehe, daß du entsetzt bist. Also was kannst du tun? Manche Autoren treten schlechten Rezensionen anonym entgegen, lassen Leserbriefe schreiben oder was auch immer. Es war früher sogar üblich, daß Autoren sich unter Pseudonymen selbst rezensiert haben, wußtest du das? Schiller war darin sehr eifrig, und erstaunlicherweise gibt es von ihm nicht nur positive Besprechungen seiner Werke, sondern auch Selbst*verrisse*. Wenn du willst, kannst du etwas bei Amazon schreiben. Es hat sich längst eingebürgert, daß Verlage und Autoren ihre Bücher dort anonym loben. Leon Zern, also der echte, hatte mal die Idee, ob er in seine Bücher nicht gleich ein paar exemplarische Verrisse hereinschreiben soll. Vielleicht im Rahmen eines Vor- oder Nachworts oder irgendwie im laufenden Text. Das würde wahrscheinlich sogar funktionieren. Vor den heutigen Romanfluten kapitulieren selbst die abgebrühtesten Blitzrezensenten. Sie wären sicher dankbar, abschreiben zu können, und Leon bräuchte sich beim Lesen der Verrisse nicht zu ärgern – es wären ja seine eigenen. Also wie du siehst, gibt es schon ein paar Dinge, die du tun könntest. Aber in deinem eigenen Namen schlechten Rezensionen entgegenzutreten ist mit Sicherheit die schlechteste.«

Der Gedanke, schlechte Kritiken innerhalb eines Buches selbst zu formulieren, gefiel mir. Das hatte eine mandelbrotsche Aura. Alle Dinge – so lehrt es ein in unserer Wissenschaft höchst wichtiges und effizientes Prinzip mit dem Namen Selbstähnlichkeit – enthalten sich in kleinerem und kleinstem Maßstab selbst. Warum also nicht auch Romane in Form einer Kritik? Aber das war Theorie, und so ertrug ich ein paar Wochen lang alle hämischen Verleumdungen. Zum Glück war ihre Wirkung auf die Verkaufszahlen unerheblich, und die erste Auflage verkaufte sich schnell. Doch dann flaute das Interesse ab. ›Abgezählt‹ dagegen lief immer noch gut. Offenbar konnte es die Prostitution in den Augen der Öffentlichkeit an Abartigkeit mit der Mathematik nicht aufnehmen.

Und ich bekam wieder Leserbriefe. Joana hatte die männliche Hauptfigur in ihrem Roman, also jenen (unschuldigen) Mathematikdozenten, der mir in vielen Punkten so ähnlich war, Manuel Grop genannt, ein – abgesehen von der orthographischen Ungenauigkeit – nicht eben schmeichelhaftes Anagram meines Namens, wie ich irgendwann bemerkte. Die Leserbriefe, die ich bekam, waren gelegentlich auch an diesen Manuel Grop adressiert, hin und wieder an mich, meistens aber an Leon Zern. Das Kurioseste dabei war, daß sogar Fruidhoffs den einen oder anderen Leserbrief bekam, weil Studenten ihn auf dem Einbandfoto erkannt hatten und nun also glaubten, *er* sei Leon Zern. Und da hin und wieder auch noch an Olven Hochegk adressierte Briefe bei mir eintrudelten, hatte sich Leon Zern als Autor inzwischen gewissermaßen verfünffacht.

Es waren übrigens keine abstrusen mathematischen Elaborate oder gematrische Spinntisierereien, die ich als Reaktion auf ›Joana Mandelbrot und ich‹ erhielt, und es waren auch nicht vornehmlich Männer, die mir schrieben – im Gegenteil, ich bekam eine Menge Briefe von Frauen, unter anderem den folgenden:

Sehr geehrter Herr Zern/Gremon, Sie beschreiben in Ihrem Roman sehr detailliert die Beziehung einer Prostituierten zu einem Freier. Damit befriedigen Sie ein bestimmtes voyeuristisches Bedürfnis des Lesers, wobei ich mich in diesem Fall ausdrücklich einschließe. Dennoch habe ich mich bei der Lektüre gelegentlich gefragt, inwieweit darin nicht eine unzulässige Verletzung von Persönlichkeitsrechten liegt. Hat denn eine Prostituierte keinen Anspruch darauf, vor der Neugier

*unsrer Gesellschaft geschützt zu werden? Tatsächlich reden
Sie ja über Sex, als wäre es irgendein Thema, und gewiss
treffen Sie damit den Nerv der Zeit, alles zu veröffentlichen,
was einmal als privat betrachtet wurde. Und man kann ja
auch sagen: Der Erfolg gibt Ihnen recht. Ich fühle mich aber
trotzdem zu dieser kritischen Anmerkung verpflichtet. Mit
freundlichen Grüßen, Laura Ginnt.*

Der Brief beschäftigte mich, obwohl ich der Meinung war,
daß die unterschwellige Behauptung, der Kern meines
Romans sei keine Fiktion, sondern Realität, zu weit ging.
Und so schrieb ich zurück:

*Sehr geehrte Frau Ginnt, ich stimme Ihnen selbstverständ-
lich zu, daß Prostituierte ein Recht auf Wahrung ihrer Privatsphäre haben. Das darf aber nicht dazu führen, daß wir
Autoren unsere Phantasie zensieren. Es kann nicht sein, daß
wir etwas nicht schreiben, nur weil es der Privatsphäre eines
Menschen* ähnlich *sein könnte. Solange unsere Phantasie das
Werkzeug ist, diese Ähnlichkeit zu erreichen, machen wir uns
nicht schuldig. Mit herzlichen Grüßen, Ihr Paul Gremon.*

Daraufhin erreichte mich folgende Antwort:

*Sehr geehrter Herr Gremon, stimmt es wirklich, dass etwas
Ausgedachtes niemanden verletzen kann? Wie denken wir
uns denn etwas aus? Indem wir das verwandeln, was wir erfahren haben. Vielleicht steht es mir nicht zu, derart persönlich zu werden, aber ich glaube nicht, dass wir über Sex sprechen können, ohne uns selbst zu meinen. Sie exponieren ja
nicht nur das Geschlechtsleben einer Prostituierten sehr de-*

tailliert, sondern auch Ihr eigenes. Insofern sind Sie immerhin fair. Aber glauben Sie wirklich, dass alles, was wir einmal Liebe genannt haben, irgendwann (oder jetzt schon) nur noch aus Nacktheit und Triebbefriedigung besteht? Beste Grüße, Ihre Laura Ginnt.

Ich schrieb Folgendes zurück:

Sehr geehrte Frau Ginnt, ich befürchte: ja. Wie es im Islam einen bedauerlichen Zwang zur Verhüllung der Frau gibt, so scheint es in unserer Kultur einen zur Enthüllung zu geben. Was ist mit der Werbung? Was ist mit all der plakatierten Nacktheit um uns herum? Menschen neigen zur Nachahmung. Wir tun, was wir sehen. Es ist doch ganz offensichtlich: Wir reduzieren uns selbst auf Nacktheit und Triebbefriedigung. Fest steht jedenfalls: Parfums werden nicht mit Gedichten verkauft. Und warum nicht? Es wäre immerhin eine Art Protest: Lyrik ist emotional und geistig und vielleicht das Gegenteil von Nacktheit und Triebbefriedigung. Mit herzlichen Grüßen, Paul Gremon.

Woraufhin ich ein paar Tage später folgende Antwort erhielt:

Lieber Paul Gremon, ich finde es eine großartige Idee, Parfums mit Lyrik zu verkaufen! Ich muss aber wohl doch einen falschen Eindruck korrigieren: Ich bin keine verlorene romantische Seele, die in einer anderen Welt als dieser leben möchte. Beruflich bin ich Redakteurin einer Frauenzeitschrift und dadurch nah am Thema. Und ich muss Ihnen sagen: Ich glaube nicht, dass wir Frauen uns von Plakaten manipulie-

ren lassen. Das ist – Verzeihung – eine typisch männliche Sichtweise. Es gab in Rom eine Zeitlang Gesetze, die Frauen das Tragen durchsichtiger Seidengewänder untersagten. Aber schließlich versammelten sich die Römerinnen vor dem Senat und setzten durch, dass diese Gesetze wieder aufgehoben wurden. Auch Cato I. wollte einen sittlichen Lebenswandel einführen und die Verwendung von Seide einschränken, aber er scheiterte. Die erste in der Geschichte dokumentierte Frauendemonstration galt also dem Tragen durchsichtiger Gewänder. Mit vielen Grüßen, Ihre Laura Ginnt.
PS: Meine (private) E-Mail-Adresse ist übrigens Laura_G@mymail.de.

From: Paul Gremon <pg@mathematik.tu-berlin.de>
To: Laura Ginnt <Laura_G@mymail.de>

Liebe Laura Ginnt, ich bin (glaube ich) kein Moralist (oder jedenfalls nur in Maßen). Und genaugenommen hätte ich nicht das geringste dagegen, das Tragen durchsichtiger Seidengewänder wieder einzuführen. Ich glaube aber nicht, daß so etwas auf Dauer funktionieren würde, ebenso wie es in Rom ja offenbar nicht funktioniert hat. Wahrscheinlich ist die Phantasie das einzige Seidengewand, daß wir uns und anderen umhängen können, ohne zwangsläufig irre zu werden. Aber das ist wohl keine sehr befriedigende Antwort auf Ihre Frage, wie sich unsere emotionale und unsere sinnliche Natur miteinander in Einklang bringen lassen. Herzlichst, Ihr Paul Gremon.

From: Laura Ginnt <Laura_G@mymail.de>
To: Paul Gremon <pg@mathematik.tu-berlin.de>

Keineswegs, lieber Paul Gremon. Es ist genau die Antwort, die ich erwartet habe. Das, was wir in der Realität nicht in den Griff kriegen, verlegen wir in die Fantasie. Ihr Buch spricht da sozusagen Bände. Sie beschreiben sich als einen unglücklichen, wenig impulsiven Menschen. Seien Sie froh, dass Sie an mich geraten sind und nicht an unseren Kummerkasten-Redakteur. Der würde Ihnen gleich zu einer Therapie raten. Ich persönlich denke da allerdings anders. Denn auf wen träfe ein solcher Ratschlag nicht zu? Herzlichst, Laura G.

From: Paul Gremon <pg@mathematik.tu-berlin.de>
To: Laura Ginnt <Laura_G@mymail.de>

Auf mich, liebe Laura Ginnt. Sie haben nämlich erneut den Fehler gemacht, mich mit meiner Hauptfigur zu verwechseln. Aber das bin ich bereits gewohnt – ja, ich bin schon soweit, daß ich selbst anfange, mich gelegentlich mit meiner Hauptfigur zu verwechseln. Das ist manchmal äußerst verwirrend. – Doch jetzt etwas anderes: Ich würde Ihnen gerne das Du anbieten. Mein Name ist Paul. Herzlichst, Paul (Gremon).

From: Laura Ginnt <Laura_G@mymail.de>
To: Paul Gremon <pg@mathematik.tu-berlin.de>

Lieber Paul, das Du-Angebot nehme ich gerne an. Meiner Meinung nach verwechseln wir uns übrigens alle ständig mit irgendeiner Hauptfigur. Das ist sozusagen die Grundlage all unserer Existenzmühen. Denn da Hauptfiguren immer alles bekommen, was sie begehren – Abenteuer, Siege, Sex – leben wir sozusagen chronisch schizophren. Wir bekommen diese Dinge nämlich nicht wie auf Bestellung – oder jedenfalls nur selten. Oder irre ich mich da? Herzlichst, Laura.

From: Paul Gremon <pg@mathematik.tu-berlin.de>
To: Laura Ginnt <Laura_G@mymail.de>

Liebe Laura, im Moment wird mir eher wie auf Bestellung alles genommen. Meine Ehe wird demnächst geschieden, und auch sonst ist eine Menge schiefgegangen. Ich wäre liebend gerne eine Hauptfigur, aber ich habe mich mit meiner Statistenrolle abgefunden. Meine ehrliche Meinung ist jedenfalls, daß Sex nur auf Kosten unseres Seelenfriedens zu bekommen ist. Das klingt vielleicht depressiv, ich glaube aber, auch ohne Therapie wieder auf die Beine kommen zu können. Herzlichst, Paul.

From: Laura Ginnt <Laura_G@mymail.de>
To: Paul Gremon <pg@mathematik.tu-berlin.de>

Lieber Paul, das glauben wir alle. Und irgendwann ist es zu spät. Wie willst Du Fehler vermeiden, wenn Du die Regeln nicht kennst? Irgend jemand muss Dir sagen, was in Dir gespielt wird. Es muss ja nicht unbedingt ein Therapeut sein. Was mich persönlich betrifft, bin ich zur Zeit ebenfalls solo. Ich habe einige Enttäuschungen mit Männern hinter mir und die Konsequenzen daraus gezogen: Ich habe mir einen neuen Fernseher gekauft. Die Programme sind zwar langweilig, aber sie wollen nicht mit mir schlafen. Das ist ein unschätzbarer Vorteil. Ich hoffe, das schockiert Dich nicht. Und es ist auch nicht gegen Dich gerichtet. Bitte schreibe mir bald wieder. Liebste Grüße, Laura. – PS: Deine Mails sind wirklich besser als Wetten, dass … :-)

From: Paul Gremon <pg@mathematik.tu-berlin.de>
To: Laura Ginnt <Laura_G@mymail.de>

Liebe Laura, vielen Dank für das Kompliment, das hiermit uneingeschränkt zurückgeht, auch wenn ich es nicht wirklich überprüfen kann, denn ich habe keinen Fernseher. Ich werde mir aber wohl bald einen anschaffen müssen, denn sonst wird meine Tochter (sie ist acht) sich irgendwann weigern, jedes zweite Wochenende zu mir zu kommen. Es gibt ein paar Sendungen, auf die sie nicht verzichten möchte. Hoffentlich stecken keine ersten Enttäuschungen mit Männern dahinter! Liebe Grüße, Paul.

Und so schrieben wir uns irgendwann fast täglich eine oder zwei Mails. Die Halbanonymität des Mediums half uns dabei. Wir tauschten uns über Themen aus, die anzusprechen uns im realen Leben die Vertrautheit einer halben Ehe gekostet hätte. Ich legte mir eine neue Mail-Adresse zu, nur für Laura, weil in meiner Universitätsmailbox ein heilloses Durcheinander herrschte. Neben meiner mathematischen Korrespondenz landeten dort Fluten von Interviewanfragen, Lesermails und Spams. Auch die Poststelle der Universität hatte es aufgegeben, zwischen all meinen Pseudonymen, mir selbst oder Fruidhoffs zu unterscheiden. Einmal öffnete Alex irrtümlich einen Brief, der an mich gerichtet war. Der Umschlag enthielt nur einen gefalteten Zettel mit folgender Notiz: *Joana M., Kontonummer, Bankleitzahl.* Alex entschuldigte sich für den Irrtum und gab mir den Zettel.

»Von meiner Frau«, log ich, weil ihm die Notiz nicht entgangen sein konnte und ich das Bedürfnis hatte, ihm die drei telegrafischen Zeilen zu erklären. »Sie glaubt, ich hätte etwas mit der Hauptfigur meines Romans, und pocht wütend auf ihren Anteil an den Tantiemen. Ihre Forderungen sind vollkommen absurd, und wir reden nicht mehr miteinander. Keine schöne Geschichte das Ganze. Laß uns über erfreulichere Dinge sprechen. Wie sieht es bei dir aus? Was ist mit dieser Fotografin – Chloe?«

Wir hatten uns nach unserem Streit schnell wieder versöhnt beziehungsweise wir sprachen die Sache einfach nicht mehr an, und alles war wieder wie vorher. Jetzt begann er zu lächeln. Er war schon so lange ein Mann, aber in seinem Lächeln lag immer noch etwas Jugendliches und Ertapptes.

»Alles bestens«, sagte er.

»Sehr gut«, nickte ich. »Und deine polnische Freundin?«

»Irina?«

»Ich wußte nicht, daß sie Irina heißt.«

Wir konnten über alles sprechen, aber eigentlich nicht über Frauen. Er schlackerte mit der Hand herum. »Das war mehr so eine lockere Sache.«

»Wie locker? Hattet ihr Sex?« Durch die Mails mit Laura hatte ich gelernt, direkter zu sein. »Ich weiß, es geht mich nichts an. Mich interessiert, wie das bei euch so läuft.«

Er setzte sich und sagte etwas unbeholfen: »Irina ist katholisch. Also man kann schon, weißt du … aber sie verhütet nicht.«

»Weil sie katholisch ist?«

»Ich glaube.«

»Ihr habt nicht darüber gesprochen? Es gibt viele Wege, dieses Problem zu lösen. Was ist mit dir?«

»Ja, schon … das ist alles so umständlich …«

»Alex«, sagte ich. »Laß es nicht einfach laufen. Wir sollten die Dinge nie so laufen lassen.«

Er sagte: »Ich habe mich ja von ihr getrennt.«

»Ich verstehe«, sagte ich nachdenklich.

Vielleicht war die Haltung zum anderen Geschlecht ein genaueres Maß für unser Alter, dachte ich, als die von uns durchlebte Zeit selbst. Nachmittags begann ich mit meinem Kapitel über Georg Cantor. Das war ein Herzstück meines Buches über die Geometrie der wirklichen Dinge. Durch Cantor kam ich zum Begriff der Selbstähnlichkeit. Es glich sich so vieles! Warum sah ein Badewannenstrudel aus wie eine Galaxie? Warum sahen Kontinente aus wie eingetrocknete Soßenreste? Warum verästelten sich Adern wie Bäume? Und die Antwort war: Die Natur konnte nicht anders, als auf allen Ebenen immer die gleichen Formen zu verwirklichen, die gleichen Prinzipien zur Anwendung zu bringen.

Wo stünden wir heute ohne Georg Cantor! Wir würden den Begriff des Unendlichen nicht kennen, wir hätten keine Chance, einfachste Dinge zu verstehen, jede Staubflocke wäre ein unlösbares Rätsel! Und ich dachte sogar an Polly und ihre entzückenden Liebesbeweise, wenn sie sagte, daß sie mich unendlich lieb habe, ja nicht nur unendlich lieb, sondern tausendunendlichfach lieb. Diese anrührende mathematische Naivität. Tausendunendlich ist gleich unendlich. Aber wie sollte mein Kind das wissen? Noch vor hundertfünfzig Jahren hatte es die ganze Menschheit nicht gewußt. Hatte nicht gewußt, daß es Zahlen gibt, die man nicht abzählen kann. Hatte nicht gewußt, daß es nicht möglich ist, eine Liste aller Listen zu erstellen, und daß also jeder Versuch, mit irgend etwas fertig zu werden – dem Leben, der Liebe – zum Scheitern verurteilt ist!

Ich sprang auf und ging erregt zu Fruidhoffs. »Ist es nicht skandalös«, sagte ich, »daß Cantor, dieses einzigartige Genie, niemals einen würdigen Lehrstuhl bekommen hat, nur weil dieser phantasielose, erzkonservative Kronecker ihn gehaßt hat und das zu verhindern wußte? Zum Teufel, wie ist so etwas möglich? In unserem Fach! Alex, ist dir eigentlich klar, daß das mathematische Establishment Cantors Ideen damals für krank hielt, für abnorme Ausschweifungen des reinen Denkens? Ist es da etwa ein

Wunder, daß er schließlich manisch-depressiv geworden ist und phasenweise unter Verfolgungswahn litt? Mein Gott, er ist einsam und geistig umnachtet in einer psychiatrischen Klinik gestorben. Was für ein Drama! Glaube mir, hätte Cantor nicht die Wahrheit auf seiner Seite gehabt, wüßten wir heute nichts mehr von ihm!« Und da Fruidhoffs mich bei diesem unerwarteten und vehementen Auftritt etwas irritiert ansah, fügte ich hinzu: »Schon gut, ich mußte gerade dran denken. Ich arbeite an meinem Buch.«

Er startete sein Gematrie-Programm und sagte: »Cantor war übrigens davon überzeugt, daß die Welt voller Fälschungen steckte. Er glaubte, die Werke Shakespeares wären überhaupt nicht von Shakespeare, sondern von irgendeinem Wissenschaftler. Er hielt Shakespeare für eine Erfindung. Wußtest du das?«

»Ja, das ist eigenartig«, sagte ich. Ich hatte es gewußt, aber offenbar verdrängt. Shakespeare eine Erfindung! Was für ein sonderbarer Gedanke angesichts meiner Lage.

Fruidhoffs gab ›Cantor‹ in sein Gematrie-Programm, aber das Ergebnis paßte nicht. Daraufhin versuchte er es mit ›G. Cantor‹ und landete einen Treffer. ›G. Cantor‹ addierte sich im 85er-Alphabet zur Teufelszahl 666. »An Benoît Mandelbrot«, sagte er, »hätte ich mir beinahe die Zähne ausgebissen. Mein Fehler war, das î in Benoît ohne Zirkumflex einzugeben. Aber computerintern sind i und î nicht identisch. Das habe ich zunächst übersehen. Mit korrekter französischer Orthographie ist Benoît ein 79er.«

»Dann wäre also die Frage geklärt, welche Sprache der Teufel spricht«, sagte ich. Und wie immer, wenn wir solche Späße machten, ging es mir hinterher besser. Wir plauderten noch eine Weile über dies und das, und dann verließ ich das Institut. Ich war nicht mehr in der Stimmung zu arbeiten. Das frische Grün der Baumkronen des Tiergartens flimmerte im Licht. Man konnte jetzt wieder ohne Jacke vor dem Savigny sitzen und in aller Ruhe die Sprünge in den Gehwegplatten mit Flußläufen vergleichen. Das war Selbstähnlichkeit! Der Mai trieb aus den dunkelsten und betonreichsten Ecken unserer Stadt Leben hervor. Ich spürte ihn auch, diesen Sog der Jahreszeit. Die nackten Hüften der Studentinnen machten mich nervös, und es kam vor, daß sich mein Blick in einem Bauchnabel verlor. Dann erschrak ich und dachte an Cato I., der das Tragen durchschimmernder Seidengewänder hatte verbieten wollen.

Seit ich nicht mehr zu Joana ging, war ich den Reizen meiner Studentinnen gegenüber anfälliger geworden, und das beunruhigte mich. Außerdem waren da die Einsamkeit und die brennende Sehnsucht nach Nähe, die mit jeder Woche und mit jedem neuen warmen Frühsommertag schlimmer wurden. An einem lauen Freitagabend schließlich konnte ich dem Wunsch, Joana zu sehen, nicht mehr widerstehen. Beinahe fluchtartig verließ ich das Institut mit seinen langen kargen Korridoren und hastete durch die Straßen unserer Stadt. Der alte Weg, die bekannten Fassaden! Aber was für eine Enttäuschung: Joana war nicht da. Noch erhitzt von dem kurzen hastigen Marsch, setzte ich mich an die Bar und erkundigte mich nach ihr, doch ich erfuhr nicht viel, keine Adresse, keine Telefonnummer, es war, als habe es sie nie gegeben. Ich war verzweifelt, weil ich mich nicht damit abfinden wollte, aber ich begriff, daß ich als ehemaliger Stammkunde nichts über Joana in Erfahrung bringen würde. Ihre Kolleginnen mußten sie schützen. Es war aus. Die Joana, die ich geliebt hatte, gab es nicht mehr. Und irgendwann setzte sich eine ihrer Kolleginnen neben mich.

Ich war nicht in der Stimmung zu reden, aber ihre Art war unkompliziert und heiter. Sie hätte eine meiner Studentinnen sein können, so jung war sie, und ich dachte: zu jung für mich. Ihr Gesicht war schmal und eingerahmt von einem akkuraten blonden Pagenschnitt. Ich sah sie an, aber ich konnte sie nicht ungezwungen betrachten. Ich hatte Nacktheit in diesen Räumen so lange nur noch am Rande wahrgenommen, daß ich vergessen hatte, wie konkret und absolut ihr Reiz war. Jetzt war ich dagegen machtlos. Ich suchte nach einem Gedanken, der mich hätte ernüchtern können, und dachte an Polly und daran, daß es keiner zehn Jahre mehr bedurfte, bis sie hier legal würde arbeiten können. Wollte ich das? Der Gedanke, es könnte so sein, war beklemmend und entsetzlich. Aber er war nicht entsetzlich genug, um mich aufstehen und gehen zu lassen. Ich vergaß mehr und mehr, wer ich war. Seit meinem Streit mit Joana hatte ich keine Frau mehr berührt, und ich konnte der, die mir gegenübersaß, ihrer Blöße und Bereitwilligkeit, die mich sowenig nur kosten würde, nicht widerstehen. Ich ging mit ihr mit, ja, es fiel mir grotesk leicht, die Doppelmoral meines Tuns zu verdrängen. Erst als ich wieder auf der Straße stand und die Wirkung des Champagners verflog und nicht mehr mein Puls, sondern der Straßenverkehr in meinen Ohren rauschte, fern und teilnahmslos, fühlte ich mich elend und schuldig, weil ich mich dem verlotterten käuflichen Gang der Dinge nicht in den Weg gestellt hatte. Weil ich so korrumpierbar wie alle war. Und ich nahm mir vor, nie wieder hierherzukommen.

Derart süchtig nach Läuterung, einigte ich mich in den nächsten Tagen mit Liv. Ich bot ihr an, sie auf einen Schlag auszubezahlen. Meine Bedingung war allerdings, daß sie sich bereit erklärte, auf alle weiteren Forderungen zu verzichten. Mein Anwalt machte mir wegen dieses Angebots, das ich nicht mit ihm abgesprochen hatte, die Hölle heiß. Er riet mir, unnachgiebig zu bleiben, und stellte mir einen triumphalen Sieg vor Gericht in Aussicht. Aber da ich ihm nicht traute, ließ ich mich nicht darauf ein.

Ich hatte Geld. ›Joana‹ würde verfilmt werden. Und da ich an den Einnahmen aus dem Verkauf der Filmrechte aufgrund meiner Abmachung mit Joana zu einem Drittel beteiligt war, konnte ich mir die Einigung mit Liv leisten. Als ich ihr anbot, sie auszubezahlen, reagierte sie zunächst aber mißtrauisch. Sie nahm an, daß ich sie übervorteilen wollte, und fühlte sich in ihrer Einschätzung bestätigt, es bei mir mit einem kaltblütigen Taktiker zu tun zu haben. Wie wenig sie mich kannte. Ich spürte, daß es ihr erster Impuls war, meine Offerte zurückzuweisen. Aber die Aussicht, auf einen Schlag soviel Geld zu bekommen, hatte ihre Wirkung. Sie besprach sich mit ihrem Anwalt und nahm an.

Und so wurde mein Konto zu einem Geldbahnhof, durch den sechsstellige Beträge wie Fernzüge rasten, ohne Halt und ohne daß auch nur ein einziger Cent bei mir hängengeblieben wäre. Alles was hereinkam, überwies ich an Frauen weiter – an Cora, an Liv und an Joana –, bei denen ich zulange hatte anschreiben lassen. Jetzt war mein

Kredit bei jeder verbraucht, und ich mußte nur noch zahlen, ohne etwas dafür zu bekommen. Ich war nicht nur literarisch, sondern auch finanziell ein Strohmann. Doch wie hätte ich mich darüber beschweren können? Die Welt war ja nur gerecht: Ich hatte keine Leistung erbracht und ich bekam auch nichts – so sauber ging es nicht immer zu.

Es wurde nicht alles schlechter. Je näher der Sommer rückte, um so mehr legte sich das Interesse an mir und meinen Romanen. Es kam wieder vor, daß ich zwei oder drei Stunden in meinem Büro saß und arbeitete, ohne daß etwas geschah. Niemand störte mich, die Welt war dabei, mich zu vergessen. Das erleichterte mich. Ich hatte die Hoffnung, wieder zu dem werden zu können, der ich gewesen war. Bis es eines Tages an meine Bürotür klopfte und Joana den Raum betrat.

Sie zu sehen war so vollkommen jenseits all dessen, was ich erwartet hatte, jenseits meiner universitären Routinen und aller Schicksalswendungen, die zu verstehen ich vielleicht in der Lage gewesen wäre, daß ich zunächst aufsprang, dann aber sogleich wieder in den Stuhl zurückfiel und außer einem Laut, der entfernt an das Keuchen eines Langstreckenläufers erinnern mochte, nichts hervorbrachte.

Joana trug eine verwaschene Jeans und ein schlichtes rotes T-Shirt mit V-Ausschnitt. Ihre dichten schwarzen Locken bildeten einen buschigen Zopf am Hinterkopf, und ihre Füße, die ich nur nackt und geparkt in glitzernde Stöckelsandälchen kannte, steckten in hellen, etwas abgetragenen Sneakers. Schließlich hing über ihrer linken Schulter eine braune bauchige Handtasche, die als weibliches Accessoire so gängig und konventionell war, daß sie die Reste ihrer nächtlichen Aura, die ich noch im Kopf hatte, fast vollständig auflöste. Nachdem sie die Tür geschlossen hatte, setzte sie sich und sagte: »Hallo, Paul.«

Immerhin gelang es mir, ihren Namen auszusprechen: »Joana.«

Sie machte eine Handbewegung, als wollte sie etwas fortwischen (und ich erkannte die Geste wieder). »Karin. Mein Vater ist Berliner. Meine Mutter stammt aus Andalusien, und sie wollte eigentlich, daß ich Carmen heiße. Aber mein Vater war dagegen. Er war der Meinung, mit einem Namen wie Carmen könne man in Deutschland nichts Anständiges werden. So ist das. Ich heiße Karin Weber. Du wirst dich dran gewöhnen. Aber ich bin nicht hier, um über meine Geschichte zu reden. – Vielen Dank erst einmal für das Geld. Ich nehme an, es ist genau der Anteil, der mir nach unserer Abmachung zusteht. Rechnen kannst du ja.« Sie sah sich um. »Hier arbeitest du. Mein Gott, wir haben nicht viel gemeinsam. Ach, und ich habe gehört, du hast unserer kleinen Bar mal wieder einen Besuch abgestattet. Es soll sehr nett gewesen sein.«

Darum bemüht, einen klaren Gedanken zu fassen, sagte ich: »Ich habe dich gesucht.«

»Nicht sehr lange«, erwiderte sie. Ihre Haut war viel heller, als ich sie in Erinnerung hatte. Aber ich fragte mich, ob das nicht nur eine Wirkung des Lichts und der bleichen Wände meines Arbeitszimmers war.

Ich sagte: »Möchtest du etwas trinken? Ich kann dir nur einen Tee anbieten. Etwas anderes haben wir hier nicht.«

Ich stellte den Boiler über dem Waschbecken an. Wie sehr hoffte ich, sie wäre eifersüchtig wegen meines Bordellbesuchs. Aber sie spielte nur mit mir, so wie sie immer mit mir gespielt hatte. Innerlich ertrank ich in der Erinnerung, daß wir miteinander geschlafen hatten, wie in kochendem Wasser.

Sie sagte: »Ich bin hier, weil mein Roman verfilmt wird. Ich hab's vor ein paar Tagen in der Zeitung gelesen. Eigentlich hätte ich es gerne vorher erfahren.«

»Du weißt, daß ich dich nicht erreichen kann.«

»Schon gut«, nickte sie. »Das ändern wir jetzt. Du bekommst meine Adresse.«

Sie nahm einen Stift und einen Notizblock aus der Handtasche und begann zu schreiben.

»Wie geht es dir? Was machst du jetzt?« erkundigte ich mich.

Sie ging auf meine Frage nicht ein und sagte: »Erinnerst du dich noch an unsere Abmachung? Sobald der Roman auf dem Markt etabliert ist, wollte ich als wahre Autorin aus deinem Schatten treten.«

Ich konnte nicht anders: Als sie mit ihrer Rechten die Adresse notierte, mußte ich daran denken, was diese Hand sonst noch für mich getan hatte. Ich senkte den Blick und sagte: »Joana, du weißt, wie kompliziert das ist. Wir haben darüber gesprochen. Ich werde demnächst geschieden. Ich kann keinen zusätzlichen Wirbel in meinem Leben gebrauchen.«

»Das hättest du dir vorher überlegen sollen«, entgegnete sie mir und machte dann eine abwinkende Handbewegung. »Ich kann dich aber beruhigen: Ich hab's mir anders überlegt. Ich will nicht mehr als Autorin von ›Joana‹ in Erscheinung treten. Es ist besser, wenn du der Autor bleibst.«

Ich sah überrascht auf. »Du willst, daß alles so bleibt, wie es ist?«

Sie gab mir den Zettel mit ihrer Adresse. »Ich will, daß du etwas für mich tust.«

Der Satz weckte in mir den Impuls »Alles!« herauszuschreien, aber natürlich war mir klar, daß sie nicht meinte, worauf ich immer noch hoffte. Und so sagte ich: »Was kann ich schon für dich tun?«

Sie stand auf, betrachtete die Fachbücher in den Regalen und zog bei jedem der für sie so unverständlichen Titel die Augenbrauen hoch. Schließlich drehte sie sich um und sagte: »Paul, ich verzichte nicht auf meine Autorenschaft, um dir einen Gefallen zu tun. In den Augen der Öffentlichkeit bist du ein Erfolgsautor, und das verschafft dir Einfluß. Niemand wird dich ohne Not zurückweisen. Und deswegen kannst du etwas für mich tun. Es ist ganz einfach – ja, es ist beinahe logisch: Ich will eine Rolle in dem Film. Ich will *meine* Rolle.«

Jede ihrer Gesten, ihre ganze Erscheinung blieb für mich schmerzhaft. Und wenn je eine Persönlichkeit gespalten gewesen ist, so war ich es in diesem Moment, in dem ich mir nichts sehnlicher wünschte, als noch einmal mit ihr in unserem Séparée zu sein, und doch mit ihr redete, als hätte es die gemeinsamen Stunden dort nie gegeben. Ich sagte: »Ich kann dich nicht besetzen.«

»Das weiß ich«, nickte sie. »Aber du kannst den Produzenten des Films anrufen und den Regisseur. Wenn du sie bittest, sich mit mir zu treffen, dann werden sie das tun. Das ist alles. Den Rest kannst du mir überlassen. Ich werde sie davon überzeugen, daß ich die Idealbesetzung der Joana bin.«

Ich fragte mich, mit welchen Mitteln sie diese Überzeugungsarbeit zu leisten gedachte. Aber dieser Gedanke war ungerecht, moralisierend und sogar unlogisch. Wären denn die Mittel, an die ich dachte, im Fall der Rolle, um die es ging, nicht sogar angebracht? Die Deutlichkeit, mit der sie mir klarmachte, daß wir nichts anderes waren als Geschäftspartner, tat mir weh. Ich betrachtete sie und erahnte unter der engen Jeans und dem Stoff des T-Shirts ihre Nacktheit. Im Gegenlicht des Fensters war es besonders leicht, sie so zu sehen, wenn ich nur die Augen ein wenig verengte. In dem Flimmern unter der Kante meiner Lider wurde sie beinahe wieder zu der, die sie so lange für mich gewesen war. Ich sagte: »Können wir uns nicht wieder treffen? Egal wo. Wo immer du willst. Laß uns in ein Hotelzimmer gehen.«

Sie sagte nur: »Ich arbeite nicht mehr so.«

Ich nickte. Trotzdem hätte ich ihr beinahe eine jener hilflosen und dummen Fragen der Art gestellt, ob sie denn nie etwas dabei empfunden habe? Gott sei Dank tat ich es nicht. Gott sei Dank beherrschte ich mich und bewahrte mir so einen Rest von Stolz.

Sie sagte: »Ich kann mich auf dich verlassen, ja? Du verschaffst mir das Treffen?«

»Ich kenne weder den Produzenten noch den Regisseur.«

»Aber sie kennen dich.«

Ich hielt meine Bitterkeit nicht mehr zurück und sagte: »Möchtest du die beiden gleichzeitig treffen oder nacheinander.«

Doch sie blieb gelassen, zuckte mit den Schultern und sagte: »Das ist mir egal.«

Als sie gegangen war, hörte ich das Wasser in dem kleinen Boiler über dem Waschbecken kochen. Ich erinnerte mich daran, daß ich ihr einen Tee angeboten und Wasser heiß gemacht hatte. Der automatische Schalter des Boilers funktionierte nicht mehr, und ich mußte den Temperaturregler von Hand herunterdrehen. Das tat ich ganz mechanisch. Dann drehte ich den Hahn auf, ließ das kochende Wasser ab und sah dabei zu, wie es dampfend ins Becken floß und in den Ausguß strudelte. Ich streckte meine rechte Hand aus und bewegte sie langsam durch den dampfenden Strahl. Der Schmerz auf meinem Handrücken war beißend und unerträglich. Aber irgend etwas in mir blokkierte den Impuls, die Hand zur Seite zu ziehen, und ich sah dabei zu, wie sie sich weiter von rechts nach links durch den kochenden Strahl bewegte und sich die Haut des Handrückens heftig rötete. Ich brannte eine rote Linie in meinen Handrücken. Und gleichzeitig überraschte es mich, daß ich es aushielt. Etwas in mir empfand das Brennen sogar als wohltuend. Es erschien mir auf einmal ganz normal, was ich da tat. Aber ich war trotzdem froh, daß niemand im Raum war und mir dabei zusah.

12

Abends ging ich zu Salvatore. Er sah mich und kam an meinen Tisch, in seiner Art, die er gelegentlich an den Tag legte, mit dem Habitus eines Hehlers, leicht vorgebeugt und irgendwie geheimnisvoll tuend. Er legte seine Hand auf die Rückenlehne meines Stuhls, senkte seine Stimme und sagte: »Paolo, jetzt habe ich das perfekte Auto für dich.«

Dann setzte er sich neben mich und ließ uns eine Karaffe Weißwein bringen. Ich nickte, sagte aber: »Du weißt doch, wie ich darüber denke.«

»Nicht so schnell, Paolo«, unterbrach er mich. »Du weißt ja noch gar nicht, worum es geht. Und außerdem solltest du dabei nicht nur an dich denken. Dein Mädchen wird bald neun! Was soll sie von dir denken, wenn du immer nur in der U-Bahn mit ihr herumgondelst? Was für einen Eindruck bekommt sie da von uns Männern? Das kannst du nicht machen. Paolo, du bist ihr Vater! Du kannst die Umweltprobleme nicht auf dem Rücken deiner Tochter lösen. Sie möchte zu dir aufschauen. Sie interessiert sich noch nicht für Politik.«

»Da irrst du dich!« widersprach ich ihm. »Die heutigen Kinder sind anders als wir. Die wollen verstehen und mitreden.«

Er tippte mit dem Zeigefinger auf den Tisch. »Da kommen die ganzen Probleme her: daß wir unsere Kinder wie Abgeordnete behandeln. Aber, Paolo, eine Familie ist kein Parlament.«

So redete er gern, vor allem, seit er vor einem Monat zum zweiten Mal Vater geworden war. Jede Woche zeigte er mir von dem kleinen Franco ein neues Foto. Alle waren unscharf und überblitzt, und das runde weißliche Säuglingsgesichtchen darauf sah immer ein wenig aus wie geschäumte Milch. Die Bilder erfüllten mich mit Wehmut. Sie versetzten mich zurück in jene Zeit, als Polly zur Welt gekommen war, und ich beneidete Salvatore um seinen sizilianischen Familienclan und seine traditionelle Sichtweise der Dinge. Das bedeutete aber nicht, daß ich seinen Thesen immer zugestimmt hätte.

»Du hast schon recht«, sagte ich, »wir schießen in unserer demokratischen Gesinnung vielleicht hier und da übers Ziel hinaus. Aber alles in allem bin ich zufrieden damit, wie es läuft. Ich verstehe mich mit Polly sehr gut.«

»Jetzt vielleicht noch«, warnte er mich. »Aber laß sie erst einmal sechzehn werden. Dann wirst du sehen, wohin zuviel Demokratie führt. Du mußt ihr unbedingt etwas bieten, woran sie sich gerne erinnert, damit sie später nicht auf deine Ratschläge pfeift.« Und dann beugte er sich wieder vor und senkte seine Stimme. »Also dieser Wagen, von dem ich spreche, ist ein Schmuckstück! Den gibt es kein zweites Mal. Ich weiß, Paolo, du bist Individualist. Du brauchst ein ganz besonderes Auto. Dir geht es nicht um Luxus und Geschwindigkeit, das weiß ich ja. Paß auf, du wirst nicht glauben, von was für einem Auto ich spreche. Der Wagen, um den es geht, ist ein Käfer! Ivo hat ihn vor zwei Wochen hereinbekommen, und, Paolo, du mußt ihn dir ansehen. Er hat eine Lackierung, die gibt es auf der Welt nicht noch einmal! Man kann sie nicht beschreiben, man muß sie mit eigenen Augen sehen. Dieser Käfer sieht aus wie eine schillernde Perle! Die Lackierung ist eine Sensation. Ich habe so etwas noch nie gesehen. Damit eroberst du jedes Kinderherz. Deine Polly wird Augen machen, sie wird glauben, der Wagen ist aus einem Märchen. Mit diesem Käfer machst du sie glücklich, das kannst du mir glauben.«

Ich hätte gerne geantwortet, daß ich sie nicht glücklich zu machen brauchte, weil sie glücklich war, aber das stimmte so nicht. Sie litt unter der Trennung ihrer Eltern, auch wenn sie es nur noch selten zeigte, aber natürlich wußte sie längst, daß wir, Liv und ich, nicht mehr zusammenkommen würden. Unsere Scheidung stand jetzt unmittelbar bevor. Ich hatte Liv nach unserer finanziellen Einigung bis auf den letzten geforderten Cent ausbezahlt. Ausgestattet mit diesem Vermögen, war sie jetzt, altmodisch ausgedrückt, eine gute Partie. Es gab inzwischen einen Mann in ihrem Leben, aber ich kannte ihn nicht. Holte ich Polly bei ihr ab, dann war er nie da. Aber nach dem Scheidungstermin wartete er im Wagen auf sie. Wir hatten Polly zu ihren Großeltern gebracht, um ihr die unwürdige Prozedur zu ersparen. Als wir das Gerichtsgebäude verließen, verabschiedeten wir uns kühl und sachlich voneinander. Und dann blieb ich allein auf dem Gehweg zurück und sah noch eine Weile dem Wagen ihres neuen Freunds nach, der sie forttrug in ein Leben, das mit meinem immer weniger zu tun haben würde. Abends schrieb ich an Laura:

From: Paul Gremon <Fibonacci@mymail.de>
To: Laura Ginnt <Laura_G@mymail.de>

Liebe Laura, seit heute bin ich wieder ledig. Ich habe beim Unterzeichnen der Scheidungspapiere nicht viel empfunden, und ich frage mich, was das zu bedeuten hat? War meine Ehe ein Irrtum, oder fehlen mir lediglich ein paar Synapsen, um etwas zu empfinden? Liv hatte sich sehr sorgfältig geschminkt. Sie muß vor ein paar Tagen beim Friseur gewesen sein. Ich kann mir nicht vorstellen, daß das ein Zufall war. Jedenfalls sah sie sehr gut aus. Seit wir uns voneinander getrennt haben, hält sie mit eiserner Disziplin ihr Idealgewicht. Ich vermute übrigens, daß sie sich eigens für den Gerichtstermin neu eingekleidet hat. Sie trug einen kurzen Wollrock und eine figurbetonte Bluse mit Samtrevers, beides elegante und unübersehbar teure Stücke, die ich noch nicht kannte, was natürlich nicht unbedingt etwas heißt. Alles in allem war sie äußerst attraktiv, als hätte unsere Scheidung sie um fünf oder zehn Jahre verjüngt. Das konnte man von mir nicht behaupten. Ich kam mir, wie schon gesagt, ziemlich unbeteiligt vor, als wäre ich gar nicht vorhanden. Es war eher so, als hätte ich ein Konto aufgelöst, von dem jahrelang nur noch die Gebühren abgezogen worden sind. Und außerdem wollte mir ein bestimmtes mathematisches Problem nicht aus dem Kopf gehen. Sollte ich mir deswegen Sorgen machen? Sag Du es mir. P.

From: Laura Ginnt <Laura_G@mymail.de>
To: Paul Gremon <Fibonacci@mymail.de>

Nein, ich glaube nicht, lieber Paul. Das ganze war vermutlich eine Schutzreaktion Deines Unterbewußtseins. Du musst Dir Deine Seele in etwa so vorstellen wie eine Friteuse: Wenn sie zu heiß wird, schaltet sie sich ab. Ich glaube, wir empfinden oft nicht das, von dem wir meinen, dass wir es empfinden sollten. Statt uns über einen Erfolg zu freuen, fallen wir in eine Depression, oder statt von einer Todesnachricht entsetzt zu sein, fangen wir an zu grinsen. Offenbar haben wir nicht zu wenige Synapsen, sondern zu viele, so dass alles möglich ist, auch das Groteske. Ich habe einmal bei einer Beerdigung an Sex denken müssen, und das war nicht weniger unangebracht als das Lösen einer mathematischen Aufgabe bei der eigenen Scheidung. Vielleicht wird es erst bedenklich, wenn Du bei Deiner Hochzeit (falls Du noch einmal heiraten solltest) an Zahlen denkst. Bis dahin brauchst Du Dir, meiner Meinung nach, keine Sorgen zu machen. Deine L. – P. S.: So gesehen habe ich es besser, denn es dürfte nicht bedenklich sein, bei der eigenen Hochzeit an Sex zu denken.

Genaugenommen war meine Scheidung für mich aber weniger betrüblich als Fruidhoffs erfolgreiche Promotion ein paar Wochen danach. Auch damit verband sich ja eine Trennung; er würde zurück nach Holland gehen und eine Assistenzstelle an der Universität Utrecht antreten. Bei der Verteidigung seiner Doktorarbeit sah ich ihn zum ersten Mal im Anzug. Plötzlich wirkte er nicht mehr wie der schlaksige Junge, der mit den Irinas und Chloes dieser

Welt herumturtelte, sondern paßte ganz vorzüglich in die
Proportionen und Linien eines zweireihigen Jacketts und
einer gebügelten Hose. Die Doktorprüfung fand in einem
kleinen Hörsaal statt. Er bestand ohne Schwierigkeiten
und wurde mit summa cum laude promoviert. Ich unter-
schrieb die Promotionsurkunde und damit das zweite
Scheidungsdokument dieses Sommers.

Bei der Gelegenheit sah ich Chloe zum ersten Mal in
der Rolle – um es einmal so altmodisch auszudrücken –
als Frau an seiner Seite. Sie trug ein hübsches zartblaues
Cocktailkleid und kümmerte sich bei der Doktorfeier um
die Gäste. Man konnte die bewundernswerten Linien
ihres Körpers unter dem leichten Stoff erahnen, ohne daß
es ausgestellt oder übertrieben wirkte. Er im Anzug, sie
im Kleidchen: Die beiden gaben ein gutes Paar ab. Wie
Kindern war ihnen die Form auf einmal sehr wichtig. Sie
stand neben ihm, als er eine kurze Rede hielt und sich
bei mir für alles bedankte. Ich war gerührt, doch die Tatsache, daß ich allein unter den Gästen stand, als ich seine
Dankesworte entgegennahm, war nur schwer zu ertragen.
So viel Schönheit, Jugend und Optimismus war zuviel für
mich in diesen Sommermonaten. Und ich dachte mehr
als einmal darüber nach, ob ich Laura in einer meiner
nächsten Mails nicht ein Treffen vorschlagen sollte, um sie
nicht nur als elektronische Mailpartnerin, sondern auch
als Mensch kennenzulernen. Sie lebte in Hamburg, und
warum sollten wir nicht mehr Realität wagen?

Andererseits las man jetzt so viel darüber, daß Internet-
Bekanntschaften in der Realität nur von begrenztem Reiz
waren. Auch als virtuelle Existenzen waren wir offenbar
nicht sicher vor der Gewohnheit unserer Psyche, sich

vom Unsichtbaren ein ideelles Bildnis zu machen. Jedenfalls stellte ich mir Laura weiß, mittelgroß und alles in allem abendländisch aussehend vor – was auch immer das im Detail bedeuten mochte. Das machte mir klar, wie begrenzt und durch äußere Faktoren bestimmt meine Phantasie war, wie manipulierbar! Bereitwillig hatte ich geglaubt, daß Joana aus Ecuador stammte, und nun nahm ich an, daß Laura gleichsam eine weibliche Ausgabe meiner selbst wäre. Jede Abweichung von diesem Bild würde ich als Enttäuschung erleben, als liege darin ein Affront gegen mich selbst, gegen die Ruine meines Lebens, an die ich mich doch immerhin irgendwie gewöhnt hatte.

Und so setzte ich zwar mehrfach ein P.S. unter die Mails, die ich Laura in diesen Tagen schrieb, und schlug ihr ein Treffen vor, aber schließlich löschte ich den Zusatz immer wieder, bevor ich die jeweilige Mail abschickte. In meiner Einsamkeit war mir ihre sichere Illusion lieber als die Aussicht auf ihre vage Realität.

Das brachte mich dazu, meinem Buch über die Macht des Zufalls und die Geometrie der wirklichen Dinge, das immer noch nicht fertig war, ein Kapitel über Alan Turing hinzuzufügen, einen der originellsten und geheimnisvollsten Mathematiker des zwanzigsten Jahrhunderts. Er arbeitete unter anderem für das britische Verteidigungsministerium und entschlüsselte den Funkverkehr der Deutschen im Zweiten Weltkrieg. Cora hatte mir geraten, möglichst plastisch zu schreiben, und das tat ich. Die Mathematik war mehr als der Bau eines geistigen Luftschlosses, und was für einen schlagenderen Beweis dafür konnte es geben als diesen: Man brauchte die Mathematik, um Krieg zu führen.

Vor allem aber wurde Alan Turing berühmt, weil er sich mit der Intelligenz von Maschinen befaßte. Er schlug einen Test vor, der bis heute Turing-Test heißt: Sollte ein Computer in einem beliebig langen Gespräch nicht von einem Menschen zu unterscheiden sein, so müsse man ihm Intelligenz zubilligen. Was meinen Mailaustausch mit Laura anging, war die Turing-Frage also, ob ich mit Sicherheit ausschließen konnte, daß ihre Mails nicht nur von einem gut programmierten Kommunikationscomputer als Antwort auf meine Schreiben automatisch generiert wurden.

Solch absurde Gedanken waren mein tägliches Brot als Mathematiker. Welche Frage kann man einem perfekten technischen System stellen, um herauszufinden, ob es wirklich intelligent ist oder nur hervorragend programmiert?

From: Paul Gremon <Fibonacci@mymail.de>
To: Laura Ginnt <Laura_G@mymail.de>

Liebe Laura, ich beschäftige mich gerade mit dem Turing-Test. Alan Turing war ein genialer Mathematiker. Er schlug vor, einen Menschen nur per Tastatur und Monitor mit einem unbekannten Gegenüber kommunizieren zu lassen. Dabei soll er herausfinden, ob er es mit einem Menschen oder mit einer Maschine zu tun hat. Gelingt ihm das nicht, hat die Maschine den Turing-Test bestanden und ist somit als intelligent anzusehen. – Natürlich habe ich mich sofort gefragt, wie das eigentlich mit uns ist. Würden wir den Turing-Test bestehen? Bist du real? Vielleicht findest Du das eine irrsinnige Frage, aber Mathematik und Irrsinn sind nicht weit voneinander entfernt. Man sollte das Problem jedenfalls nicht auf die leichte Schulter nehmen. Woher wollen wir zum Beispiel wissen, daß Computer nicht eines Tages Romane verfassen können? Oder Frauenzeitschriften? Hast Du darüber schon einmal nachgedacht? Gruß, P.

From: Laura Ginnt <Laura_G@mymail.de>
To: Paul Gremon <Fibonacci@mymail.de>

Romane vielleicht, Frauenzeitschriften nie, lieber Paul! Ich möchte damit folgendes sagen: Alan Turing (ich habe mich bei Wikipedia kundig gemacht) hat sich die falsche Frage gestellt. Bei seinem Test geht es ja darum, zwischen einem Menschen und einer Maschine zu unterscheiden, aber so einfach ist es nicht. Ich gebe zu, wenn ich einen solchen Test machen würde, wäre ich vielleicht nicht in der Lage herauszufinden, ob ich es mit einem Mann oder einer Maschine zu tun hätte. Ich könnte aber mit Sicherheit zwischen einer Frau und einem Sprachcomputer unterscheiden. Ich möchte Alan Turing ja keinen Vorwurf machen, aber ganz offensichtlich hat er bei Menschen nur an Männer gedacht. Das mag damals noch so üblich gewesen sein, aber ich denke, inzwischen wäre es Zeit für eine Korrektur. Findest Du nicht auch? Ganz herzlich, L.

From: Paul Gremon <Fibonacci@mymail.de>
To: Laura Ginnt <Laura_G@mymail.de>

Liebste Laura, soll das etwa heißen, Du siehst Dich nicht in der Lage, mich von einem Computer zu unterscheiden, Dich aber sehr wohl? Auf Antwort wartet P.

From: Laura Ginnt <Laura_G@mymail.de>
To: Paul Gremon <Fibonacci@mymail.de>

Lieber Paul, sei ganz beruhigt. Die Tatsache, dass Du jetzt beleidigt bist, beweist mir hinreichend, dass es Dich wirklich gibt. Etwas in Eile, L.

Und so machten wir eine Weile lang unsere Witzchen. Mit Formulierungen wie: ›Jetzt schreibst du wie ein Computer‹, oder ›Ich hab's ja geahnt: Du bist doch nur eine Maschine‹, spielten wir mit einem eigenartigen Feuer. Denn immer stand zwischen den Zeilen auch die Frage, ob es allmählich nicht an der Zeit wäre, die virtuelle Phase unserer Freundschaft abzuschließen und aus dem Schatten unserer Datenexistenzen herauszutreten. Ich glaubte, daß es Laura so ging wie mir: Sie wollte es und zugleich fürchtete sie sich davor. Doch um so heißer der Sommer wurde, desto sinnloser und unnatürlicher kam es mir vor, sie immer nur als süßes Phantom durch meine liebeshungrigen Träume schweben zu lassen. Und so schrieb ich ihr schließlich:

From: Paul Gremon <Fibonacci@mymail.de>
To: Laura Ginnt <Laura_G@mymail.de>

Liebe Laura, um Dir übrigens endgültig und definitiv zu beweisen, daß ich kein Computer oder eine raffiniert programmierte Maschine bin, würde ich mich gerne mit Dir treffen. Ich habe lange darüber nachgedacht und hoffe, das ist kein unmoralisches Angebot, das die virtuelle Reinheit unserer Beziehung beschmutzt. Wahrscheinlich gibt es längst bestimmte Regeln, wie man solche Begegnungen einfädelt, aber ich kenne sie nicht. Daher also diese formlose und überfallartige Frage. Ich hoffe, Du verzeihst mir den Stil und sagst ja. Herzlichst, Paul
P. S. Anfang Oktober bin ich in Hamburg. Ich halte einen Vortrag über Exzeßrauschen. Das ist nichts Anstößiges, sondern eine interessante Fehlermenge, die man mit mathematischen Verfahren analysieren kann. Abends hätte ich Zeit.

From: Laura Ginnt <Laura_G@mymail.de>
To: Paul Gremon <Fibonacci@mymail.de>

Lieber Paul, bist Du sicher, dass Du Mathematiker bist? Vor ein paar Wochen hast Du mir geschrieben, Du würdest Dich mit Julia-Kurven befassen. Gibt es noch mehr von diesen interessanten Forschungsobjekten? Dann sollte ich vielleicht einmal einen Artikel über Deine Arbeit schreiben. Das Thema würde bei uns reinpassen. Dazu müssten wir uns aber sehen, denn Reportagen leben von der Wirklichkeit …
Spaß beiseite: Meine Antwort ist natürlich: ja, ich möchte

Dich auch gern kennenlernen. (Ist das überhaupt das richtige Wort, denn eigentlich kennen wir uns ja schon – so kommt es mir jedenfalls vor.) Ich würde mich sehr freuen, Dich im Oktober zu treffen. Oder gerne auch schon früher. Sag, wann es Dir am besten passt. Alles Liebe, L.

Das Angebot, sie schon früher zu sehen, war verlockend. Ich fuhr aber doch erst im Oktober, weil mir der Kongreß als Anlaß durchaus willkommen war. Er verschaffte mir in Hamburg eine Aufgabe und ein Hotelzimmer. Für den Fall, daß wir uns in der Realität fremd sein sollten, konnte ich die Tage dort in den geordneten Bahnen des Kongreßprogramms verbringen, anstatt mit nichts als einer herben persönlichen Niederlage im Gepäck nach Berlin zurückkehren zu müssen.

Und so fuhr ich an dem betreffenden Oktobermorgen zum Hauptbahnhof, um mich in den Zug nach Hamburg zu setzen. Während der Fahrt vertiefte ich mich in das Manuskript meines Vortrags und sah nur gelegentlich hinaus. Dadurch hatte ich den Eindruck, als würde ich Berlin gar nicht verlassen. Die Außenbezirke entmaterialisierten sich nur für kurze Zeit, wichen einem herbstlichen Landschaftsbild mit Bodennebeln, vagen Lichtinseln und fernen niedrigen Dörfern, um sich dann wieder zu Vorortstraßen und Fabrikarealen zu verdichten, als wären wir die ganze Zeit im Kreis gefahren. Aber es war doch eine andere Stadt, es war Hamburg, hier lebte Laura.

Wir waren in einem portugiesischen Restaurant verabredet, dessen Adresse sie mir geschickt hatte. Als ich darüber nachdachte, wie wir uns erkennen würden, begriff ich, daß sie ja zu wissen glaubte, wie ich aussah. Sie hatte

›Joana‹ gelesen! Sie kannte das Foto von Fruidhoffs und hielt ihn für Leon Zern – für mich. Das hatte ich mir nie klargemacht. Als mir der Irrtum bewußt wurde, schrieb ich ihr sofort eine Mail. Das, was ich die virtuelle Reinheit unserer Beziehung genannt hatte, erschien mir nun auf einmal befleckt. Hatte sie wirklich die ganzen Monate über geglaubt, ich wäre ein junger Mann? Waren ihre Mails, bestimmte Intimitäten, an einen nicht einmal Dreißigjährigen gerichtet gewesen?

Sie mußte darüber lachen – jedenfalls schrieb sie das. (Ich hätte dieses Lachen gerne gesehen.) Sie war Redakteurin und wußte, daß Bildern nicht zu trauen war. Sie hatte ganz einfach angenommen, ich sähe aus wie Fruidhoffs, nur mit weniger Haaren und mehr Stirnfalten. Ich sah ein, daß es albern gewesen wäre, mich darüber zu ärgern. Ich hatte mir ja auch ein Bild von ihr gemacht – sogar von ihrer Figur, die in meiner Vorstellung eigenartigerweise der Livs glich. Doch wie wenig entsprach sie diesem Bild, als ich sie endlich sah! Sie war schlank, fast schon dünn. Und ihr Haar war nicht rötlich-braun und schulterlang, sondern glatt, blond und kurz. An ihren Ohrläppchen glitzerte jeweils ein kleiner Brillant. Ihre Handgelenke lagen hell und filigran auf dem Tisch, schmal wie Serviettenringe. Ihre Halssehnen verschwanden deutlich sichtbar unter der dunklen Kostümjacke, und sie war sehr gut – man konnte in ihrem Fall wohl sagen: kompetent – geschminkt. Es fiel mir schwer, ihr Alter zu schätzen. Aber wir waren ja alle mehr oder weniger in dem gleichen undefinierbaren Alter.

Es war ein sonderbarer Moment, als wir voreinander standen. Wir wußten nicht, ob wir die Vertrautheit aus unseren Briefen in die Wirklichkeit übertragen konnten. Es schien mir aber angemessen, sie rechts und links auf die Wange zu küssen, und sie ließ es – gerne, wie ich glaubte – geschehen. Und diese flüchtige Berührung änderte alles! Es war, als begriffe ich erst jetzt, daß ich mit einem bestimmten Ziel gekommen war. Einem großen Ziel – dem, mein Leben zu ändern.

Sie sagte: »Hast du dich schon mal so wie jetzt …«

»Nein!«, sagte ich sofort, als sei die Situation in irgendeiner Weise unanständig.

Sie mußte darüber lachen. »Vielleicht wären wir nicht so unbeholfen, wenn wir so jung wären wie dein Doktorand, der dir sein Gesicht geliehen hat.«

Ich dachte an Fruidhoffs und sagte: »Diese Generation tut nur so, als hätte sie alles im Griff.«

Und so sprachen wir ein wenig über ›diese Generation‹, was den Vorzug hatte, daß wir vorerst nicht über uns sprechen mußten. Außerdem hatten wir beide unsere Erfahrungen mit ›dieser Generation‹, denn eigentlich formten wir sie ja – ich als Dozent auf meine, sie als Redakteurin auf ihre Weise. Das Durchschnittsalter ihres Lesepublikums lag zwischen achtzehn und achtundzwanzig Jahren. Wir hatten es also mit mehr oder weniger der gleichen Zielgruppe zu tun.

Je länger wir uns unterhielten, um so mehr beeindruckte sie mich. Es stellte sich heraus, daß wir beide nicht so schlagfertig und ungezwungen waren, wie beim Schreiben unserer Mails. An den Wänden des Restaurants hingen ein paar maritime Gegenstände, es war ein einfaches Lokal mit sehr guter Küche. Aber Laura aß nicht viel, nur ihr Seezungenfilet, kaum Beilage. Ich fragte mich, ob es sich dabei um eine der diversen Eßstörungen handelte, mit denen unsere Gesellschaft zu kämpfen hat. Ich kannte Frauen wie Laura nicht sehr gut. Wenn ich sie mit Liv verglich, kamen sie mir komplizierter vor. Sowohl im guten wie im Schlechten hatte ich bei Liv immer recht genau gewußt, woran ich war. Laura dagegen wirkte in sich widersprüchlicher. Ich glaubte zu spüren, daß sie unter der Form ihrer Intelligenz litt, die eher analytisch war. Möglicherweise empfand sie sich deshalb als unweiblich. Sie benutzte ihre Hände beim Reden, als wollte sie ihre Gedanken visualisieren: nervöse geometrische Gesten. All das machte sie mir begehrenswert.

Ich dachte nicht an Sex, als wir dort saßen, aber ich spürte, daß meine Empfindungen auch körperlich waren. Ich glaubte, die Reize zu kennen, die Macht über mich hatten, aber Laura entsprach ihnen eigentlich nicht. Ihre Kleidung – das schlichte kragenlose Top mit V-Ausschnitt und die klassische Jacke darüber – ließen sich in bezug auf ihre Absichten nicht deuten. Das war verständlich. Wenn wir Absichten hatten, dann zeigten wir sie nicht. Auch ich tat das nicht.

»Warum wolltest du als Schriftsteller nicht in Erscheinung treten? Warum hast du deinen Doktoranden vorgeschickt?« fragte sie mich.

Die Frage bedeutete, sie zu belügen. Sie hielt mich für Leon Zern. Sie hatte an Leon Zern geschrieben, den Autor von ›Abgezählt‹ und von ›Totlicht‹. Ich war weder das eine noch das andere. Aber das konnte ich ihr nicht sagen. Ich konnte ihr nicht sagen, daß der Roman, den sie gelesen hatte, in Wahrheit von einer Hure stammte, deren Freier ich gewesen war. Und ich konnte ihr nicht sagen, daß das Pseudonym, unter dem ich Joanas Roman veröffentlicht hatte, mir nicht einmal zustand.

Ich mußte lügen, und ich würde sie immer belügen müssen. Alles was zwischen uns je geschehen würde, würde diese Lüge zur Grundlage haben. Ich antwortete ihr floskelhaft und allgemein. Ich sagte, es sei mir unpassend erschienen, mich als Mathematiker öffentlich bestaunen zu lassen. Ich schimpfte auf Nico E. Arp und versuchte das Thema zu wechseln.

Aber sie griff es auf und sagte: »Ich kenne die Vorbehalte gegen den Journalismus. Und sie stimmen auch. Aber du übersiehst etwas: Der Journalismus ist kein Teil der Wissenschaft, sondern ein Teil des Lebens, eines kollektiven Selbstgesprächs. Er ist vorläufig und experimentell. Findest du, daß das zu abgehoben klingt?«

»Nein, du hast recht«, sagte ich.

»Ich habe viel darüber nachgedacht«, fuhr sie fort. »Ich bin es leid, mich zu rechtfertigen. Ich bin subjektiv, das weiß ich. Ich sollte dazu stehen, aber ich fühle mich immer wieder angegriffen. Das war nicht immer so. Früher war ich arrogant. Vieles kam mir ganz einfach banal vor. Ich war regelrecht anmaßend.«

»Ich finde dich nicht anmaßend«, sagte ich.

Sie nahm ihren Kaffee entgegen. »Es fällt mir schwer, mich damit abzufinden, daß das, was ich tue, nicht perfekt ist. Ich tue so, als sei ich etwas Besonderes. Aber das bin ich nicht.«

»Wer sagt das? Warum ist es dir wichtig, nichts Besonderes zu sein?« fragte ich sie.

Sie hob die Schultern. »Vielleicht damit jemand kommt und mir das Gegenteil beweist.«

Sie kam mit ins Hotel. Ich war mir nicht sicher gewesen, ob sie mitkommen würde. Sie sandte keine sehr deutlichen Signale aus, und so war es für uns beide nicht leicht, aus dem Reich der Anspielungen in die Wirklichkeit zu finden. Wir schalteten das Licht in meinem Zimmer nicht an. Durch das Fenster fielen jene Helligkeitsechos der Großstadt, die ihren Weg in die Höfe und Nischen zwischen den Gebäudeblocks finden. Der erotische Kitzel unserer Mails war von Buchstaben ausgegangen, und jetzt, in einer Form von Umkehrung, wurden unsere Körper zu hellen schemenhaften Zeichen auf dem dunklen Grund des Zimmers. Zusammen schrieben wir den Text dieses nie zu stillenden Verlangens. Wir kommunizierten in der ältesten, heiligsten und profansten Sprache miteinander. Wir entzifferten uns. Ich glaubte zu spüren, daß sie sich im Bett oft als unzulänglich und nicht schön genug empfand, so wie ich stets befürchtete, egoistisch zu sein. Es war ein alter Reflex, den mir sogar Joana nicht hatte nehmen können. Aber jetzt verloren sich sowohl Lauras Zweifel, ihre falschen Ansprüche an sich selbst, als auch meine Furcht, als Mann beim Sex immer im Unrecht zu sein. Es kamen wohl ein paar günstige Umstände zusammen, und wir hatten Glück an diesem Abend. Alles, was wir zu tun hatten, war, uns darauf einzulassen, wie es gekommen war. Wir brauchten nicht mehr zu reden, und so redeten wir nicht mehr, auch hinterher nicht. Ein halbes Jahr lang hatten wir nur miteinander geredet, und jetzt war es genug damit. Wir ließen geschehen, was geschah, und verloren uns für ein paar glückliche Stunden in unseren Armen.

13

Das Thema Zeit läßt mich nicht los. Sollte Glück, so sage ich mir, zeitbeschleunigend wirken und Unglück zeitdehnend bis zur Unerträglichkeit, dann müßte es irgendwo in der Mitte eine wahre Geschwindigkeit der Zeit geben, einen ruhigen Fluß der Zufriedenheit. Aber natürlich kann man so nicht rechnen. Nur in der klassischen Mathematik gelten die Gesetze der Addition, so wie wir es gewohnt sind. Könnte man Unglück und Glück miteinander verrechnen wie Soll und Haben, wäre das Leben leicht. Zumindest hätten wir die Chance, ein einmal angefallenes Defizit im Laufe unserer Jahre wieder auszugleichen. Die Zeit wäre ein Konto. Aber kann man eine gescheiterte Ehe mit einer neuen wirklich zum Verschwinden bringen?

Und was ist ein Jahr? Es gibt Jahre, denen ich nur mit großer Mühe ein paar blasse Erinnerungen zuordnen kann, Splitter meiner Biographie. Mein Verhältnis zur Vergangenheit ist das zu einem Lexikon, dem die alphabetische Ordnung recht sonderbare Nachbarschaften beschert: Koje und Kojote, Zwingli und Zwirn, Tümmler und Tumor, Hamlet und Hamm. Und nichts anderes bringt die Ordnung der Zeit hervor: ein kurioses Nebeneinander von Szenen und Bildern. Flirts, Reisen, Beinbrüche, Geburtstage, Umzüge, Sex, Attentate, Filme, Schnee, Beerdigungen.

Jahrestage. Mehr als ein Jahr war vergangen, seit ich Laura in Hamburg getroffen hatte. Und alles, was ich danach über dieses Jahr (wir begingen unseren ersten ›Jahrestag‹ in Berlin) sagen konnte, war, daß wir uns immer noch liebten. Das war wenig, wenn man das Leben als eine Serie von herausragenden Ereignissen begreift. Aber war es nicht viel mehr, als ich vor diesem Jahr hatte erwarten dürfen? Reichte dieser eine Eintrag im Lexikon meines Lebens denn nicht aus, um Hunderte von Seiten unbeschrifteter Zeit sinnvoll zu füllen? Ich empfand es so, und dafür war ich dankbar. Daß wirklich schon mehr als ein Jahr vergangen war, wurde mir noch einmal in besonderer Weise bewußt, als die Verfilmung von – ich bleibe bei meinem heimlichen Titel – ›Joana Mandelbrot und ich‹ in die Kinos kam. Ich hatte die Ereignisse, die mich mit dieser Verfilmung verbanden, schon beinahe wieder vergessen. Und so war ich, als ich an einem ruhigen Oktobertag den großen Umschlag mit der Einladung zur Premierengala öffnete, wirklich überrascht.

Und ich fühlte mich zunächst auch geschmeichelt, denn es war nicht üblich, daß wir Mathematiker zu derart glamourösen Veranstaltungen eingeladen wurden. Doch bald schon sah ich der Gala mit gemischten Gefühlen entgegen, weil es mir widerstrebte, im Fokus des öffentlichen Interesses zu stehen. Doch dann beruhigte ich mich wieder. Ich machte mir klar, daß ich allenfalls eine Randfigur bei der Premiere sein würde. Nur Stars zählten ja bei solch einem glanzvollen Ereignis – doch darin lag auch schon das nächste und gravierendere Problem.

Joana. Sie war durch die Verfilmung ihres Romans tatsächlich zum Star geworden. Das war im besonderen bemerkenswert, weil noch niemand den Film kannte und sie also je auf einer Leinwand hatte spielen sehen. Aber irgend jemand – vielleicht ein ehemaliger Kunde, vielleicht die PR-Abteilung der Produktionsgesellschaft oder ganz einfach sie selbst – hatte zu Beginn der Dreharbeiten die Information lanciert, sie habe jahrelang in einem Bordell gearbeitet. Und das war genau die Art von Neuigkeit, die nach dem Geschmack sämtlicher Klatschspalten von Magazinen und Boulevardblättern in unserem Land war. Aber auch die Kulturredaktionen der Tageszeitungen griffen das Thema dankbar auf, denn die Angelegenheit hatte viele unterschiedliche Aspekte – moralische und voyeuristische. Es war eins von den Themen, zu denen jeder glaubte, etwas zu sagen zu haben, und die zu kommentieren nicht den geringsten Sachverstand erforderte.

So gerieten zum Beispiel unweigerlich die Kriterien in die Schußlinie, nach denen weibliche Filmrollen offenbar vergeben wurden – das war gar nicht zu verhindern. Die ganze Affäre entpuppte sich als klassische Frauenfrage. Bald schon ging es nicht mehr nur um Schauspielerinnen, sondern um eine breite Bestandsaufnahme der Gleichberechtigung unter besonderer Berücksichtigung der Interessen von Randgruppen. Für die einen war Prostitution schlicht eine sexuelle Dienstleistung, die jeder anderen Dienstleistung, dem Haareschneiden oder der Kinderbetreuung, gleichgestellt werden sollte. Die ganze Aufregung, so hieß es, zeige nur einmal mehr die Verbohrtheit, mit der gesellschaftliche Widersprüche ignoriert und unbequeme Tatsachen unter den Teppich gekehrt würden.

Andere dagegen sahen in der Prostitution eine (und eine besonders brutale) Form von Gewalt gegen Frauen, wie sie nach wie vor auf allen Ebenen unserer scheinbar befriedeten Zivilgesellschaft zu finden sei – und dieses Problem lasse sich nicht mit neoliberalen Deregulierungsrezepten in den Griff bekommen. Zwischen diesen beiden Fronten wogte die Meinungsschlacht hin und her. Besonders umstritten war in diesem Zusammenhang eine Serie anonymer Geständnisse von Frauen, die von sich behaupteten, bewußt und ohne die geringsten moralischen Bedenken, Sex als Gegenleistung für Beförderungen gewährt – oder umgangssprachlicher ausgedrückt: sich nach oben geschlafen zu haben. Unsere seriöseren Zeitungen fanden diese Interviews aber aufgebauscht und oberflächlich. Sie verurteilten den Schlüssellochcharakter solcher Boulevardbeichten und ließen statt dessen andere Stimmen zu Wort kommen, klügere und wortmächtigere, die stellvertretend für uns, die Lesenden, sagten, was zu sagen war.

Joana, die sich als Schauspielerin Carmen Weber nannte, gab während der Dreharbeiten eine Reihe von Interviews, in denen sie vor allem zwei Dinge klarstellte: Erstens schäme sie sich nicht im geringsten für ihren früheren Beruf, und sie werde es nicht zulassen, daß ihre ehemaligen Kolleginnen und sie von irgend jemandem diffamiert würden. Und zweitens habe sie sich für die Rolle der Joana ganz regulär beworben. Sie habe, wie andere auch, vorgesprochen, und schließlich habe man sich für sie als Darstellerin entschieden. Es sei doch nicht überraschend, wenn sie sich als ehemalige Prostituierte für die Rolle einer Prostituierten in besonderer Weise eigne. Sie spiele schließlich keine Nonne oder Sozialarbeiterin, womit sie, wie sie sogleich hinzufügte, nichts gegen Nonnen oder Sozialarbeiterinnen gesagt haben wolle. Ihr sei jeder Beruf und jeder Lebensweg recht, der keinen verletze und niemanden in seinen Rechten und seiner Menschenwürde einschränke. Und wer dies nicht akzeptieren könne und sie für eine Schlampe halte, den zwinge ja niemand, ins Kino zu kommen und sich den Film anzusehen. Im übrigen zeige sie dort nicht nur ihre nackte Haut – die allerdings auch, sagte sie und erreichte damit, daß der Rummel um die Verfilmung ins Unermeßliche wuchs.

Es war ein gewagtes Spiel. Sollte der Film die hochgesteckten Erwartungen nicht erfüllen und bei Kritik und Publikum gleichermaßen durchfallen, so wäre Joana vermutlich die erste, der man die Schuld dafür in die hochhackigen Schuhe schieben würde. Und dann wäre ihre Karriere als Schauspielerin, kaum daß sie begonnen hatte, auch schon wieder vorbei. Letztlich riskierte sie, daß man von ihr sagte, sie könne eben doch nur das eine.

Aber was machte ich mir darüber Gedanken? Gesellschaftlich war die Premierengala ein großes Ereignis in unserer Stadt, und Joana stand im Mittelpunkt des Interesses. Man konnte also sagen: Sie war weit gekommen in diesem Jahr. Als sie nach dem Ende der Filmvorführung im roten, tief dekolletierten Kleid vor die Leinwand trat, wurde sie mit tosendem Beifall empfangen. Das Premierenpublikum feierte sie, und ich hatte den Eindruck, daß der Applaus auch eine Demonstration sein sollte, ein Zeichen gegen Bigotterie und Doppelmoral. Da beklatschte sich ein Publikum selbst für seine Liberalität und Offenheit. Und so senkte sich mit diesem Abend die Waagschale des erbitterten Streits um Joanas früheres Leben endgültig zu ihren Gunsten. Letztlich berührte sie mit ihrer Biographie als Hure eine Menge Sehnsüchte, bei welchem Geschlecht auch immer – vermutlich bei beiden.

Es war übrigens Nico E. Arp, der als erster lautstark in dieses Horn tutete. Unter der nicht unbedingt treffenden, aber doch sehr effektvollen Überschrift *A Star is porn* schrieb er am nächsten Tag:

Was für ein Abend! Was für ein Triumph! Zaghaft, ja beinahe schüchtern lächelnd steht sie da, klein und verletzlich wirkend vor der riesenhaften Leinwand, auf der sie eben noch einem hochkarätigen Publikum den Atem geraubt hat. Nackt, wie Gott sie erschaffen hat, und doch so unglaublich unschuldig und natürlich wie nur Hildegard Knef als Aktmodell in Willi Forsts legendärem Film ›Die Sünderin‹ – so hat Carmen Weber selbst ihre entschiedensten Kritiker überzeugt, ja geradezu entwaffnet!

Wie gerne hätte manch einer sie in den vergangenen Monaten dorthin zurückgejagt, wo sie hergekommen ist! Aber Carmen Weber hat sich nicht einschüchtern lassen. ›Non, je ne regrette rien!‹ hat sie ihren Kritikern entgegengerufen, und alle, die geglaubt haben, es mit einer kühl kalkulierenden Geschäftsfrau zu tun zu haben, für die die Schauspielkunst nur ein folgerichtiger Schritt zur noch effektiveren Vermarktung der eigenen Haut ist, haben sich getäuscht. Denn nicht, dass sie ihren Körper vor der Kamera entblößt, war die Sensation des Premierenabends, sondern die schonungslose, ja verstörend intime Entblößung ihrer Seele in der Rolle der Joana. Was wir auf der Leinwand sehen, ist eine Heldin, deren Mut keine leere Kinobehauptung ist, sondern ein authen-

tisches Zeugnis. Sie, die Kurtisane, ist vor dem Tribunal der Medien nicht zu Kreuze gekrochen.

Denn die Wahrheit ist: Die käufliche Liebe fasziniert uns nicht weniger als die hohe und geistige. Nüchtern betrachtet ist sie sogar die einzig zeitgemäße Form der Liebe – ein Deal, der den Handelnden klare Rollen und weitgehende individuelle Freiheit bietet. Die Relation zwischen Geben und Nehmen findet ihren Ausdruck nicht in einem undurchschaubaren Geflecht emotionaler Ansprüche und Bedürfnisse, sondern in einer Zahl, einer mathematischen Größe, dem Preis, der sich im freien Spiel der Marktkräfte bildet. Wo also liegt das Problem? – so könnte man sich fragen. Wäre denn in den Zeiten der Globalisierung nicht alles andere ein Anachronismus? Romantisierende Augenwischerei?

In der Schlüsselszene des Films weist Joana den Lohn für eine Liebesstunde, die sie das Leben kosten könnte, zurück. Es ist eine kleine Geste, doch durch Carmen Weber wird sie zu einer dramatischen Offenbarung! Wir sehen einen Menschen, reduziert auf sich selbst; einen Menschen, der erkennt, dass jede Verrechnung und Kapitalisierung der Lebenszeit grandioser Selbstbetrug ist. Joanas Geste der Zurückweisung gilt nicht nur der Schwäche und Bürgerlichkeit ihres Filmfreiers, sondern uns allen, die wir im Publikum sitzen und uns durch beständige Ausflüchte und Vertagungen am Leben vorbeimogeln, an der Liebe und unseren unerfüllten Sehnsüchten.

Was für ein Abend! Was für ein Jubel! Ist denn die Mathematik nicht die größte aller Täuschungen? Die Gesetzmäßigkeiten der Liebe sind stärker als all unsere Berechnungskünste. Im Alltag mag es uns vielleicht gelingen, unsere Wünsche und Sehnsüchte zu verdrängen, doch im Kino nicht. Nicht

mehr! Denn das ist es, was vor zwei Tagen in Wirklichkeit
geschehen ist: Ein ganzer Saal hat sich verliebt in eine schüch-
terne (gleichwohl tief dekolletierte), wunderschöne Frau.

Mit dem Letzten hatte er tatsächlich recht. Joana verdrehte allen den Kopf. Vor ein paar Wochen war eine
Liaison zwischen ihr und ihrem Filmpartner bekannt geworden. Sogar meine – seriöse – Tageszeitung hatte darüber berichtet, wenn auch auf der letzten Seite, die lediglich ein Sammelbecken war für allerhand Tratsch und
Sensationelles. Es war nicht sehr angenehm, morgens
beim Kaffee darüber informiert zu werden, daß Joana sich
bei den Dreharbeiten »unsterblich« verliebt hatte. Es ärgerte mich und versetzte mir einen schmerzhaften Stich.
Ihr Filmpartner spielte ja im Grunde mich oder jedenfalls mein Roman-Ego. Allerdings war das grotesk. Den
Fotos nach zu urteilen, hatten sie aus dem nachdenklichen
Mathematiker einen smarten Gigolo gemacht. Einen
lockeren freundlichen Typen, dem ich im Grunde nicht
zutraute, das Einmaleins von der Bundesligatabelle zu unterscheiden.
Der Film war Humbug. Aus meinem hellen, ordent-
lichen Büro war auf der Leinwand eine von Monitoren
beschimmerte Bücher- und Fachzeitschriftenhöhle geworden, eine Mischung aus Antiquariat und Hackerzelle.
Die Vorlesungen fanden in einem musealen Hörsaal statt,
an dessen vorsintflutliche Tafeln ich unablässig, ja geradezu manisch Gleichungen schrieb, die keinerlei Bedeutung
hatten. Ich las nicht vor fünfzehn, sondern vor fünfzig
Studenten, die den ganzen Unsinn auch noch brav mit-
schrieben. Und die wenigen mathematischen Zusammen-

hänge, die Eingang ins Drehbuch gefunden hatten, deklamierte ich wie Hamlet. Ich streckte den Arm aus, spreizte die Finger, als hielte ich eine imaginäre Weltkugel in der Hand, und zitierte Leopold Kronecker: »Die ganzen Zahlen hat der liebe Gott gemacht, alles andere ist Menschenwerk!« Dabei würde ich niemals Kronecker zitieren, diesen fanatischen Sargnagel Cantors!

Gleichwohl kam ich mir privilegiert vor, als ich nach der Premiere die Eingangskontrolle im Hotel Esplanade passierte. Ich war tief beeindruckt. Ich konnte mich der Macht von soviel Glanz und Ansehnlichkeit um mich herum nicht entziehen. Ja, ich war geradezu frappiert, daß unsere Stadt soviel Ansehnlichkeit zu bieten hatte. Soviel Kultur, soviel Strahlen, soviel Selbstbewußtsein. Alles, was mir fehlte, präsentierte sich hier in solcher Fülle, daß es mich schockierte. Ich war gerührt. Gerührt und dankbar, daß ich ein Teil dieses Glanzes sein durfte. Ein Teil all der Wohlgerüche! Es war, als badete mein Körper in einem Meer von Düften und ätherischen Aromen. Ich schloß die Augen und sog die Luft ein. Ich riß die Augen auf und tauchte meinen Blick in die Farben. Ich konzentrierte mich auf die Geräusche und ertrank in einer Flut von Silben und Wörtern und hellstem Lachen. Wie viele Sätze, wie viele Seiten – nein wie viele Bücher wurden an diesem Abend gesprochen, gedichtet! Wieviel leichtes Parlieren ohne jedes Gewicht der Bedeutung. Ohne jede Schwere des Sinns. Denn wie unpassend wären Sinn und Bedeutung hier gewesen. Wie fehl am Platz waren hier die Grundlagen meines Denkens. Denn ich sah es ja und fühlte es mit jeder Faser: Die Wahrheit hätte alles zerstört.

Ich war fehl am Platz, ich war ein Fremdkörper. Niemand nahm von mir Notiz, einmal abgesehen von den vielen Kellnern, die auf silbernen Tabletts gefüllte Champagnergläser umhertrugen. Das hatte zur Folge, daß meine Euphorie so schnell verflog, wie sie gekommen war, und ich zu schnell und zuviel trank. Ich wurde trübsinnig. Und ausgerechnet in dieser Stimmung – ich hatte fast schon beschlossen, wieder zu verschwinden – entdeckte mich Joana.

Sie stand im Mittelpunkt eines Grüppchens von Kollegen, und ihr Dekolleté (dem Nico E. Arp in der Samstagsausgabe seiner Zeitung seine journalistische Huld erweisen sollte) war ohne Frage überwältigend – so gewagt und erotisch, daß auch ich, der ich das wenige, was noch verhüllt war, recht genau kannte, mich zwingen mußte, ihr nicht ständig in den Ausschnitt zu starren. Mit großem verbalem Brimborium stellte Joana mich als den berühmten Autor der Romanvorlage des Films vor – als denjenigen, wie sie augenzwinkernd hinzufügte, der sie *erfunden* habe. Danach schüttelte ich ihrem Freund und Filmpartner die Hand. »Ach ja, richtig«, sagte ich dabei, »*Sie* habe ich ja auch erfunden.« Aber was bei Joana eine charmante und witzige Bemerkung gewesen war, klang aus meinem Mund unbeholfen und linkisch.

Ihr Freund sagte (nicht zu mir, sondern zu allen): »Als ich vierzehn oder fünfzehn war, haben wir Geometrie durchgenommen. Das konnte nicht gutgehen. Eines Tages wurde ich gefragt, was ein gleichschenkliges Dreieck ist. Himmel, in dem Alter! Was hätte ich antworten sollen? Ich habe gesagt: ›Das Beste, was einem passieren kann.‹ So waren wir damals. Unser Mathelehrer war arm dran.

Er hieß Klemberg, aber wir haben ihn nur Klemmi genannt. An mir hat er sich die Zähne ausgebissen.«

»Das merkt man«, rutschte es mir heraus, und alle Köpfe drehten sich irritiert in meine Richtung. »Oh, ich meine, Sie haben den Mathematiker ganz großartig gespielt. Sie waren wirklich gut, wirklich …«, fügte ich sogleich stockend hinzu (ich wollte eigentlich gar nichts sagen), »aber natürlich spürt man, daß Ihnen die konkrete Erfahrung des Fachs ein bißchen fehlt. Das macht aber fast gar nichts, das ist normal. Wir Mathematiker haben so eine verdrehte Art zu denken, die niemand versteht, außer uns …«

Joana unterbrach mich. Ich spürte, daß sie verärgert war, aber sie lächelte und sagte: »Ihr seid *Menschen*, Paul. Wie wir alle. In einem Film geht es um Menschen und Gefühle – nicht um Spezialkenntnisse.«

Fest entschlossen, es dabei zu belassen und keinen Ton mehr zu sagen, hörte ich mich aber dennoch entgegnen: »Ja, natürlich. Aber ohne persönliche Erfahrung ist es immer ein bißchen Theater. Irgendwie leer …«

Ihr Freund – in seinem Selbstverständnis als Schauspieler nicht im geringsten angekratzt – sagte beschwichtigend: »Film *ist* Theater. Film ist ein Produkt unserer Phantasie.«

Ich spürte, daß die Stimmung in der Gruppe umschlug und man der Meinung war, daß ich jetzt den Mund halten sollte. Das konnte ich aus irgendeinem Grund aber nicht. »Ja natürlich«, nickte ich. »Ein Produkt unserer Phantasie. Aber es bleibt unwahr, wenn es nur gespielt ist, ohne Grundlage aus dem Ärmel geschüttelt sozusagen. Die Wissenschaft ist zu wertvoll, um sie als flottes Spektakel mit lustigen Trotteln zu inszenieren. Erst die Erfahrung gibt dem Ganzen Tiefe. Das sieht man übrigens bei Carmen. Sie weiß, was sie spielt. Das ist eine andere Geschichte. Man spürt sofort …«

»Paul«, unterbrach sie mich mit kurz aufblitzender Schärfe, »ich glaube, wir alle haben verstanden, was du sagen willst. Es ist interessant, von Laien ein Feedback über unsere Arbeit zu bekommen. Wir müssen das aber nicht vertiefen. Warst du nicht gerade auf dem Weg zum Büffet?«

Wir sahen uns an diesem Abend nicht wieder. Wir würden uns nie wiedersehen. Es war unser Abschied. Sie die Diva, ich der Laie. Das war nur gerecht. Nach allem, was geschehen war, hatte ich es nicht anders verdient. Ich setzte mich in eine unbelebte Ecke und leerte noch ein paar Gläser Champagner, solange bis ich betrunken war. Dann ging ich und ließ mich von einem Taxi nach Hause fahren. Und da ich nach all dem Champagner Schwierigkeiten hatte, Dinge mit dem Blick zu fixieren, und alles, was ich sah, sich immerzu bewegte und verschob, kam es mir so vor, als stürzten sämtliche Lichter – Straßenlaternen, erleuchtete Fenster, Neonreklamen und Ampeln – aus der Nachtdunkelheit auf mich herab wie glühende Explosionstrümmer, als sei unsere Stadt soeben in einer gewaltigen Cinemaskop-Zeitlupe gesprengt worden.

Salvatore (am nächsten Abend) war begierig auf meine Schilderung der Gala. Am liebsten hätte er jede Sekunde als Videomitschnitt gehabt, so wie er es bei der Einschulung seines Jungen gemacht hatte. Seit er zum zweiten Mal Vater geworden war, bedeckte zumeist ein Dreitagebart sein Gesicht. Ihm fehlte die Zeit, sich zu rasieren, aber er gefiel sich auch damit. Ich beichtete ihm meinen peinlichen Auftritt. Ich erklärte ihm, daß ich nicht Herr meiner selbst gewesen sei und daß ich niemanden hatte beleidigen wollen.

Aber er unterbrach mich und sagte: »Paolo, du hattest vollkommen recht! Was wahr ist, muß wahr bleiben. Ich habe mich vor ein paar Tagen auch unbeliebt gemacht. Ein Gast – kein Stammgast, ich kannte ihn nicht – wollte Spaghetti Bolognese mit Spiegelei. ›Wie bitte?‹ sagte ich, und er wiederholte: ›Spaghetti Bolognese mit Spiegelei.‹ Nun gut, Paolo, als Restaurantbesitzer sagst du nicht gleich, das mache ich nicht, du bist ja dazu da, die Wünsche deiner Gäste zu erfüllen. Aber Spaghetti Bolognese mit Spiegelei, ich bitte dich! Meine Wut wurde immer größer. Wer bin ich denn, ich, Salvatore Egisi, daß ich in meinem Ristorante Spaghetti Bolognese mit Spiegelei serviere! So etwas gibt es nirgendwo auf der Welt. Jedenfalls nicht in Italien. Und was habe ich also gemacht? Ich war wirklich großzügig. Ich war weise. Ich habe diesem Gast Spaghetti Bolognese gebracht und auf einem Extrateller ein Spiegelei! Ich habe nichts gegen Spiegeleier, verstehst du, Paolo. Und dieser Typ sagt: ›Was ist denn das? Ich habe Spaghetti Bolognese mit Spiegelei bestellt!‹, und ich sage: ›Bitte sehr: Da sind die Spaghetti, und da ist das Spiegelei.‹ Und er sagt: ›Ja und jetzt? Das Ei gehört auf die Nudeln.‹ Das hat er gesagt! Das Ei gehört auf die Nudeln! Das sagt er mir. Einem Italiener. Einem Sizilianer! ›Mein Herr‹, sage ich zu ihm, ›ich bringe Ihnen gerne Spaghetti und ich bringe Ihnen auch ein Spiegelei. Was Sie damit machen, ist dann Ihre Sache.‹ Und er sagt: ›Gar nichts werde ich damit machen. Ich bin hier Gast und will bekommen, was ich bestellt habe.‹ Da hat es mir gereicht. Ich habe ihn rausgeworfen. Er hat natürlich protestiert, aber ich habe ihm gesagt, wenn er nicht auf der Stelle geht, dann zeige ich ihm, wie wir diese Dinge in Sizilien regeln. Das wollte er dann doch nicht wissen. Paolo, ich sage dir, die ganze Menschheit ist verrückt. In was für einer Welt leben wir denn? Spaghetti mit Spiegelei. Was für eine Welt!«

Aber dann hatte er noch eine gute Nachricht für mich: Der perlmuttfarbene Käfer war wieder zu haben. Ivo hatte ihn im Herbst verkauft, aber nun hatte ihn der Käufer zurückgebracht, weil ihm der Wagen doch gar zu altmodisch war – Perlmutt hin oder her. Und Ivo, so erzählte Salvatore mir, habe es nicht übers Herz gebracht, dieses Schmuckstück nicht wieder anzukaufen (mit ziemlichem Abschlag, wie ich vermute), um einen würdigeren Besitzer dafür zu suchen. Und nun stand für Salvatore endgültig fest, daß dieser würdige Besitzer niemand anders sein konnte als ich. In seinen Augen *bewies* die Geschichte, daß der Wagen mir gehören *wolle* und sonst niemandem.

So war Salvatore. Er ließ nicht locker, egal, ob es um Spiegeleier ging oder um Autos. Sein Hauptargument war nach wie vor, daß Polly das Auto lieben würde. Er wußte, daß ich ihr gelegentlich etwas Besonderes bieten mußte, um sie gegen die sublimen Herzgewinnungsattacken von Livs Freund zu immunisieren. Ich war zwar ihr Vater, aber das bedeutete nicht, daß ich mir ihre Liebe nicht stets aufs neue verdienen mußte. Das war nicht immer leicht und brachte mich unter anderem in der Woche nach der Premierengala in Bedrängnis. Polly wollte nämlich, daß wir in ›Totlicht‹ gingen. »Das können wir nicht«, erklärte ich ihr. »Du bist noch nicht sechzehn.«

Sie behauptete, ihre Freunde dürften den Film bereits sehen, was ich allerdings für ausgeschlossen hielt. Sie war auf einer Privatschule mit sanfter Pädagogik und klassischem Bildungsideal, die Monat für Monat mein Konto plünderte. Aber wenn ich nicht bereit war, Polly etwas zuzugestehen – ein drittes Eis, ein Reitpferd oder eben einen nicht jugendfreien Kinobesuch – dann spielten sich auf ihrem kleinen Gesicht unbeschreibliche Dramen ab: klassische wie der Kummer über den Verlust eines geliebten Kleinods oder modernere wie die Konvulsionen beim Entzug einer Droge.

Im Falle von ›Totlicht‹ hatte ich einen besonders schweren Stand. Wie sollte ich Polly erklären, daß etwas, das ich mir ausgedacht hatte wie ein Buch aus meiner Feder (das war es ja, was sie annahm), ihr schaden konnte? In erster Linie gab ich aber nach, um mir ihr Herz zu verpflichten. Sie mußte mir versprechen, Liv niemals etwas von dem Kinobesuch zu erzählen. Solche kleinen Geheimnisse binden einen stärker aneinander als tausend Geschenke.

Wir gingen also gemeinsam ins Kino. Ich bat sie, in einem gewissen Abstand auf mich zu warten, als ich an einen der Kassentresen im Foyer trat. Dort kaufte ich jeweils zwei Eintrittskarten, einmal für einen Animationsfilm mit einem häßlichen grünen Monster als Helden, der ohne Altersbeschränkung freigegeben war (und in dem vermutlich jede Menge keulenschwingende und sabbernde Rohlinge auf der Leinwand ihr brachiales Unwesen treiben würden), und zwei weitere für ›Totlicht‹. Ich winkte Polly heran, und wir gingen zur zentralen Eingangs-

schleuse für alle Kinosäle. Dort zeigte ich die Kinderfilm-
karten vor. In unserem Land gelten Gesetze weniger, als
man denkt. Niemand wollte von uns die Karten noch einmal sehen, als wir statt in den Monsterfilm in ›Totlicht‹
gingen.

Als Vater konnte ich die Sache aber nicht so lax handha-
ben wie die Kinobetreiber. Polly fläzte sich neben mir ins
Polster und blubberte durch den Strohhalm Luft in ihre
Limonade. Ich schärfte ihr ein, daß sie auf Kommando die
Augen zu schließen habe. Auf diese Weise hoffte ich, sie
vor den scheußlichsten Szenen bewahren zu können. Sie
nickte und versprach es mir. Aber als das Licht ausging,
dachte ich: Kinderversprechungen! Und ich nahm sie auf
den Schoß, und preßte ihren Kopf gegen meine Brust,
wenn die Gewalt unerträglich wurde. So saßen wir da: Polly an mich gedrückt, und ich (immer noch ungläubig) auf
Joana starrend. Wir waren wohl beide im falschen Film.

Aber jene Szene, in der mein Roman-Ego Joana erstmals
begegnete (unsere denkwürdige erste halbe Stunde in ihrem Séparée), ließ ich Polly sehen. Ich hielt Joanas Nacktheit für weit weniger gefährlich als durch die Luft fliegen-
de und auf den Boden prallende Animationsfiguren.

Polly flüsterte mir ins Ohr: »Kennst du sie?«

»Nein«, flüsterte ich zurück. »Sie ist eine Schauspielerin.«

»Hast du sie dir ausgedacht?«

»Ja, das kann man so sagen.«

»Sie ist so schön.«

»Ja? Findest du?«

Nach einer Weile sagte sie: »Ich glaube, nur etwas, das
man sich ausgedacht hat, kann so schön sein.«

»Aber nein. Du bist genauso schön. Schließ jetzt die Augen.«

»Warum?«

»Schließ die Augen.«

»Ich weiß, was die beiden jetzt machen.«

»Schließ die Augen!«

Was wissen Neunjährige von der Liebe? Ich konnte Polly nicht dabei zusehen lassen, wie ihr Vater mit einer Hure schlief. Gehorsam drückte sie sich an mich, und ihre weichen Locken kitzelten mich. Die Szene, als Joana ihren Namen auf den Rücken ihres Filmfreiers schrieb, betäubte und schockierte mich, obgleich ich sie ja bereits kannte, aufs neue. Die Kuppe ihres Fingers auf meiner Haut – ich glaubte, sie wieder zu spüren. Und ich fragte mich: Waren ihre Liebesgesten echt? Ich betrachtete ihr Gesicht, ihre Augen, die sich langsam schlossen. Spielte sie nur? Eigentlich hätte ich es wissen müssen. Ich hatte sie so oft dabei angesehen, ohne mich je zu fragen, was in ihr vorging. Was war echt, was Täuschung? Ich sah sie an und begriff, daß ich nichts von ihr wußte. Nach all unseren Stunden: nichts.

Als ich mit Polly das Kino verließ, war es draußen taghell. Ich lotste sie in eine Nebenstraße. »Sollen wir ein bißchen durch die Gegend fahren?« sagte ich und blieb vor dem perlmuttfarbenen Käfer stehen, den ich nun also gekauft hatte, damit Salvatore endlich Ruhe gab. »Na, was sagst du? Er gehört mir.«

Polly wiegte den Kopf hin und her, in recht erwachsener Manier, und sagte schließlich: »Ganz schön, Papa. Aber er ist nicht sehr praktisch. Er hat nur zwei Türen und keine Heckklappe und so was. Das haben Familienautos heute.«

»Ich habe ihn nur für uns gekauft«, sagte ich, und wir stiegen ein. Ich drehte den Zündschlüssel herum, und der Motor rasselte los. Da ich lange nicht mehr gefahren war, mußte ich mich erst wieder an den Umgang mit Pedalen, Schalthebel und Steuerrad gewöhnen. Langsam zuckelten wir durch die Straßen.

»Wohin fahren wir denn?«

»Ich weiß es nicht.«

»Ich habe Hunger.«

»Wir können zu Salvatore fahren.«

»Mama kennt so ein Restaurant am Waldrand mit einem riesigen Spielplatz. Da fahren wir immer hin.«

Das *wir* versetzte mir einen Stich. Ich sagte: »Mit Mamas Freund?«

»Ja«, sagte sie.

Nach einer Weile sagte ich: »Was würdest du sagen, wenn ich wieder heiraten würde?«

»Wen denn?«

»Sie ist sehr nett. Sie heißt Laura.«

»Genau wie eine in meiner Klasse. Wohnt sie hier?«

»Nein, in Hamburg.«

Polly sah mich mißtrauisch an. »Ist sie echt, oder hast du sie dir auch nur ausgedacht?«

Das war eine gute Frage. »Wir verstehen uns so gut, daß ich sie mir ausgedacht haben könnte.«

»Papa, ich habe Hunger«, rief sie mir in Erinnerung.

»Würdest du sie gerne kennenlernen?«

»Meinetwegen.«

»Ich kenne auch ein Restaurant mit Spielplatz.«

»Wo denn?«

»Na gut, ich kenne keins. Ich denke mir jetzt eins aus.«

»Ausgedachtes Essen macht aber nicht satt.«

»Woher willst du das wissen? Was man sich ausdenkt, wird irgendwann wahr.«

»Bei mir aber nicht.«

»Doch, bei dir auch.« Und dann gab ich ihr etwas mit auf ihren Lebensweg: »Was du im Kopf hast, das gibt es auch. Und wenn nicht, dann mußt du es erschaffen.«

Sie schwieg. Natürlich glaubte sie mir nicht, daß wir ein Restaurant finden würden. Aber ich sah es so: Der Zufall hatte mir die Identität Leon Zerns beschert, die Verfilmung meines Lebens und vielleicht meine zweite Ehefrau – warum also nicht auch ein Restaurant mit Spielplatz! Bei Mandelbrot hieß es: *In vielen Fällen geht der Zufall über das gewünschte Ziel hinaus. Mit anderen Worten, die Kraft des Zufalls wird gemeinhin unterschätzt.* Und darauf verließ ich mich jetzt.

Die Sonne stand tief und warm über den Straßen und Dächern. Für einen Moment dachte ich an Cora, bei der ich vor ein paar Tagen gewesen war, um ihr das Manuskript meines Buches über die Macht des Zufalls und die Geometrie der wirklichen Dinge, der Wolken, Staubflocken und Schmetterlingsflügel, zu geben. Sie hatte es zufrieden entgegengenommen und sich nach meinen Plänen erkundigt. Ich sei kein Schriftsteller, antwortete ich ihr, und hätte auch nicht vor, einer zu werden. Solche Gedanken habe man mit zwanzig, aber nicht in meinem Alter.

Irgendwo hatte ich einmal den Satz gelesen, Schreiben sei auf Dauer keine Beschäftigung für einen Naturwissenschaftler, weil sich die Präzision der Sprache nicht beliebig steigern lasse. Solche Sätze beeindruckten mich. Es waren Sätze, die ich selbst gern geschrieben hätte, aber dazu fehlte mir die Befähigung. Sie waren so überzeugend und klar. Aber ich zweifelte auch an ihnen. Besaß denn nicht gerade das Unpräzise und Unberechenbare, das Zufällige, formende Macht? Waren denn nicht die Fehler die Substanz der Wirklichkeit?

Als ich mit Polly durch die Straßen unserer Stadt fuhr, fiel einiges von mir ab. Ich sagte mir, deine Tochter sitzt neben dir und bald schon wird sie erwachsen sein. Also nutze die Zeit! Viel mehr gab es nicht, was zählte. Ich dachte an Laura, und ich dachte an Fruidhoffs. Er hatte mir vor ein paar Tagen eine Einladung zu seiner Hochzeit geschickt. Wahrscheinlich, so nahm ich an, erwartete er von mir eine Rede, und dieser Gedanke beunruhigte mich. Was konnte ich ihm sagen? Was hatte ich, dessen Ehe gescheitert war, zu sagen, das wert war, in so einem Moment gesagt zu werden? Etwas, das für ein ganzes Leben reichen konnte! Gab es solche Sätze überhaupt? Oder waren sie nicht längst alle widerlegt?

Instinktiv nahm ich dieselbe Route, auf der ich einmal mit Salvatore aus der Stadt herausgefahren war. Einfamilienhäuser und flache Supermärkte am Straßenrand: Solche Gegenden waren mir fremd. Und ich befürchtete schon, mit dem prophezeiten Restaurant würde es nichts werden. Vielleicht hatte ich Polly zuviel versprochen. Doch dann lag es da, wie herbeigezaubert: ein Gartenlokal mit Schaukel und Rutschbahn.

Wir stiegen aus, und sie rannte zu dem kleinen Spielplatz. Zwei mächtige Kastanien überwölbten die Tische, und der Abend darunter duftete nach ihren Blättern. Ich setzte mich in die Nähe der Schaukel und betrachtete Polly. Sie war ganz bei sich, als sie sich in die Höhe schaukelte. Die Bewegung – das Auf und Ab und Hin und Her – genügte ihr ganz. Ich wußte, irgendwann würde sie abspringen und etwas anderes ausprobieren. Aber jetzt schaukelte sie. Und ich wußte, daß in diesen Sekunden ihr ganzes Glück nur darin lag: in diesem Spiel ihres kleinen Körpers mit den Naturgesetzen. Mit dem, was immer noch ein Rätsel ist.